Aquele inverno em Leningrado

HELEN DUNMORE

Aquele inverno em Leningrado

Tradução
Beatriz Horta

BERTRAND BRASIL

Titulo original: *The Siege*

Capa: Raul Fernandes

Editoração: DFL

2003
Impresso no Brasil
Printed in Brazil

Cip-Brasil. Catalogação-na-fonte
Sindicato Nacional dos Editores de Livros, RJ

D939a Dunmore, Helen, 1952-
Aquele inverno em Leningrado/Helen Dunmore; tradução Beatriz Horta.
— Rio de Janeiro: Bertrand Brasil, 2003.
294p.

Tradução de: The siege
ISBN 85-286-0989-8

1. Guerra Mundial, 1939-1945 — São Petersburgo (Rússia) — Ficção.
2. Ficção inglesa. I. Horta, Beatriz. II. Título.

03-0080 CDD – 823
CDU – 821.111-3

EDITORA BERTRAND BRASIL LTDA.
Rua Argentina, 171 — 1º andar — São Cristóvão
20921-380 — Rio de Janeiro — RJ
Tel.: (0xx21) 2585-2070 — Fax: (0xx21) 2585-2087

Atendemos pelo Reembolso Postal.

Para Ros Cuthbert

Comando Naval | Berlim
Memorando 1601/ 41 Chefes de Comandos | 29 de setembro de 1941

Altamente Confidencial

Assunto: O futuro de Leningrado

(...) O Füehrer resolveu varrer Leningrado da face da Terra. A existência dessa grande cidade não será de interesse quando a Rússia soviética for derrotada. A Finlândia também declarou não ter interesse na existência da cidade, situada exatamente em sua nova fronteira.

As exigências da Marinha de que o estaleiro, o porto e outras instalações vitais para suas ações sejam preservados são do conhecimento do Alto Comando das Forças Armadas, mas, considerando os princípios básicos subordinados à operação contra Leningrado, é impossível acatá-las.

O plano é cercar a cidade e arrasá-la com bombardeios de artilharia de todos os calibres e com ininterruptos ataques aéreos.

Qualquer possível pedido de capitulação deverá ser rechaçado, pois o problema de alimentação e sobrevivência da população não poderá nem deverá ser resolvido por nós. Nessa luta pela vida, não temos sequer interesse em fazer parte da população dessa grande cidade...

Equipe da Marinha

[*Do Comando do Füehrer e demais Altos Comandos das Forças Armadas alemãs, 1939-1941. A tradução do original alemão, feita pelo exército norte-americano, está na Escola de Guerra da Marinha, em Newport, R.I., Estados Unidos. Agradecemos ao Militärgeschichtliches Forschungsamt de Potsdam, Alemanha.*]

1

Junho de 1941

São dez e meia da noite, mas a luz do dia ainda atravessa as folhas de tília. Estão tão verdes, que parecem uma alucinação do verão que as pessoas já quase não acreditavam mais que chegasse. Quando tocadas, as folhas são viçosas e tenras. Como a pele de um bebê.

Uma primavera temporã, nublada e instável, que se agarra às saias do inverno como uma criança às de sua mãe. Mas aqui em Leningrado é assim. Sob as árvores do Almirantado, lagos de gelo esponjoso ficaram de cor cinza. Havia neve derretida em toda parte e um vento forte e sujo vindo do rio Neva. Uma geada, um degelo e mais neve.

Durante meses, os pescadores do gelo ficavam agachados ao lado dos buracos que haviam feito na neve, sem se importar com o inverno, a cabeça enfiada nos ombros. Então, justo quando parecia que o verão não se lembraria de Leningrado esse ano, tudo mudou. O gelo se soltou da massa compacta em volta da região chamada Strelka. Gaivotas pavoneiam-se nos blocos de gelo que as correntes arrastam por baixo das pontes do Neva, e o rio vai-se abrindo em direção ao mar. O rio está cheio, rápido, e um vento fresco levanta ondas tão luminosas, que ferem a vista. Tudo o que antes era firme vai-se quebrando, partindo, flutuando.

As pessoas debruçavam-se nos parapeitos da ponte Dvortsovy, olhando os blocos de gelo passarem sob o arco. Seu mundo hibernal estava sendo destruído. Queriam a primavera, claro que queriam, mais do que qualquer outra coisa. Ansiavam pelo sol com todos os poros da pele.

Mas a primavera machuca. Se ela pode chegar, se as coisas podem ser diferentes, como agüentar a vida do jeito que tem sido?

São tempos difíceis. Não se pode confiar em ninguém nem em si próprio. Homens e mulheres, assustados, fogem do vento. Acima deles, estão os grandes prédios do imperador Pedro, opressivamente magníficos. Em tempos assim, as avenidas são largas demais. Uma pessoa leva muito tempo para conseguir atravessar as praças de Pedro e com isso fica bem visível. Sim, transforma-se num alvo, sem saber quem a observa. São tantos os desaparecidos, há tanto medo. Caminhonetes negras cruzam as ruas. Ouve-se o resmungar de seus motores, e o coração bate até quase sufocar quando uma delas reduz a marcha. Mas dessa vez ela passa e pára na porta de outro pátio, de uma casa que não é a sua. Escutam-se sons de portas batendo e sente-se que as pessoas transpiram de alívio, que vergonha. Dessa vez, outro pobre infeliz está na caminhonete.

A primavera despiu tudo. Mostrou a pele cinzenta e cansada de todos que têm mais de trinta anos. Iluminou lábios sofridos, vincados por rugas nos cantos da boca.

Mas os galhos desfolhados das tílias ficaram pontudos por causa do brilho do sol e do canto dos pássaros. Os pássaros não têm qualquer dúvida e cantam alto para o mundo ainda gelado. Sabem que o inverno está partindo.

É junho, a noite é veloz como uma asa que passa, só há uma hora de estrelas amarelas num céu que nunca fica mais escuro do que um profundo e terno azul.

Ninguém dorme. Multidões entram e saem dos cafés e passeiam pelas ruas, sem rumo, desde que possam levantar o rosto e sorver a luz. A escuridão durou muitos meses.

Um cordão de rapazes, braços dados, bêbados, tentando manter-se de pé, vem balançando na esquina da Universitetskaya com a ponte Tenente Schmidt. Não vão para casa. Não têm coragem de se separar. Andar é o que farão, de um lado a outro da cidade, de uma ilha a outra, passando por pontes de pedra sobre águas brilhantes.

São noites assim que ligam cada geração de nativos de Leningrado à cidade. Essas noites são seu batismo. A luz do verão vai inundar cada grão de pedra da cidade ao inundar cada célula de seus corpos. Às três da manhã, o sol alto, eles vão estar em alguma rua distante de casinhas de madeira, a quilômetros de tudo. Haverá um gato lambendo as patas diante de uma porta, uma tília com folhas verde-luz debruçando-se numa cerca de toras e uma velha caminhando devagar pela rua com um raminho de jasmim preso ao casaco. Cada flor será tão branca e diversa quanto uma estrela no gasto paletó cinza. E a velhinha irá sorrir para os rapazes como se fosse avó deles. Não lhes vai condenar a bebida, os berros e as cantorias. Vai entender exatamente o que eles sentem.

Seja qual for a idade, não se pode ficar dentro de casa numa noite assim. Agitam-se outra vez a promessa e a irresponsabilidade de noites brancas. Os pântanos de Pedro, gelados e encharcados de sangue, dominam a cidade como um cisne cujas asas ainda fechadas estremecem à luz do sol de verão, rijas, prontas para voar. A escuridão mal as toca.

O vento sopra, suave. A água revolve sob as pontes noturnas. E, de repente, percebe-se que não existe felicidade maior do que estar ali, mesmo quando se está tão velho que não se consegue nem andar. As pessoas debruçam às janelas dos apartamentos, com as juntas duras e a força fugindo, sobre a cidade que irá sobreviver a elas.

Mas Anna não está em Leningrado esta noite. Está no campo, na *dacha*, com o pai e Kolya. Ela não faz parte das multidões de estudantes comemorando o final das provas. Não participa mais das brincadeiras nem sabe quais os livros que estão sendo lidos. Sua cidade diurna é de bondes cheios de mães que trabalham demais, correndo do trabalho para a fila de comida, depois para a cozinha e de volta ao trabalho.

As noites brancas trazem muitas lembranças. Anna tem o dever de apagá-las. Ela tem Kolya, de cinco anos, o trabalho na creche e suas tarefas a cumprir. Não vale a pena ficar sonhando com a vida de estudante. Ela jamais terá longos dias num estúdio, o corpo e a mente acostumados ao movimento da mão sobre o papel. Não vale a pena lembrar como era ter 17 anos, há apenas seis anos, estar prestes a receber o diploma no ano seguinte e ter um bando de amigos reunidos em volta da mesa no grande hotel Europa, apertados, rindo e falando tão alto, tornando-se quase impossível ouvir o que alguém dizia. As palavras não tinham importância. O som da felicidade, sim, importava, assim como o calor do braço de alguém junto ao seu. Havia um cheiro de pele tostada de sol, café, cigarros e calêndulas.

Não pense nessas coisas. Anna está debruçada à janela da *dacha*, com os braços repousados na madeira cálida, cinza-prata. Tudo em silêncio. Atrás dela, Kolya dorme no berço. Eles têm um quarto dividido ao meio por um compensado. Metade para o pai, metade para Anna e Kolya. No andar de baixo, a sala abre para a varanda. Cada som ecoando na madeira da *dacha*.

Mas ter uma casa de campo já é um luxo. O pai não pode se candidatar a uma *dacha* na colônia dos escritores, mas os dois conseguiram aquele cantinho, que foi da avó de Anna. No verão, quando a cidade fica abafada e empoeirada, vão sempre lá. Anna anda de bicicleta, na preciosa e gasta bicicleta que foi da mãe, com Kolya afivelado no banquinho atrás dela.

Anna cozinha quase tudo do lado de fora, na varanda. Corta cebolas, prepara a massa para tortas de carne, descasca batatas, faz salsichas. Chega a fazer geléia no pequeno fogão a combustível.

Durante todo o verão, Anna faz provisões para o inverno. Dá aulas de gramática e caligrafia na fazenda para as crianças da família Sokolov, em troca de mel, jarras de gordura de ganso e queijo de cabra. Seca cogumelos, faz geléias e compotas das frutas que ela e Kolya colhem. Frutinhas silvestres, framboesas, amoras-vermelhas, amoras selvagens. Compra uma bebida fermentada, feita de seiva de bétula misturada com vitaminas e que dizem ser boa para crianças asmáticas como Kolya. Depois, é preciso colocar o repolho-roxo em conserva, amarrar as cebolas e as cabeças de alho em réstias, pôr o feijão para conservar em salmoura, tirar a terra das batatas, separá-las e levar para o apartamento em sacos presos no bagageiro da bicicleta. É preciso cuidado com as batatas, elas machucam com mais facilidade do que se pensa e estragam.

Anna não sabe como teriam vivido os dois últimos invernos sem os produtos da *dacha*. Há sempre escassez de comida, e o pai não consegue publicar o que escreve. Sobrevive fazendo traduções, mas até isso pode faltar. Os editores têm suas próprias famílias para sustentar. O francês e o alemão quase perfeitos que o pai fala são agora vantagens perigosas.

Claro que ele fala como alguém que viveu algum tempo fora do país. Um ano em Heidelberg em 1912, mais um verão em Lausanne. Poderia ser interrogado como "indivíduo com contatos no exterior".

Na primeira vez que seus contos foram recusados, o pai procurou não se incomodar. Pediram que ele se apresentasse ao comitê de uma revista e as falhas de seus contos foram explicadas. Disseram que o texto era pessimista. Ele não tinha conseguido refletir na obra os princípios traçados pela discurso de Stalin, de primeiro de dezembro de 1935: "*A vida melhorou, camaradas, a vida ficou mais alegre.*"

— E em seu romance, Mikhail Ilyich, nenhum dos personagens parece progredir na vida! Publicar esse livro não acrescentaria nada a sua fama. Na verdade, prejudicaria.

— Francamente, ficamos surpresos por apresentar esse conto, Mikhail Ilyich — disse o chefe do comitê. — Tentamos entender, mas foi impossível. Tenho certeza de que você vai concordar. — E colocou o manuscrito virado para baixo na mesa, com desprezo, como se um aluno de escola tivesse mostrado seus rabiscos a uma revista literária da melhor qualidade, esperando que fossem publicados. — Não, não podemos aceitar esse tipo de coisa!

O chefe do comitê piscou para Mikhail, para que percebesse a graça. Outros membros do comitê olharam para seus mata-borrões ou brincaram com as canetas. Os rostos estavam sombrios com o ressentimento que sentimos pelos que estamos prestes a ofender.

Mikhail olhou aqueles rostos conhecidos. O sangue quente correu sob sua pele. Será que a vergonha, parado ali ao lado de seu manuscrito recusado, tornava-o incapaz de aceitar a crítica de seus contemporâneos? A própria sala parecia cheia de vergonha. E até o manuscrito.

— É, eu jamais deveria ter trazido isso aqui — murmurou ele.

Exatamente — concordou o chefe, levantando-se. — Mas permita que lhe diga, meu caro Mikhail Ilyich, que sempre admirei seu trabalho. Você só precisa de um pouco — os dedos procuravam a palavra —, um pouco menos de tristeza e escuridão. Não é isso que as pessoas querem hoje, nem é para isso que estamos aqui.

Sorriu, mostrando dentes brancos e fortes, gengivas sadias. A sala formigou, concordando. A sala sabia o que se queria naqueles tempos.

Mikhail continuou a oferecer contos, sempre recusados. Uma tarde, um colega do Sindicato dos Escritores apareceu no apartamento.

— Não mande mais nada agora; para o seu próprio bem, Mikhail Ilyich.

— Escrevo o que sempre escrevi.

— Por isso mesmo. Não percebe? Todos nós precisamos fazer ajustes.

— Os contos são bons.

— Por Deus, o que isso tem a ver?

Ao sair, ele fez uma pausa. Esperava ouvir alguma coisa, mas Mikhail não sabia o quê. Depois que o homem saiu, descobriu o que era. Ele esperava um *obrigado*. Tinha-se arriscado. Tentara ajudar. Pouca gente fazia uma coisa assim naqueles tempos, era muito perigoso. Cada pessoa levada a interrogatório poderia arrastar mais cem. "*Quem estava com você na sala quando isso aconteceu? Diga os nomes. Escreva aqui.*"

"*Melhor guardar no armário*", o pai de Anna diria, ao datilografar a última folha de um novo conto. Catava milho nas teclas da máquina. Nunca aprendera a datilografar direito. Quando Vera era viva, escrevia para ele. "*Deixe o armário ler o conto. Bom, é isso, Anna, estou de volta à juventude, escrevendo coisas que ninguém quer publicar. As pessoas pagam milhares de rublos por tratamentos de rejuvenescimento, não? Pois eu poderia vender meu segredo de eterna juventude.*"

Suas tentativas de humor fazem com que a filha trema. Tudo isso está fazendo ele mudar, mês após mês. Ele está se desgastando por dentro. Está até andando diferente. Anna não consegue pensar o que isso lembra, até que um dia está trabalhando e vê o pequeno Seryozha se esconder atrás das latas de lixo quando um bando de garotos maiores passa em meio aos brinquedos, agitando os braços, berrando, batendo em todo mundo. São a gangue. São o que importa. Seryozha encolhe-se junto ao muro.

Na creche, consegue se harmonizar: esquecer a gangue, abraçar Seryozha. Lá em seu mundinho interno, as coisas ainda fazem sentido. Mas então aparece sua chefe, Elizaveta Antonovna, com as últimas diretrizes na mão. Tem os olhos grudados no texto. Ela precisa ler a linha certa. Não pode errar.

Elizaveta Antonovna nem vê as crianças. Também está assustada. Todos os chefes estão, agora. Como ela deve interpretar as diretrizes? Se errar, quem irá denunciá-la?

O pai de Anna ainda vai à Casa do Escritor, na Ulitsa Voinova, mas nem sempre, embora, por fazer parte da Sociedade dos Escritores da União Soviética, possa comer lá todo dia. — Hoje não tenho vontade, Anna. Além do mais, preciso reescrever aquelas duas últimas páginas — explica ele.

Uma noite, sonhou que estava deitado na cama e alguém colocara a mão sobre seu rosto, comprimindo-lhe o nariz e a boca; mão forte, firme, carnuda, os dedos grossos e escorregadios. Apertaram-lhe o nariz até ele não conseguir mais respirar.

— O que você fez?

— Virei a cabeça de um lado para o outro e tentei me livrar, mas ele apertou mais forte. Depois eu...

— O quê?

— Mordi a mão dele. Senti o gosto de sangue.

— Era a mão de quem?

Então ele sussurrou na sala assustada, onde só estavam os dois:

— De Koba.*

Anna não respondeu. Sabia que havia mais a contar.

— Acordei, então. Olhei no espelho, e meu rosto tinha marcas. Marcas de dedos. Tentei limpar, mas não saíam. Enchi uma bacia com água e enfiei a cabeça, e, quando olhei no espelho, a água escorria de meu rosto, mas as marcas continuavam lá.

Olhou-a. Ela quase esperava ver as marcas na pele dele. Mas não havia nada.

— Foi só um sonho.

— Eu sei — zangou-se ele. Lá vem ela outra vez dizer o óbvio, sem pensar antes de falar.

— Foi um pesadelo — explica Anna.

— Não feche a porta.

---

* Apelido de Stalin.

— Vou deixar aberta.

O pai sempre tivera medo de porta fechada. Tinha medo de ficar preso no elevador, por isso sempre usava a escada. Quando iam ao cinema, sentava-se perto da saída.

A renda do pai agora é um quinto do que tinha três anos atrás. Em cada verão, Anna aumenta o plantio de legumes na *dacha*. Cavou todo o canteiro de flores, exceto as três das roseiras de sua mãe.

Três roseiras, vermelho-escuro, rosas aveludadas que abrem despudoradas e soltam seu perfume. Antes do inverno a mãe colocava palha em volta delas, enfiava cada uma num saco e amarrava com barbante. Anna é capaz de vê-la: os dedos rápidos de quem sabe o jeito de tirar a terra dos joelhos quando levantava do chão. Pronto, as roseiras estavam preparadas para enfrentar o inverno. Estranho, como é fácil lembrar-se da mãe fazendo isso e, ao mesmo tempo, haver espaços longos e vazios em que parecia que a mãe nunca havia existido.

Mas existiu Lembre-se.

Anna e o trenó. A pequena Anna em seu trenó, isso faz tempo. Mamãe gostava tanto quanto Anna de andar de trenó. Saíam as duas, enquanto o pai trabalhava. Gostaria de ir com elas, mas tinha um prazo a cumprir.

Andando na neve, com o trenó vermelho atrás delas, Anna gostaria que todo mundo que conhecia visse seu lindo trenó com listras sinuosas verdes e douradas. A corda era nova, e Anna tinha permissão para puxar o trenó. A mãe abaixava-se rápido para resgatar Anna quando a neve cobria suas botas. Sentava-a no trenó outra vez e Anna segurava a corda grossa e nova. Um pouco mais longe, perto do parque, alguém as obrigou a parar. A mulher ficou tão perto, que Anna sentia seu perfume forte. Suas botas tinham fivelas prateadas e brilhantes, e Anna queria tocá-las.

— Como ela cresceu! Como vão vocês, Vera?

— Vamos bem — respondeu Vera, apertando a mão de Anna com força. Fez-se silêncio, e Vera não colocou mais nenhuma palavra nele.

— Há semanas não vejo Misha, não está doente, espero?

— Está muito bem, Marina Petrovna — a voz da mãe era firme. — Estamos todos muito bem. Agora, com sua licença, Anna não pode ficar no frio.

— Claro...

Quando Anna olhou para trás, ela ainda estava lá. Não saíra do lugar e ninguém se despedira.

Viraram a esquina, a mãe parou e colocou Anna com cuidado no trenó. Enrolou-a bem no xale, do jeito de sempre, protegendo seu peito.

Mas, de repente, ela fez algo diferente. Ajoelhou-se na neve na frente do trenó. Segurou Anna e abraçou-a. Apertou-a com tanta força, que Anna sentiu o rosto frio da mãe queimar seu rosto.

— Mãe, você está me machucando.

A mãe recuou. Anna viu o rosto dela de perto.

— Mãe, você está bem?

A mãe levantou-se, tirando a neve do casaco.

— Estou ótima. Não se preocupe, Anna.

Anna não disse nada. Com cuidado, prendeu as pontas do xale que a mãe tinha esquecido. Olhou para cima e viu que a mãe estava enrijecida de raiva. Apertava a corda do trenó nas mãos, como se tivesse deixado Anna na rua.

— Mãe?

— O quê?

— Vamos?

— Quer ir para casa?

— Estou com frio, mãe.

— Desculpe, estava pensando nas coisas do trabalho. Vamos, segure bem, Anna.

Que idade tinha ela na época? Cinco, seis? Durante toda aquela primavera e o verão, os dias haviam estado pesados, prenunciando tempestades. À noite, Anna acordava e ouvia vozes chicoteando o escuro. Quando chegaram as férias, a mãe levou Anna para a *dacha*, mas o pai não foi. Tinha coisas a fazer em Leningrado.

— Muito trabalho, Anna. Quero ir, mas...

A mãe tinha duas semanas de férias, e Anna ficou com ela todos os minutos. Ninguém foi visitá-las. A mãe era só de Anna. De manhã, as duas tomavam o café na varanda, Anna punha um tablete de açúcar na boca e deixava-o derreter antes de tomar o chá, como fazia a mãe. A mãe lia enquanto Anna recortava bonecas de papel e pintava as roupas. Às vezes fazia calor; era tarde quando elas se arrumavam. Brinquedos e restos de papel ficavam na varanda onde Anna os deixara cair, e dois dias depois ainda estavam lá. Não havia sequer um sopro de vento.

A mãe sentava na varanda, esticava os pés descalços ao sol e lia para Anna. Os pés da mãe eram gastos e cheios de calos, mas ela os esticava como uma bailarina.

— Você dançava, mãe?

— Ah, claro.

— Com papai?

— Seu pai jamais gostou de dançar.

— Mostre como era.

— Agora não, Anna, estou lendo para você.

Dormiam na mesma cama. Anna rolava e abraçava a cintura da mãe, fingindo estar bem adormecida para não ser impedida daquele gesto. E dizia em voz sonolenta, meio dormindo:

— Mãe?

— Pssiu. Durma outra vez. É tarde.

E a mãe não empurrava Anna. Em Leningrado, no apartamento, não havia lugar para Anna na cama dos pais. Mas na *dacha*, a velha cama de cabeceira de ferro rangia quando a mãe virava e ia dormir com Anna grudada nas costas, os braços em sua cintura.

— Você está bem, pombinha? Durma.

— Adoro quando você me chama de pombinha.

No meio da noite, Anna acordou. Viu o ombro da mãe, cálido e largo. Estava de costas, e Anna encostou a boca nas costas da mãe. Lambeu a mãe e cheirou. O cheiro era bem diferente no lugar que lambeu. A mãe tinha um gosto bom. A boca de Anna foi até encontrar o macio pedaço de carne atrás do ombro. Ela abriu a boca e, sem saber o que estava fazendo, mordeu. A mãe levou um susto, empurrou Anna. Mas não acordou. Anna queria que acordasse. Abriu a boca, começou a se lamuriar, depois chorou. A mãe sentou-se na cama e acendeu a vela na mesa de cabeceira.

— Anna, o que houve? — a trança da mãe caiu para a frente e tocou o rosto de Anna. — Está doente?

Anna não lembra de mais nada. A mãe tinha voltado a ser ela mesma, calma e preocupada. Era como uma mudança no tempo. Anna foi dormir outra vez, em seu lado da cama. Na manhã seguinte, antes de Anna acordar, a mãe guardou todos os brinquedos, jogou fora as flores mortas e empilhou seus papéis de pesquisa sobre a mesa.

— Vamos embora amanhã — avisou a mãe.

Em Leningrado, os pais voltaram a dormir na mesma cama. Toda noite Anna deitava em seu berço no quarto dos pais, depois eles a colocavam na sala, quando iam dormir. Mas algumas manhãs ela acordava e via o pai enrolado num lençol, dormindo no sofá de couro a seu lado. A tempestade trovejava e rugia, mas longe, de modo que ela mal conseguia ouvir.

Anna não consegue esquecer aquele verão na *dacha*. Ele continua surgindo em sua cabeça. Há dezoito anos. A única vez, talvez, em que sua mãe deu atenção a Anna, pois ela precisava. Mas em todos os anos seguintes, nada se comentou. Ela nunca havia estado tão perto da mãe como naquelas noites de verão, ouvindo-lhe a respiração.

— Você nunca vai morrer, não é, mãe?

— Um dia, vou. Mas só quando você já puder viver sem mim — tranqüilizava a mãe, com seu jeito sincero e sério.

— Eu nunca vou poder viver sem você.

— Claro que vai. Agora acha que não, mas vai. — Será que Vera pensou nisso quando estava morrendo?

Foi uma hemorragia pós-parto. Anna e o pai não estavam em casa. Quando chegaram, Vera estava desmaiada e já tinha tido um ataque cardíaco.

Desde o começo ela foi tão prática com a gravidez. Prática, realista e bem-humorada, com as colegas brincando porque ela fora pega de surpresa. Vera anotava tudo num caderninho preto e nunca esquecia um compromisso. Ficou na maternidade, com sua camisola de algodão, rindo da brincadeira. Dizia, meio estranha:

— Bom, nenhum de nós é imortal.

— Imortal?

— Não era isso que eu queria dizer. Como é a palavra?

— Infalível?

— Isso mesmo.

As colegas riram junto com ela. Era ótimo aquele jeito de Vera, nunca achava que sabia tudo. As colegas desconfiavam de que ela desejara aquele bebê raspa-de-tacho, agora que Anna tinha dezessete anos. Afinal, Vera era ótima com os mais jovens da equipe. Sempre incentivando, esperando, sendo capaz de ensinar as pessoas sem que elas percebessem. Nunca perdendo a paciência quando elas erravam.

Mas Anna sabia que não fora a mãe quem quisera aquele bebê. Tinha quarenta anos quando engravidara, quase quarenta e um. Era especialista em sua área e estava começando a fazer viagens para dar palestras em Moscou, Odessa, Kiev.

— Você vai viajar outra vez? — o pai perguntava.

— São só cinco dias, Misha. Você sabia, estava marcado desde agosto passado. Está na agenda.

— Você tem saído muito.

— Anna agora já está grande.

— Você só tem isso a dizer?

Vera ficou com olheiras escuras. Seus tornozelos incharam tanto, que as tiras das sandálias cortaram a pele clara e fofa. O bebê deveria chegar no final do verão.

— Vá deitar, mãe. Eu cozinho.

— Estou bem, Anna, ótima. Já vou terminar isso.

O trabalho continuava, como sempre. Vera escrevia a palestra que faria numa conferência em Kiev, três meses depois de o bebê nascer. Nada iria mudar, dissera ela aos colegas, por telefone. Cumpriria suas tarefas. Quando seus olhos encontraram os de Misha, do outro lado da sala, ela os baixou.

Kolya nasceu logo, e tudo parecia ótimo. Era um bebê grande, forte, uma criança ótima, disseram a ela, batendo nos pezinhos para que chorasse. Vera sentou-se e segurou o bebê. Uma enfermeira contou para Anna o que acontecera depois.

"*Quero saber tudo que houve. Não esconda nada, achando que vai me assustar*", dissera Anna.

A enfermeira olhou-a, assustada.

"*O que foi?*", perguntara Anna.

"*É que você parece sua mãe falando.*"

Anna afastou o pensamento. Não pense agora, pense depois. "*Continue, por favor. Diga o que houve.*"

Fora difícil a placenta sair. Logo após o parto, antes que o útero de Vera se contraísse completamente, ocorrera uma emergência na enfermaria ao lado. Era um problema na medula. Tiveram que deixar Vera sozinha alguns minutos. "*Só uns minutos, Anna Mikhailovna, exatamente sete minutos. Juro.*"

Vera não deve ter-se assustado quando levantou seu lençol e viu sangue, embora soubesse o que aquilo significava. Aquele era seu mundo, o mundo do hospital. Ela sabia o que tinha acontecido. Uma parte da placenta não fora expulsa. Ela continuaria sangrando até a placenta ser retirada. A situação era urgente, embora ainda não fosse perigosa.

Ela apertou uma campainha ao lado da cama. Apareceu uma enfermeira. Vera disse calmamente: "*Acho que estou sangrando.*"

"*Foi isso que ela disse?*"

"*Sim, fui eu que apareci e foi isso que ela disse.*"

Portanto, Vera estava assustada. Ela dissera "acho", mas tinha certeza. Ou talvez não quisesse assustar a enfermeira, que levantou o lençol, olhou e disse "*Está direito, você está ótima*" e saiu rápido, com os pés batendo no chão duro da enfermaria. A seguir, uma maca de metal e maqueiros transportando Vera. A enfermeira correu ao lado da maca que foi chacoalhando pelo corredor até o elevador. Vera disse que ia desmaiar e fechou os olhos.

Depois, o quê? Depois, a parede limpa e sem graça do hospital e a porta fechada. Anna não pôde mais acompanhar a mãe. Depois, o pai ajoelhado ao lado da cama de Vera, com as mãos no rosto. Anna tocou a pele macia e quente da mãe, mas aquele rosto comprido era de outra pessoa. Não tinha qualquer expressão.

Vera tinha quarenta e um anos.

"*O risco é sempre maior, compreenda*", explicou alguém.

Mas como Vera pôde morrer daquele jeito? Não tinha nada a ver com ela. Ela conhecia o corpo e os hospitais. Sabia tudo que pode acontecer com as pessoas. A saúde era sua área e sua vida. Sabia o que Anna devia comer e quantas horas devia estudar. Tinha conversado com Anna sobre menstruação antes de ela menstruar, dizendo o suficiente, sem falar demais. "Quando você tiver filhos", dissera ela, "não quando eu tiver filhos." O tempo de Vera ter filhos havia passado, sem se despedir. Vera tinha Anna.

Mas morreu aos quarenta e um anos. Deixou o filho para Anna. No final, em vez de libertar a filha, colocou um filho nos braços dela. Aquela coisa vermelha e amassada que estavam enrolando em panos no quarto ao lado. Kolya.

A pequena Anna ficou na *dacha* com a mãe, há dezoito verões, as duas sozinhas pela primeira vez. Toda noite, quando acordava, a mãe estava lá, sonhando, com a mão ao lado do rosto.

— Mãe? — perguntava Anna.

— Está tudo bem — dizia a mãe com sua voz grossa de sono. — Estou aqui. — Dissera isso todas as noites, até Anna dormir sem perguntar.

2

Assim que a neve desmanchou no final da primavera de 1941, Anna começou a ir de bicicleta para a *dacha* nos dias de folga. Era um percurso longo, com Kolya na garupa, mas ela não se importava. Levava pães, arenques em conserva e comprava leite para Kolya na aldeia. O ar frio e fresco batia em seu rosto quando ela pedalava forte. Ia mais depressa, depressa, com o coração aos pulos, um sorriso vindo do nada surgindo em seus lábios.

— Olhe lá, Kolya! A fazenda dos Sokolov!

Na área externa da *dacha*, a terra era escura e suave, e desmanchava facilmente depois das nevascas. Kolya brincava na lama, fazendo fortalezas com canhões de paus e pedras enquanto ela cavava com a pá. Deixava Kolya brincar, mas depois ele tinha de ajudar a semear. Estava muito acostumada a fazer tudo para Kolya porque era mais rápido e mais fácil. Ele ficaria preguiçoso. Lembrou-se do pai com seus dedos longos virando uma página e perguntando "A que horas jantamos, Anna?", sem sequer levantar os olhos do livro. Nunca sabia que comida tinham em casa.

— Você precisa ser mais independente, Kolya.

— In-de-pen-dente — cantarou ele, balançando os pés. — O que é isso, Anna?

Ele sentava e esticava os pés para ela colocar as botinhas, embora soubesse muito bem como se calçar.

Anna parou de cavar a terra e olhou-o. Ele estava ajoelhado ao lado dos buracos que fizera, empunhando o revólver de brinquedo, atirando num inimigo invisível atrás das cerejeiras galegas, depois cavou com força com sua pazinha de madeira. Ao mesmo tempo, comentava a brincadeira:

— Ataque! Ataque! Os vermelhos estão atacando e os brancos recuam, o comandante ferido de mor-te...

Anna deu um suspiro. Os meninos da creche eram iguais a Kolya, gostavam de velhas guerras. Ela ficou quieta. Kolya poderia dizer alguma coisa e Elizaveta Antonovna poderia ouvir. "*Anna diz que brincar de Vermelhos e Brancos é burrice.*" Meu Deus, imagine se ela escuta isso. E poderia. Elizaveta Antonovna estava sempre aparecendo exatamente onde não era esperada.

Anna é uma operária útil, mas não o suficiente para Elizaveta Antonovna não a denunciar. Ela não hesitaria um instante.

Anna sabe que, por enquanto, está tão segura quanto se pode. É forte, isso é que importa. Nunca adoece, quase nunca se atrasa. Além de seu trabalho, faz a metade do trabalho de Lyuba, que fica bem contente. E Elizaveta Antonovna sabe que ela fará qualquer tarefa, porque o trabalho lhe permite ficar com Kolya.

Aqui nesse lado, ela vai plantar batatas: cinco fileiras. Deve ser suficiente. Ao lado, cebolas, aquelas de pele vermelha de que o pai tanto gosta. Ele vai cortando fatias, que come só com um pouquinho de sal. Muita beterraba, espinafre e pequenos pepinos de casca grossa para conserva. Esse ano, nada de cenouras, depois da praga nas raízes, no verão passado. Repolhos, endro, salsa, alho, cebolinha. Anna imagina as sementes começando a brotar. Pontas verdes surgindo da terra, desdobrando-se, aumentando, transformando o hidrogênio, oxigênio e tudo o mais em comida real e suculenta.

Kolya já parecia melhor, só de passar uns dias ao ar livre depois do longo inverno no apartamento. Estava perdendo aquela pele de criança que parece de cera porque fica em casa, atrás de janelas de vidros duplos.

Aquele instante em que a superfície de gelo finalmente se derrete e a terra escura surge, bem depois que já se perdeu a esperança de que isso aconteça! Primeiro, o mau cheiro da terra acre, que ficou coberta todo o inverno por camadas de neve. Depois que a neve desmancha, fica cinzenta e fétida. Talvez valha a pena suportar o inverno, se é para ter uma primavera assim.

— Kolya! Não role na lama!

Ele parou de brincar, ficou de quatro na terra molhada e olhou para ela.

— Não fale com essa voz de creche.

— O quê?

— Fale comigo com sua voz de casa.

Ela riu, vencida, e abraçou o pequeno corpo redondo apertado na jaqueta, sentindo-lhe o perfume da pele. Ele riu também com os olhos bem fechados, formando um traço.

— Vou mostrar minha voz de creche: *Crianças, que bagunça é essa?* — Ela faz uma voz esganiçada, ele se encolhe.

— Você fala igual a Elizaveta Antonovna.

— Não vamos falar nela. Escute, sabe como é a semente de rabanete? Preciso que você plante algumas. Rabanetes, cebolas, repolho. Depois, antes que você perceba, estaremos comendo maravilhosas saladas.

— Posso colher?

— Primeiro, tem que plantar. Vamos começar nesse pedaço aqui, onde cavei Lembra, você tem que passar o ancinho com cuidado, depois fazer as carreiras com um galho para mostrar onde as sementes vão ficar... elas se chamam sementeiras.

— Sei.

— Então, você pode colocar as sementes. Mas não de uma vez, preste atenção: só um pouquinho, assim.

Kolya deu uma olhada nos sacos pardos em que estavam as sementes, algumas do ano anterior, outras compradas no mercado. Enfiou um dedo na semente de rabanete.

— Está tudo seco e morto.

— Não está. Lembra do ano passado? Dentro da semente tem um pequeno germe de vida, esperando ser jogado na terra. O sol vem e aquece, a chuva amacia, e ela começa a brotar.

Kolya boceja, mostrando a boca rosada e os dentes de leite.

— Não tem importância, Kolya. Ponha as sementes e veja o que acontece Talvez você encontre rabanetes crescendo por mágica.

— Por mágica — repetiu ele. — O buraco está bem fundo, Anna?

— Perfeito. Quando os rabanetes crescerem, você poderá puxar. Sabe como o pai gosta deles numa molheira com as folhas em volta. Você pode semear.

— Ele vai ter uma surpresa se eu fizer sozinho, não?

— Se vai dizer que fez sozinho, então precisa cuidar. Capinar e regar, se for preciso. Vou mostrar como é.

Mas Kolya começou a se desinteressar. Jogou o resto da semente no buraco.

— Posso ir brincar?

Anna voltou para o canteiro de batatas. Não cometeria nenhum erro naquele ano. Plantaria o mais que pudesse. Sempre se resolve o que comer, se tiver batata, cebola e um pouco de salsicha.

Kolya começou outra vez:

— Ataque! Ataque! Ataque! Os tanques estão chegando... — Depois, ela não ouviu mais. Pá na terra, inclina, força, levanta. Uma pá cheia de terra surgiu na luz, fresca e brilhante, para ser girada e aberta. Minhocas se contorcem, aranhas saem correndo, pequenos besouros correm da pá e esburacam o chão. Ela estava ficando com calor. Ia tirar a jaqueta, mas Kolya também ia querer tirar a dele. Um melro trilou no canteiro de lilases, depois outro, demarcando o território com toda a força da primavera. Mais longe, por trás da sebe de brotos de folhas, Anna ouviu alguém varrendo uma varanda com uma vassoura de galhos de bétula, com golpes fortes e firmes em todos os cantos, acabando com toda a sujeira da neve derretida. Varrendo o inverno.

E agora são 21 de junho, e Anna tem quatro feriados pela frente. O jardim está todo cavado, plantado e cheio de verde. A primeira colheita de alface, rabanete e cebola está surgindo, linda. Ela conta a colheita com a cabeça, como um miserável conta dinheiro. Pensa como serão comidos nos meses escuros.

O arbusto branco embaixo da janela de Anna está florindo tarde, depois do frio começo do ano. Nos últimos dias seus cones firmes de botões brancos começam a se abrir e perfumar. Um tentilhão fez seu ninho lá, tão perto, que, se ela se inclinasse um pouco, poderia tocá-lo.

Mas ela tem de ir. São mais de 20 quilômetros até a *dacha* de Marina Petrovna e pelos caminhos da floresta ela vai levar no mínimo três horas de bicicleta. Marina Petrovna quer que ela chegue às nove.

— Pelo amor de Deus, não se atrase — recomendara o pai, na noite anterior. — Senão, ela é bem capaz de não receber você.

Marina Petrovna não vê ninguém. Durante anos, isso foi uma questão de princípios. Às vezes, o pai recebe uma carta.

— De quem é a carta?

O pai faz uma pausa antes de responder:

— De Marina Petrovna.

— Pai, não deixe a carta em casa, sim? — Anna quer dizer: *queime a carta,* mas não ousa. Pelo menos essas cartas não chegam pelo correio, então há menos riscos. Será que o pai foi visitar Marina Petrovna? Melhor não perguntar. Ela é invisível pelas mesmas razões que o pai de Anna é impublicável. Teve anos de fama, depois o sucesso sumiu de um dia para outro. Seu nome foi apagado dos cartazes de teatro, programas e resenhas. Mas que sorte a dela, considerando que era ligada a Meyerhold e Tairov. Foi formalmente criticada pelo Comitê de Temas Artísticos "pela inabilidade para se incorporar adequadamente ao método fundamental em sua técnica" e por "falta de discrição na escolha de parceiros artísticos". Foi chamada para interrogatório e liberada. Um ano depois, não se livrara ainda do problema. Ela sumira junto com o nome.

Mas uma atriz não pode viver numa toca e trabalhar sozinha, escondida. Precisa de palco, elenco, diretor, iluminação e, acima de tudo, platéia. Ela envelhece. Seus melhores anos passam e aumenta a lista de papéis que jamais interpretou. Ela foi silenciada.

Marina Petrovna vive na *dacha* não muito distante da aldeia em que passava os verões quando criança e onde sua velha babá ainda mora. A babá nem tenta entender como as pessoas que pensavam que eram atores e poetas podem de repente descobrir que se tornaram conciliadores e produtos híbridos da direita-esquerda. Ela passa as mãos num pano invisível e resmunga que as coisas sempre foram assim. Gente da alta inventa idéias, e somos nós que agüentamos. *Então, fique aqui com sua babá. Abaixe a cabeça até que tudo isso passe e acabe.*

A *dacha* fica a apenas 30 quilômetros do centro de Leningrado, mas poderia ser a três mil. Ninguém é convidado para aparecer e ninguém vai. Marina Petrovna não ajuda a sorte. Ela caiu e eles parecem tê-la esquecido. Mas poderiam ter-se lembrado dela a qualquer momento.

É preciso olhar bem em frente. Não olhe em volta as caminhonetes negras ou os homens que delas descem, sobem as escadas com botas pesadas e ficam em silêncio 30 segundos diante da porta escolhida. Depois, levantam os punhos e batem.

As pessoas dizem que o pior já passou. E é verdade que está melhor agora do que no pior do terror Yezhov. É preciso acreditar em alguma coisa. Mesmo nos anos Yezhov, as pessoas ainda acreditavam numa boa ficha de militância no Partido, esperavam que influências e contatos pudessem protegê-las. Ou fingiam que ainda tinham esperança e confiavam.

Às vezes os presos eram libertados enquanto se colhiam mais provas. Peixes com iscas na boca, esperando para serem tirados da água, como Olya. Ela fora colega de Vera. Um dia, na fila do pão, alguém tocou as costas de Anna. Ela se virou, olhou, mas não reconheceu a mulher.

— Sou eu, Olya. Não lembra? Trabalhava com sua mãe.

— Ah, sim, sim, claro.

— Não disfarce. Você não me reconheceu, não foi?

— Desculpe.

— Não precisa se desculpar. Acha que sua mãe me reconheceria? Às vezes, acho que Vera teve sorte. Foi embora na hora. Ninguém a traiu, nem ela traiu ninguém.

Claro, Olya. Fora uma das protegidas da mãe. Tinha 22 anos quando entrou para o Departamento de Radiologia, mas aparentava 18, até 16. Os cabelos eram bem curtos e tão cacheados, que todo mundo pedia licença para tocar. Tinha inteligência brilhante e foi a melhor aluna do ano.

— Não vamos ficar com Olya muito tempo — Vera previu. — Ela vai fazer grandes coisas.

— Perdi o emprego — sussurrou Olya na fila do pão.

— E o que está fazendo?

— Nada, só esperando. Eles me expulsaram do Partido também. Você sabe, Anna, o trabalho era tudo para mim, meus colegas eram minha família. — Olhou para trás, examinando a rua. — Eu não deveria falar com você, pode ser perigoso para você.

— Olya...

— Não, preciso ir.

Em toda Leningrado eles ficam hirtos nas horas que precedem a madrugada, ouvindo batidas nas portas vizinhas, mas nunca, certamente, nunca na deles. Você, não, que está com a promoção a caminho, planeja passar as férias na Criméia e tem a festa de aniversário de quatro anos da pequena Mitya na semana que vem.

Até a chefe de Anna, aquela maravilhosa fornecedora de estatísticas, sempre pronta a seguir as linhas do Partido, até Elizaveta Antonovna ficou branca de pavor naquele mês de fevereiro, quatro anos antes, depois do discurso de Stalin para o Comitê Central. Destruidores, traidores, inimigos e sabotadores não estavam só na oposição. Tinham-se infiltrado no Partido e estavam entre a elite, fingindo-se de ativistas irrepreensíveis do Partido e membros do comitê. Mas como se poderia provar que não era uma máscara, pensava Anna. Só dilacerando a própria carne...

Atrás dela, Kolya espreguiça-se. Senta-se, imediatamente acordado.

— Quero ir com você!

— Sabe que não pode. Falamos isso ontem.

— Vou ficar tão quieto, que ela nem vai ver que estou lá.

— Não, Kolya. Marina Petrovna não o convidou. E você vai pescar com o pai, não é?

Ele havia esquecido. Anna ficou olhando os dois prazeres brigando no rosto dele.

— E quando eu voltar você mostra o que pescou.

— Você pesca melhor do que o pai.

— Você vai adorar. Só não pode deixar o peixe ver a sua sombra.

— Por quê?

— Porque, se vir, saberá que você está esperando por ele.

— Anna.

— O quê?

— Não vou me mexer. Vou ficar tão quieto, que os peixes vão pensar que sou uma árvore. Assim.

Ele deita na cama e fecha os olhos, as mãos entrelaçadas no peito. Anna vai sair na ponta dos pés, mas não pode deixá-lo daquele jeito, deitado, com as mãos entrelaçadas, tão parado. Parece esquisito, pouco natural...

— Kolya?

Ele pula, olhando para ela.

— Fechei os olhos para você sair! Você fica se despedindo e nunca vai. Detesto quando faz isso.

3

O caminho estreita-se numa trilha. Ela precisa desmontar. Bétula, cereja-galega e lariço foram substituídos pelo verde-forte do pinheiro, e copas das árvores juntam-se no alto. Anna salta da bicicleta e consulta o papel que o pai escreveu para ela. Vire à esquerda na fazenda Turaev (cuidado com os cachorros), siga uns seis quilômetros até chegar numa encruzilhada...

Ele tinha razão a respeito dos cachorros. Dois cães alsacianos correram atrás dela, rosnando e mordendo as rodas da bicicleta. Mas estavam meio famintos e não conseguiram pegá-la na descida da encosta da fazenda. E se ela estivesse com Kolya na garupa, suas pernas gordinhas dependuradas e o peso dos dois fazendo com que ela diminuísse a marcha e os cães chegassem? Na volta, precisava lembrar de fazer outro caminho.

Naquele ponto deveria ter um portão de madeira no muro ao lado da trilha. O muro está caindo, seguro apenas pelo musgo, as trepadeiras e a amoreira-preta. Ela poderia escalá-lo, mas teria de deixar a bicicleta. Era melhor continuar andando.

Anna empurra e puxa a bicicleta. O sol está quente, e os abetos formam um dossel, sob o qual o tempo é cálido, úmido e parado. Dava para deitar-se lá, com a cabeça num travesseiro feito de agulhas de pinheiro, no lugar em que as raízes das árvores da floresta parecem dedos cheios de artrite, tocando piano. Dava para fechar os olhos.

Anna nunca dorme bastante. É preciso acordar Kolya, lavá-lo e vesti-lo. Ele deverria fazer isso sozinho, mas não há tempo. Ela prepara o mingau para ele, arruma a pasta da escola e lava um pouco da louça, quando dá. O pai não acorda. Dorme como uma pedra pela manhã, um sono pesado que não o revigora. Não é de estranhar, pois fica acordado quase a noite toda. Ela escuta os passos dele. Arrastar de pés de um cômodo para outro, bem silencioso para não acordar ninguém. O estalido de um vidro. Uma tosse, um suspiro. Às vezes ela é capaz de jurar que ouve as páginas do livro sendo viradas e fica escutando, gelada de frio, e nervosa, sem conseguir dormir, porque daria a impressão de estar abandonando o pai. Depois, durante um longo tempo, às vezes uma hora, ele não se mexe. Ela o imagina sentado, a cabeça caída no peito, o livro no chão, exausto e insone, o copo de chá esfriando ao lado. Mas ela precisa dormir, pois tem trabalho pela manhã.

Tem que estar na creche às sete. Arruma as mesas, limpa os pequenos banheiros que Lyuba nunca esfrega direito, confere os cardápios e a entrega de mantimentos, faz o possível para cumprir a dúzia de tarefas que sabe de cor. Tudo isso, antes de as crianças começarem a chegar, às sete e meia. Lá vêm elas, seis, sete crianças, uma dúzia, quinze, um bando de corpinhos enfiados em calças, jaquetas, capuzes e botas forradas, meio tontas de sono e incapazes de tirar suas botas ou dependurar os casacos nos ganchos.

As mães estão acordadas desde as cinco e, mesmo assim, vão se atrasar se não saírem já, nesse minuto, soltando a mão da pequena Vasya ou da pequena Maya, que agarram forte as pernas da mãe e não se soltam sem antes fazer uma sessão de gritaria.

— Não se preocupe, ele vai ficar ótimo assim que você for. Prometo, daqui a cinco minutos ele estará rindo. *Se eu conseguir ao menos manter meu emprego aqui. Se eu conseguir ficar ao lado de Kolya.*

O dia todo Anna lida com narizes escorrendo, lágrimas, mordidas, puxões de cabelos, lições básicas de como lavar as mãos adequadamente e socialização no recreio. As linhas de demarcação são rígidas. Anna é uma assistente de creche sem qualificação, não é professora. Elizaveta Antonovna Zamirovskaya, com seus predicados pedagógicos e uma ansiosa e pedante fidelidade à teoria, jamais esquece que ela é a especialista e quem manda.

— Tenho de oferecer uma educação que desenvolva nas crianças o conceito de cidadania soviética no sentido amplo. Não espero que você compreenda esse tipo de responsabilidade, Anna Mikhailovna, mas espero que coopere até o limite máximo de sua capacidade.

— Garanto que vou cooperar ao máximo, Elizaveta Antonovna! — Anna fala, ansiosa sempre que surge essa conversa, duas ou três vezes por mês. Ela percebeu há algum tempo que Elizaveta Antonovna é insegura, apesar de todos os seus títulos. Precisa de apoio, e a melhor forma de Anna fazer isso é agir como uma zelosa chefe de seção ao receber as ordens matinais. — E gostaria de avisar que o banheiro das crianças continua vazando. Acho que o encanador que chamamos na semana passada não era muito bom.

Mas, afinal, pobre Elizaveta Antonovna, para ela é uma luta. Não gosta muito de crianças, que dela não gostam nada.

Anna está ficando nervosa. A trilha continua ao lado do mesmo muro todo quebrado. Não há portão. Talvez Marina Petrovna não queira que Anna encontre o lugar. Não vai encontrar. Não precisava escolher e apontar os lápis de desenho com tanto cuidado e gastar tanto dinheiro do salário, mais do que podia, comprando um bloco novo de desenho. Tudo porque o pai falou em Anna numa das cartas para Marina Petrovna. Ele tinha plena consciência de que a filha tivera de parar de estudar para cuidar de Kolya e tentava incentivar e encorajar, mas as palavras soavam falsas para ela. O pai pensava que ela estivesse se transformando numa abelha operária. Mas não era isso que ele queria? Anna entrar na fila para ele, remendar as roupas de Kolya e correr de loja em loja até achar leite fresco.

— Você tem talento, Anna. Deve desenvolvê-lo.

É, talento para conseguir comprar mais cem gramas de salsicha, pensou ela, mas não disse.

Para que servia o talento, se não podia praticar? Não fazia nenhum progresso. Tinha pouca técnica. O que precisava aprender não poderia ser ensinado nos intervalos entre o trabalho, os afazeres da casa e Kolya. Precisava de professores. Precisava de pessoas da mesma idade para incentivá-la. E será que ela precisava aprender a ser "nacionalista na forma e socialista no conteúdo"?

Sem contar para ela, Mikhail embrulhou o retrato a bico de pena que Anna fizera de Kolya, os esboços a lápis de Lyuba na cozinha da creche e mandou tudo para Marina Petrovna.

Quando descobriu, Anna gritou com ele:

— Por que você fez isso? Devia ter-me avisado primeiro. Não sou criança. — O sentimento de humilhação surpreendeu-a. De repente, detestava aquele retrato de Kolya, a melhor coisa que tinha feito. Queria que não fosse dela, os esboços também. Marina Petrovna devolveu os desenhos, embrulhados com extremo cuidado, como se fossem rubis. Junto, enviou uma carta. Gostara dos trabalhos. Será que Anna aceitava uma encomenda? Se aceitava, Marina Petrovna gostaria muito que Anna aparecesse para fazer um retrato dela.

— Eu? Desenhar Marina Petrovna! Não tenho técnica para isso. Sou amadora, será que ela não vê? Não posso nem comprar o material. — Mais uma vez, o olhar ferido e consciente do pai. Ele acha que a filha o culpa, porque contribui tão pouco nas despesas da casa. — Não, eu queria dizer que.. — continua Anna e pára. O que dizer? Um círculo do sofrimento do pai leva a outro até chegar ao chão gelado da perda de sua identidade. Ele queria tanto que ela fosse à casa de Marina Petrovna. Escrevera uma longa carta para ela, "explicando tudo", claro. O talento de Anna, a impossibilidade de estudar como deveria, a culpa dele. Será que ele a conhece bastante para contar tudo isso? Sim, conhece — O que você escreveu na carta? — pergunta Anna, mais gentil.

— Nada, foi só um bilhete. Achei que Marina Petrovna gostaria de saber como você está. Ela deve lembrar-se de você. E ela era muito amiga de sua mãe.

— Era?

— Claro, pensei que você soubesse disso.

Mas era mesmo amiga da mãe? Não creio. Escrevia cartas para meus pais endereçadas aos dois. Meu pai sempre entregava as cartas a Vera, para ler primeiro. E ela deixava todas na mesa, arqueava a sobrancelha e devolvia para ele, fechada.

"É para você que ela escreve, não?"

* * *

Anna pára. Ela quase empurra a bicicleta pelo portão. Vai ver que não queria muito encontrá-lo. Marina Petrovna Berezovskaya é uma dessas lendas que todos conhecem e de que ninguém fala. Mas é também a amiga Marina do pai, que escrevia cartas que a mãe não queria ler.

"Ela não é sua amiga também, mãe?"

"Nem tanto. É amiga de seu pai. Ele a conhece faz tempo."

"Ela quer ser sua amiga, senão não escreveria para você."

"Não sei. Amizade não é bem assim."

4

O rangido do portão assusta um casal de pombos que está em meio às folhas da bétula. Eles levantam vôo e, batendo as asas, pousam outra vez num galho acima da cabeça de Anna. Fazem *prr-cuuu*, *prr-cuuu*, encobrindo o barulho que ela fez. O caminho é tão estreito, que talvez tivesse sido melhor deixar a bicicleta lá, pelo lado de dentro do muro, onde ninguém visse.

Anna sente comichões de ansiedade. Em alguns minutos, estará na *dacha*. Marina Petrovna estará diante dela.

Anna observara uma dúzia de fotos, tentando ser objetiva, tentando separar a mulher que vai desenhar e a mulher amiga dos pais. Amiga do pai. Lá está ela numa foto, de vestido claro, ao lado de uma cadeira em que o pai de Anna está sentado. Em outra foto, está de calças compridas, agachada ao lado de um balde de ameixas-pretas, olhando para cima. O sol devia estar forte, pois ela aperta os olhos. O pai de Anna, um pouco desfocado, está atrás dela. Parece jovem. Em outra, Vera e Marina Petrovna estão juntas. Mas Vera parece se afastar, como se fosse sair dali assim que a máquina clicasse. As fotos, como muitas outras, estão coladas nos álbuns do pai. Ele devia livrar-se delas.

Uma amoreira-preta bate no braço de Anna. O caminho está cheio de mato e as árvores têm trepadeiras e clematites selvagens. Anna anda com cuidado, como se alguém estivesse escutando. No viço verde das árvores ela vê sombras que formam rostos. O caminho faz uma curva e mais outra. Ela poderia continuar assim para sempre, caminhando sem fazer barulho para a casa, nessa perfeita manhã de verão. Poderia jamais chegar.

Após semanas ou meses, alguém encontraria a bicicleta com os pneus enfiados na areia. Nenhum sinal de Anna. Nenhum bilhete, osso, pedaço de sua roupa. Como aconteceu com todos os outros. Anna olha para o papel amassado com as instruções *Siga o caminho até um segundo portão...*

O segundo portão. Ainda mais despencado do que o primeiro, preso só nas dobradiças. Escondido em meio a urzes brancas. Ela entra.

Há mais luz passando pelas árvores. O abeto é substituído pela bétula. Há sorveira-brava e cereja. Os raios de sol entre os troncos das árvores que caíram no ano anterior, folhas esqueléticas. Há um cheiro ácido de raposa.

Anna pára. Faz tempo que sobe, mas naquele ponto o caminho desfaz-se em várias trilhas. Algumas feitas por pegadas de animais.

Deve haver um jeito mais fácil de chegar à *dacha*. Talvez ela esteja testando você. O rosto de Marina Petrovna surge na cabeça de Anna. A curva das pálpebras, a saliência das maçãs do rosto, o olhar baixo. Tem uma beleza fria, não é comunicativa. Cabelos negros, olhos negros, pele clara. Dizem que o avô era tártaro.

Poderiam atirar aquela cabeça numa parede de cela. Ainda podem. Pense no que aconteceu com o professor Koslovsky. Deixaram que saísse da prisão, mas enlouqueceu. Não podia mais dar palestras.

As árvores ficam mais finas. A trilha deve terminar no alto da colina. Isso mesmo. Isso. Uma clareira, uma moita de lilases e, além, a calma e cinzenta *dacha* de Berezovskaya.

Anna passa pelos lilases. Uma varanda contorna toda a casa. Há uma porta, entreaberta. Ela está sendo esperada.

Marina Petrovna está de roupão creme, como se tivesse acabado de tirar a maquilagem de palco no final de uma peça. Fuma, nervosa.

— Anna — diz, tomando-lhe as mãos, buscando seu rosto como se quisesse reconhecer algo. Está bem perto, e seu perfume perturba Anna. — Estava à sua espera.

— Não estou atrasada, não é?

— Não. Vejo pouca gente. É sempre um choque; então, me preparo.

A mão que segura o cigarro treme um pouco. A pele parece um pergaminho, e o cabelo encaracolado está embranquecendo.

— Sei que estou ficando velha. Dizem que o ar do campo é bom, mas não tenho certeza. — Sorri e traga mais uma vez o cigarro, quase fechando os olhos. — Você cresceu, Anna. Ainda posso chamá-la de Anna, não?

— Claro.

— Você devia ter 15 ou 16 anos, na última vez.

— Dezesseis. Agora tenho 23.

— Seu pai me disse que você trabalha como professora de creche.

— Não posso dar aulas. Sou apenas assistente.

— Mas você desenha. Vi seu trabalho. É bom.

— Sou amadora. Não tenho prática.

— Você veio, isso é o que interessa. — A voz dela é exatamente como Anna lembra. — Venha ver a casa, depois resolva onde quer me desenhar.

Elas passam de um cômodo a outro. No andar de cima há dois quartos. Marina Petrovna abre bem as janelas e os quartos saltam da penumbra para a luz. Os pisos de madeira são lustrosos, mas os quartos têm um cheiro seco, abafado.

— Há muita luz aqui nesta hora do dia, não é? Eu havia esquecido...

A luz bate no rosto, nem forte, nem suave, mas na medida justa. A pele, que parecia tão aveludada nas fotos, está mais seca, esticada nos ossos. Ela acende mais um cigarro, aspira bem a fumaça, sopra.

— A luz aqui é boa — constata Anna. Marina Petrovna cala-se e olha em volta, os olhos apertados para ver o mesmo que Anna. Há poucos móveis: um sofá azul desbotado, um tapete, um aquecedor, uma janela com peitoril em que se pode sentar. As paredes são de cor creme, a madeira é escura. Com as janelas abertas, Anna pode ver como a *dacha* fica no alto. De lá se vê a floresta até um leve contorno de colinas azuis. Marina Petrovna vai até a janela e olha. Passeia, passando a mão na madeira acetinada da moldura da janela.

Anna sabe que aquele é o quarto. É para lá que ela vai, para sentar-se no sofá ou na beira da janela e olhar longe. Aquele é o lugar dela.

Anna passa os olhos pelo quarto, rápidos, nervosos, avaliando as possibilidades. Aquele enorme espelho sobre a lareira, na parede em frente à janela: se puxasse o sofá e ela sentasse de costas para o espelho...

— Quero experimentar uma coisa, Marina Petrovna. Posso puxar o sofá? Ela concorda. Anna puxa-o para a frente colocando-o no ângulo que quer. — Pode sentar-se aqui um instante?

Ela senta, ereta, mostrando que não gosta de ser mandada. Fica na beira do sofá, os joelhos juntos, distanciando-se de seu corpo, como se dissesse *Essa idéia é sua, não minha*.

Anna fez as coisas muito depressa. Mas eis a composição, exatamente como achava que seria: o reflexo, a cabeça vista por trás, o braço no encosto do sofá e, a distância, a linha da floresta, mais azul e mais enigmática no espelho do que de frente. E mais clara, também.

— Não quero posar sentada — avisa ela. Anna olha outra vez a curva do braço de Marina Petrovna contra o áspero tecido azul do sofá. Marina Petrovna levanta-se. — Não me sinto bem nesta pose.

Dessa vez, não vai mudar de idéia. Esses primeiros momentos são perigosos, quando o modelo percebe que não se irá copiar apenas a sua imagem. Ele será invadido. Perceberá seu mundo particular sendo invadido. E com Marina Petrovna será ainda mais difícil. Ela costuma ter controle sobre como é vista.

— Posar em pé é cansativo — diz Anna.

— Não me importo. Podemos fazer pausas, imagino.

— Claro.

Anna empurra o sofá outra vez para junto da parede. Marina Petrovna continua de pé, numa pose que não é pose. Os braços soltos, caídos ao lado do corpo, a cabeça firme seguindo a linha do pescoço e da coluna.

Ela está certa. É assim que deve ficar. Veio ao mundo com tantos atributos que todos querem. Só o que precisava fazer era entrar num lugar e se mostrar. Não importa que os anos tenham passado, que a pele esteja perdendo o viço, e o cabelo, embranquecendo. A curva dos lábios sugere que a felicidade pode começar a qualquer momento.

— Vou fazer alguns esboços preliminares — diz Anna. — Só para a pose e o quarto, a composição básica. Pode ficar nessa posição durante 20 minutos?

— Claro.

Anna desenha rápido, fazendo pequenos esboços de composição enquanto Marina Petrovna relaxa na pose. Vai ficar desapontada ao ver aqueles esboços. Os modelos sempre ficam. Querem a semelhança que eles ainda não têm. Detestam ser uma forma em meio a outras.

Precisa de algo mais, mas Anna não sabe o que é ainda. Continua a desenhar.

Lilases. Um vaso de lilases. Naquela mesa, cuja imagem o espelho vai duplicar. — Pronto, por enquanto basta, pode descansar — diz Anna.

Marina Petrovna olha os esboços com o rosto parecendo um disco em branco. Depois, diz:

— Vai ficar bom.

— Vai — concorda Anna, mas naquele momento não se incomoda. Está tomada pela cansaço que sempre experimenta ao começar um novo trabalho. O impulso inicial vai jogá-la num lugar que ela não quer. Só consegue se livrar desenhando o jeito de sair desse lugar.

— Afinal, é você que vai ficar com ele — diz Anna, de repente. Marina Petrovna olha, assustada. — Ficar com o desenho, quero dizer.

— Sim, claro, é.

Ela vai até a janela. Anna olha seu perfil contra a luz. Ela sabe que Anna a observa, mas não se importa. Cresceu sendo olhada.

Todas as pessoas que Anna desenhou a princípio ficaram nervosas. Talvez temessem que ela captasse coisas latentes e as pusesse no papel para todo mundo ver. Anna diria que os melhores retratos não são assim. Não expõem, identificam. Anna não desfiaria suas teorias porque é amadora e sem prática, não tem direito de falar. Está tentando trabalhar do jeito que acredita. Mas é difícil, desenhar também é difícil. A linha passa pelo papel como o braço de um homem nadando no estilo borboleta. Parece fácil, mas como dói o braço depois.

Há sempre algo que cada modelo detesta em si. Lyuba gritou quando viu os esboços de Anna.

— Meu Deus, Anna Mikhailovna, tenho uma bunda desse tamanho mesmo?

— Você estava abaixada, limpando o chão — mostrou Anna, que gostara da linha larga e cansada das ancas de Lyuba. Gostaria de desenhá-la nua. Lyuba continuava a olhar o papel, ofendida e fascinada.

O pai, com voz suave, mas ofendida, perguntara:

— Minha boca é fina assim, Anna?

— Não sabia que fizera isso com minhas mãos.

— Meus olhos são opacos como você desenhou?

— Pensei que eu estivesse sorrindo.

Mas o que é um retrato senão o exame minucioso da luz batendo sobre a forma? Quando Anna leu isso pela primeira vez, não entendeu nada, mas agora gostava de repetir: *Luz... sobre forma. Luz... sobre... forma.* Elizaveta Antonovna preenchendo seus relatórios: luz sobre a forma. As crianças correndo no recreio, os gritos subindo como fumaça que sai da boca no inverno: luz sobre forma. A mão do pai caindo do lado quando ele lê: luz sobre forma.

— Vamos tomar chá — anunciou Marina Petrovna. — Tenho um pouco de geléia de cereja que minha Nana fez na estação passada. Você deve estar com fome.

Ela não planta nada, percebe Anna, debruçando-se na janela sobre o jardim cheio de plantas crescidas. Nem um punhado de ervas. Como faz para comer?

— Depois, posarei para você outra vez, sentada.

— Você quer dizer em pé, Marina Petrovna?

— Sim, em pé. Mas agora quero saber tudo sobre seu pai. O que ele acha da situação?

— Situação?

Marina Petrovna levanta-se. Conta nos dedos, dizendo os nomes:

— Polônia. França. Países escandinavos. Grécia. Áustria, Bélgica: precisa mais?

— Ah, entendo.

É, entendo, pensa Anna. Mas tenho de pensar em Kolya, nas crianças da creche, achar um jeito de afastar os coelhos das alfaces, colher bastante repolho para o inverno, não deixar o pai ficar muito deprimido, e os pés de Kolya não cabem mais nos sapatos outra vez, ele precisa de vitaminas, e minhas colegas receberam diplomas vestidas de branco, enquanto eu...

Não posso, eu simplesmente não posso pensar nisso além de tudo o mais.

— Estamos em paz — suspiro —; fizemos um pacto com eles.

5

A tarde verde e dourada passa como uma centena de outras. Parece nada especial, na hora. Anna ficou cansada depois de pedalar de volta, fazendo um longo desvio para evitar os cães da fazenda Tutaev. Limpou a poeira e o suor, pôs o vestido de algodão verde preferido e fez uma panela de batatas e anchovas; Kolya e o pai estão atrasados na volta da pescaria, não importa. A comida vai estar um pouco mais tostada em cima, só.

— Anna! Anna, conseguimos pescar dois! Duas belezas! — ouve Kolya gritar no jardim.

São trutas-cinzentas. Podia embrulhá-las em musselina úmida e durariam até o dia seguinte, mas resolve que, por uma vez, terão um verdadeiro banquete. A caçarola primeiro, depois as trutas fritas na manteiga. O pai já tinha limpado os peixes, que estão na mesa da cozinha com olhar paciente e prestativo que as trutas ficam depois que morrem.

Se ela soubesse, na hora, como cada detalhe daquela tarde se tornaria importante. Kolya contando vantagem porque pescara a truta maior. O pai, bronzeado e descansado depois de um dia no lago. O sabor da truta.

Anna raspa as salgadas e delicadas escamas. Cada um passa o garfo com truta na manteiga que Anna derreteu na frigideira. E o pai diz, como em todos os verões: "Nada como peixe fresco. Quando chegam no mercado, já perderam a metade do sabor". O sabor forte e defumado das anchovas, as batatas ricas e saborosas em óleo de anchova. Uma alface recém-colhida. Os lábios rubros de Kolya lambuzados de manteiga quando pega mais um naco de pão para passar no prato.

Não, ela nada percebe. Depois que Kolya vai dormir, ela e o pai tomam chá na varanda. Ele fuma enquanto fala, e uma brisa suave bate nas folhas de bétula. Os lilases estão floridos e têm um perfume forte. Os dois ficam sentados até bem depois da meia-noite, não querendo quebrar o encanto da noite de verão. A única coisa diferente é que, quando finalmente o pai se levanta para ir dormir, não arrasta os pés nem resmunga um boa-noite, com os ombros caídos, pensando na noite que virá. Fica ao lado da filha um instante, com a mão em seu cabelo.

—Que noite, hein? — pergunta.

— É.

— As rosas de sua mãe já vão abrir.

— Kolya me ajudou a regar.

— Está certo. É como deve ser. – Ele afaga seu cabelo. — É como deve ser — repete. — Bom, boa-noite, Anna.

— Boa-noite.

Anna dorme. No sonho, o pai está lendo uma história para ela dormir. O livro está aberto no joelho dele, mas ele não lê, pois sabe o texto de cor. Embora a história seja muito assustadora, Anna não quer que ele pare de contar. O pai diz que é sobre uma guerra que aconteceu há muito tempo, quando os franceses invadiram a Rússia.

— *Quanto tempo faz?*

— *Ah, mais de 100 anos, Anna. Um dia você vai estudar isso.*

Um dia, há muito tempo, o General Fome encontrou o General Inverno que, como era de se esperar, estava coberto de neve. Seus dedos eram punhais de gelo, e suas botas deixavam marcas escuras na grama. Quando ele se inclinava para cheirar uma rosa, seu bafo a fazia murchar. Mas ele adorava rosas, campos ondulantes de trigo e crianças nuas, bronzeadas de sol. Gostava de tudo isso, porque tinha poder sobre eles todos.

O General Inverno estava com seu casacão de neve e cumprimentou o General Fome como todos os grandes generais se cumprimentam, já que grande parte do povo morreu e eles podem conversar à vontade.

O General Fome, por outro lado, não era o que esperava. Tinha bochechas rosadas, o cabelo espetado e olhos úmidos e brilhantes. Estava no seu ambiente. Os dois generais sentaram-se, com suas botas compridas e lustrosas, e se aproximaram. Começaram a contar vantagem do que podiam fazer com os inimigos. Disse o General Fome:

— Posso fazer a pele deles amolecer e rachar nos cantos da boca. E formar pústulas em seus lábios. Eles arregalam os olhos e tentam enxergar direito, mas nunca me vêem. Não percebem que lhes alterei a visão.

— E faço com que emagreçam até se transformarem em esqueletos; com alguns, uso um truque e encho lhes o corpo de água, o que os obriga a ficarem presos na cama. Gosto mesmo é de rapaz forte e grande, musculoso, de 18 anos, que queima comida como um forno. Você precisa vê-lo depois que eu passo algumas semanas perto: ele desmancha mais depressa do que uma vela. Os músculos somem. Todos aqueles ossos grandes e fortes minguam. Posso transformá-lo num velho, posso fazer os olhos fracos e lacrimejantes, os dentes caírem até quando mordem uma casca de pão. Ninguém se acaba mais depressa que um rapagão.

— Eu transformo velhos em crianças implorando comida e transformo meninos de cinco anos em velhos. É tudo igual para mim, velho e criança, bonito ou feio, faço todos ficarem iguais. Vi uma linda jovem de 25 anos cair ao se ver num espelho, depois de ficar comigo um mês ou dois.

— Se não consigo acabar com eles, passo-os para meus amigos. Um pequeno resfriado, que não os deixaria na cama mais do que a metade de um dia, torna-se mortal depois que eu passo.

— Tiro as idéias da cabeça deles. Tiro os sentimentos. Entro no sangue. Fico mais perto deles do que eles mesmos. Não conseguem pensar em mais nada.

— Meu caro primo, você tem que admitir a derrota.

— Muito bem — disse o General Inverno, coçando a orelha com uma unha de gelo. — Mas agora ouça o que posso fazer. Escondo a terra para que não possam ver um só broto verde. Prendo a seiva na raiz das árvores. Procuro todos que não têm abrigo. Encho as estradas de neve. Corto as saídas, impeço todos os movimentos. Garanto que nada possa brotar nem vicejar.

— Se eles deixam uma mão ou um pé descoberto, vou atrás. Queimo-lhes a pele até ficar vermelha e roxa, depois faço com que ela escureça. Faço sua pele apodrecer como nabos numa geada. Assolo-os com o vento e cego-os com tempestades de neve. Congelo os mares para que não

possam viajar, sopro nas frestas de suas janelas. Faço com que fiquem lentos, infelizes e amedrontados. Corto a água e tiro a luz. Obrigo-os a andar com neve pela cintura para encontrar um copo de combustível. Quando adoecem e ficam indefesos, subo em suas camas e balanço-os para o sono eterno. Mando vendavais e tempestades de neve. Jogo-os na lama. Meu maior poder está no fato de, todo ano, eles esquecerem como sou forte. No verão, quando ficam embaixo das árvores banhadas pelo sol, não acreditam em mim. Fazem planos e me excluem. Mas eu já fiz os meus, que são sempre os mesmos.

— Então, primo, o que é a fome sem o inverno? Sem mim, eles poderiam comer os rebentos verdes e pegar peixe nos riachos. Sem mim, o sol os aqueceria.

O General Fome ficou sério e cruzou os braços. Tinha pensamentos sombrios.

— Esquecemos uma coisa. — Constatou, olhando em volta, mas ninguém os ouvia. Os dois generais se aproximaram, as cabeças quase se tocando.

— Sem a ajuda que eles nos dão, não seríamos nada — sussurrou um general para o outro.

— É verdade, sem eles...

Os dois generais pensaram nos exércitos unidos para trabalhar para eles. O General Fome deu um sorriso e bateu na perna com mãos gordas.

— Vamos unir forças — disse. — O que faltar para um, o outro dará. Juntos, seremos invencíveis.

E os dois pararam de discutir. A conversa terminou. Desde então, sempre trabalharam juntos.

— Quem escreveu essa história, pai?

— Eu, Anna. Mas não inventei, é verdade.

No sonho de Anna, a criança olha para o pai. Anna mata um mosquito que a picou e, dormindo, vira-se para o outro lado.

* * *

No dia seguinte, manhã de domingo, o tempo está ótimo. O pequeno Mitya Sokolov vem brincar com Kolya, enquanto Anna termina de remendar roupas. Duas camisas do pai, sua blusa vermelha e aquelas duas calças curtas de Kolya que vão servir mais um verão, se ela remendar os fundilhos. Escuta a voz das crianças em meio às árvores, onde estão construindo um acampamento. A agulha entra e sai do tecido, em pontos rápidos e impacientes. O pai examina a canaleta que está solta. Daqui a pouco, ela terá de ajudá-lo porque tem certeza de que ele não sabe fazer aquilo. Mas é bom ouvi-lo assobiando assim. Ela termina os remendos nas calças de Kolya e depois procura um barbante para a canaleta do telhado não ficar batendo à noite, com o vento. Mas onde terá colocado o barbante depois de usá-lo no jardim?

Foi então que ouviu a mãe de Mitya gritar:

— Mytia! Mytia! Onde está? Venha já!

Mulher burra. Por que berra assim? Sabe muito bem que Mitya está lá, brincando com Kolya.

— Mitya! — a voz parece um guincho assustado. Anna joga a costura e corre para a escada da varanda. Alguma coisa está errada. Um acidente...

— Darya Alexandrovna?

A mulher está tão ofegante, que não consegue falar. Deve ter corrido desde a fazenda. É gorda, como todos os Sokolov, e tem um cheiro forte de transpiração. Sua testa larga pinga suor. Seus peitos arfam.

— Mitya está ótimo, Darya Alexandrovna. Está brincando com Kolya, olhe, estão ali. Pensei que soubesse que ele estava conosco...

— Não ouviu? Não ouviu no rádio?

— Não...

— Guerra. Eles atacaram, os demônios, exatamente quando não esperávamos. — Apavorada, Darya Alexandrovna passa as mãos na boca, como se quisesse afastar as palavras que acabaram de sair de seus lábios. — Guerra, não entende?

— São os alemães?

— Claro que são! Não acha que nós iríamos atacar nós mesmos, não? Já estão jogando bombas, os filhos da puta. — Anna olha o céu azul-claro. — Bombardearam Kiev — arfa Darya Alexandrovna, as palavras tropeçando na boca como segredos traídos. — A sagrada cidade de Kiev, você acredita? E ameaçaram atacar outras cidades. O próprio Molotov nos disse.

— Molotov? Tem certeza?

— Claro que tenho. Não ouvi no rádio? Bombas e granadas caindo em toda parte.

Mas o céu está vazio. A guerra não é ali, no campo. Guerra. Tudo vai mudar.

— As crianças...

As crianças gritam:

— Não, Mitya! Esse pedaço é *meu*. Você já jogou.

Uma disputa, uma raiva.

— Não é justo...

— É melhor eu separar os dois.

Mas Darya Alexandrovna a impede, colocando a mão em seu ombro.

— Eles pelo menos vivem a idade que têm, o meu Mitya e o seu Kolya. São jovens demais para ser jogados nisso. Mas meu sobrinho, você conhece, nosso Vasya, é da sua idade, 23 anos. Só Deus sabe para onde vão mandá-lo.

A imagem de Vasya surge no pensamento de Anna. Traseiros apertados nas calças muito justas, cabelos louros e espetados, e olhos pequenos, incisivos e castanhos. Um verdadeiro Sokolov. Ele vai saber se cuidar.

— Tenho certeza de que ele vai ficar bem, Darya Alexandrovna.

— É sempre a mesma coisa — murmura Darya. — Os lá de cima começam as coisas, mas somos nós que temos de terminá-las. — Olha para Anna como se desconfiasse de que ela também fosse uma "lá de cima", à espera de que Darya, Vasya e toda a turma dos Sokolov consertassem seus erros. Darya empalidece, percebendo que poderia haver um segundo sentido em suas palavras. Descuidara-se, no pânico que sentia naquele instante.

— Não quero ofender quando digo os "lá de cima", não quero dizer nada. Você sabe, Anna Mikhailovna.

— Eu sei, é o susto. Você não sabe o que pensar.

— Eles serão engolidos, esses fascistas, serão sim. Não vão conseguir. Nossos rapazes vão logo botar todos para fora, sob o comando do camarada Stalin.

Claro — diz Anna, mecanicamente. Ela sabe que não é isso que Darya Alexandrovna pensa realmente ou costuma falar. Mas é a arenga que as pessoas têm de dizer o tempo todo. Como os velhos da aldeia agradecendo a Deus no final de cada frase, como se não tivessem aprendido o quanto isso é ultrapassado. Sorte que as palavras acabam virando clichês e nem se precisa pensar nelas. Mas, lá no campo, aquelas palavras soam ainda mais grotescas do que na cidade.

Darya Alexandrovna tem razão quando diz que não esperávamos um ataque dos alemães. Mas por que não? Por que os "lá de cima" não sabiam de nada? Eles sabem quem pode lançar livros e quem não pode. Sabem até o que as pessoas pensam. Sabem que Olya perdeu o emprego e fica nas filas de pão, como um fantasma. Mas não sabem que o exército alemão está prestes a nos bombardear.

O pai vem vindo e fica indeciso quando vê Darya Alexandrovna. Não gosta dela, sentimento que é recíproco. Para Darya, os escritores são artigos inúteis. O pai segura um pedaço de canaleta quebrada.

Anna Mikhailovna — diz Darya, apressada, a meia voz. — Acho que não vou poder mais lhe dar aquele mel.

— Mas.

— São as abelhas. Devia ter dito isso antes, nossas abelhas não estão produzindo como deviam. São essas nevascas. Tivemos que acender fogueiras no canteiro de ameixas para afastar o frio. Pensei que este ano teríamos mel para vender, como sempre, mas, do jeito que as coisas estão, vamos precisar de toda a produção para a família.

Aposto que vai, pensa Anna. Escuro e denso mel, cheio de calorias e vitaminas. Mel que dura o inverno todo. Você vai ficar com ele. Você não é burra. Mas eu sou. Que burra, gastando tempo aqui, falando com você. Deveríamos voltar para Leningrado e cuidar de nós, como você faz. Agora eles já devem estar todos na ruas, saqueando as lojas. Não vai sobrar nada. Se o pai levar Kolya, poderei ir o mais rápido possível, de bicicleta...

— Pai! Temos que ir embora já. Temos que voltar para Leningrado já — avisa ela.

6

(Trechos do diário de Mikhail Ilyich Levin.)

30 DE JUNHO

Sempre fico impressionado com o fato de o povo acreditar ao mesmo tempo em duas coisas totalmente opostas, sem perceber qualquer contradição. Soubemos que a cidade não corre qualquer risco. Os boletins podem não ser bons, mas isso é passageiro. Nossas forças vão perseguir os agressores alemães e enxotá-los até Berlim. Todos nós acreditamos e, ao mesmo tempo, não acreditamos nisso. Os gafanhotos já atacaram as lojas, limpando as prateleiras de azeite, trigo-sarraceno, açúcar, peras secas, enlatados: qualquer coisa que se possa guardar. Os preços no mercado estão dobrando e triplicando.

Minha pobre Anna ficou fora de si quando voltamos do campo e encontramos as lojas vazias. Mas conseguiu resolver o problema, pedalando de um lado a outro da cidade, pechinchando no mercado, indo atrás de cada boato de venda de salsicha. Geralmente, são só boatos. Se os produtos existem, são caros demais para nós.

Os bancos também fecharam, porque o povo estava sacando todo o dinheiro para guardar embaixo dos colchões. Agora já reabriram, mas só se pode retirar uma certa quantia. Por um tempo ninguém vai poder usar da poupança um só rublo. De todo jeito, não temos poupança, mas foi deprimente ver as multidões, com o rosto feroz e desesperado, acenando com as cadernetas, lutando para conseguir entrar nos bancos. Por uma vez, nossa falta de dinheiro foi uma bênção. Imagine se eu achasse que era meu dever com Anna e Kolya afastar todo mundo da minha frente, gritar e bater na porta dos bancos junto com as outras pessoas até ser pego pela polícia.

Você tem uma certa noção de si mesmo: sabe o que é capaz de fazer ou não. É difícil ser coerente.

Anna não sabe se vão manter a creche aberta. As pessoas mandaram os filhos para fora da cidade desde o primeiro domingo e agora a saída organizada está começando. Ninguém sabe direito para onde levarão as crianças. Devem ficar ao sul da cidade, em algum lugar no campo, onde estarão a salvo das bombas. Mas Kolya vai ficar aqui. Não tenho a menor confiança em nossa "organização". Vai ser uma confusão, claro, e não quero que Kolya esteja no meio. Estamos esperando, todos nós, para ver o que acontece.

(Por que continuo escrevendo "nós"? Não sei. Nos últimos anos, cheguei à conclusão de que "nós" havíamos finalmente nos desintegrado. O medo faz isso. E, quando chegaram os anos Yezhov, mal ousávamos ser humanos em público. Velhos amigos se desculpavam ao se encontrar na rua ou disfarçavam e passavam de cabeça baixa. Pediam-se notícias de um ex-colega, e eles olhavam em volta e às vezes murmuravam: "Não soube?"
E ficava-se sabendo que o colega havia evaporado.)

Mas cá estamos, olhando no rosto de algo ainda mais terrível do que a miséria em que nos afundamos. Corremos como formiguinhas segurando um graveto preso nas antenas. Por que queimaram o graveto, não sabemos; fato é que nossas vidas e nossas casas estão de cabeça para baixo. A guerra é isso: estragos, confusão e fazer coisas sem saber por quê. Com sorte, muito tempo depois alguém aparece e escreve os fatos de forma que façam sentido e a isso se chama de História.

Eu não deveria escrever isso. Como pode um homem com filhos ser tão criminosamente irresponsável? Mas há algo no meu âmago que diz: escreva, seja lá o que venha a acontecer.

Então, continuo escrevendo. Tenho um lugar sob o telhado onde cabem uns cadernos de anotações. Há um tapete no assoalho e uma mesa cheia de papéis de trabalho. Anna jamais pensaria em mexer em meu trabalho.

Ouvimos algumas sirenas de alarme, mas não houve nenhum bombardeio até agora. Todo mundo fala sobre Londres e o bombardeio aéreo lá. Será que conosco vai ser igual? Os balões de barragem estão prontos, e as unidades de combate a incêndio, sendo treinadas em toda parte; cada edifício de apartamentos tem uma criança no telhado com um saco de areia para jogar sobre artifícios incendiários. Anna faz parte da equipe de alerta a incêndio de nosso prédio. Ela não pára o dia inteiro. Depois que procura comida pela cidade, tem que colar papel formando cruzes nas janelas, conforme as instruções. Os quartos não ficaram muito escuros, mas não é como a luz de um dia de junho.

Anna e Kolya dormem vestidos, para o caso de haver um ataque, mas eu ainda tiro a roupa. Durmo mal de qualquer jeito; por que piorar as coisas? Se houver um ataque aéreo, quem irá reparar na roupa remendada de Mikhail Ilytch? Estaremos muito ocupados em "abrir caminho para o abrigo de forma ordeira". Não há lugares suficientes nos abrigos antiaéreos, por isso acho que não vou me preocupar em ir

Mas nada acontece. Estamos aguardando. Será que foi assim em Londres? Leningrado ainda flutua em seu costumeiro mar de calmaria estival. A qualquer instante, grupos de pessoas vão invadir os parques, as vendedoras de sorvete vão sair, e todo mundo vai falar em nadar, patinar e colher amoras na floresta. Isso ainda parece a realidade. A guerra é o sonho do qual podemos acordar se nos esforçarmos.

Hoje, às cinco da manhã, fui andar pela margem direita do Nevsky. Andei horas, acho, mas não tive fome, nem me cansei. Não conseguiria engolir nada, nem um gole de chá. Preciso escrever isso, embora seja quase impossível colocar em palavras. Qualquer estado de exaltação parece banal quando escrito. Por exemplo, não há nada mais tedioso do que amantes escrevendo sobre o amor. É preciso estar fora do fato e não dentro dele. Dessa vez, parece que estou dentro.

Eis o que ocorreu enquanto eu andava. Os últimos anos estavam distantes. Eu via apenas nossa cidade, como sempre foi e sempre será. Estava linda como sempre, mas não era mais impetuosa nem orgulhosa. Em vez de nos oprimir, parecia pedir nossa proteção. Tudo parecia novo, como se a cidade tivesse mergulhado nas águas do Neva durante a noite e saído, nua e vulnerável, escorrendo água. Como se dissesse *Você sabe que todas as minhas obras de arte são feitas de ossos, mas também sou humana.* Até as colunas da catedral Kazan não estavam mais parecendo pés de elefante prontos a pisar as formigas humanas que correm de um lado para outro, tentando fugir.

Fiquei um longo tempo olhando a estátua de Kutuzov. Lá estava ele, com a espada ainda apontando para o exército de Napoleão, pronto a expulsá-lo. E conseguiu. Fez o que lhe competia. Salvou a Rússia, não se pode negar. Kutuzov, junto com o General Fome e o General Inverno.

Estávamos só nós dois, eu e Kutuzov. Está tudo certo com você, pensei. Devo até ter dito alguma coisa alto. Você é de pedra. Está a salvo na História. Mas nós ainda somos de carne, presos num presente que não entendemos e jogados num futuro que não podemos prever. Os tempos são assustadores, e nós também estamos assustados. Se ao menos eu conseguisse esquecer o cheiro de sangue humano. Quente e espesso. Depois de algum tempo, quando impregna o chão, ele muda e começa a ter cheiro de ferro. Você conheceu isso, não, Kutuzov? Todos aqueles homens que você plantou na terra, como um agricultor.

Agora, temos que enfrentar os alemães, em vez do exército de Napoleão. Mais estragos e confusão, e quem pode dizer como isso vai ficar? Talvez você saiba, Kutuzov. Talvez por isso você ainda esteja de espada em punho.

Gostaria de ter gritado para ele: "O que vai acontecer, camarada marechal-de-campo? Tem idéia, aí de cima? Você continua ao nosso lado, não? Sempre conosco!"

E talvez aqueles lábios de pedra tivessem mexido.

Mas ninguém faz uma coisa dessas; a menos que queira sumir. Os "corvos negros" ainda estão na ruas, apesar dos avanços dos alemães. A polícia age como sempre, e, quando enfiam você numa daquelas caminhonetes, você não sai mais.

Percebi que estava sorrindo enquanto andava. Eu e Kutuzov, hein? Cada passo parecia dar-me forças para mais 100.

Bom. Tudo muito extravagante, não? O resultado foi que cheguei em casa e disse a Anna que me senti obrigado a procurar a linha Luga, por intermédio dos Voluntários do Povo. Até um velho cujos contos são impublicáveis pode cavar uma armadilha antitanques. A linha Luga é onde vamos pegá-los, se é que vamos pegá-los em algum lugar. Estranho como o nome de um rio pode de repente se transformar num sistema de defesa. A linha Luga, dizemos, concordando, como se já soubéssemos faz tempo. É lá que vamos detê-los.

A droga é que ainda estou exaltado. Continuo sentindo como se andasse em minha cidade de madrugada e lá está ela, bela e nua, pedindo a minha proteção. Puxa, como se ela fosse uma mulher!

Já disse que sempre me impressiono com as pessoas que acreditam em duas coisas completamente opostas ao mesmo tempo, sem perceber a menor contradição. Seja lá o que vá acontecer agora, aqueles anos gelados terminaram.

Anna conseguiu um quilo de bacalhau salgado e um pouco de toucinho defumado.

7

As estátuas estão sumindo. Cobertas com sacos de areia ou escondidas atrás de tapumes. Foram levadas para armazéns ou camufladas. O cavalo de bronze de Pedro não empina mais sobre a cidade, esmagando o ar. Suas patas pisam a areia e as tábuas que o escondem.

Toda a cidade está sendo disfarçada, e o povo vai junto, carregando picaretas, pás e ferramentas nos ombros, riscando o rosto com suor e sujeira, enlameando as botas. Tiraram os bondes e os trens da cidade para fazer a defesa. As pessoas dormem sobre montes de feno, aquecem água para o chá em fogueiras de gravetos e usam trapos para fazer curativos nas mãos cheias de bolhas. Estudantes, crianças de escolas, mulheres, velhos: estão todos aqui, lutando pela vida.

Essa é a linha Luga. Ninguém imagina o que se passa depois dela. Rio, floresta, aldeias, colinas lisas. A madeira tem um cheiro forte de resina de pinheiro, o mesmo cheiro que os habitantes de Leningrado sentem quando vão para o campo em seus passeios de verão. As pequenas cabanas estão vazias agora. Deveria haver filhos de camponeses agarrando as pernas das mães, olhando aqueles veranistas. Olha, aqui é aquele lugar incrível onde tem uva-do-monte! E não foi lá que Sasha conseguiu um balde de cogumelos atrás do bosque de bétulas, no ano passado? O pequeno Sasha, cambaleando com o balde tão cheio, que os cogumelos caíam e ele os largava pelo caminho.

Se não conseguirem conter o exército alemão aqui, ele irá direto para os arredores de Leningrado. Não há como impedir. Só existe uma terra lisa e arborizada, colinas, aldeias.

Anna cava. Lembra-se de um dique que construiu do outro lado do rio que passa pela fazenda dos Sokolov, anos atrás, quando a avó ainda era viva. E a mãe também. Alguém a ajudava, quem era? Vasya, claro. Vasya Sokolov, bem antes de usar suíças como cerdas de porco. Ainda era amigo dela, e os dois se bandeavam para enganar a família dele: queriam que Vasya trabalhasse na fazenda nas horas em que não eram obrigados a colocá-lo na escola.

Vasya costumava chegar, bater na porta para ela sair e brincar. O riacho corria rápido, com o peso das águas do inverno, cheias de gelo nos pés descalços dos dois. Devia ter sido no começo do ano. Eles construíram o dique com terra, galhos e pedras, colocando mais terra na base enquanto a água gelada passava por suas pernas. O cabelo dela caiu no rosto, e um grampo, na água. Ela procurou em meio às pedras; sabia que era difícil prender grampos em seu cabelo.

— Meu grampo, Vasya! Me ajuda. — Mas ele não ouviu. Estava observando o dique.

— A terra está segurando — gritou Vasya, quando começou a se formar uma piscina atrás do dique. — Conseguimos! — E ele gritou, pulou na margem, rindo da corrente que não corria mais. Mas Anna estava mais perto e viu os fios d'água saindo do dique. E a lama começando a despencar.

— Está vazando! Está vazando, Vasya!

A água esguichava. Formava círculos num buraco que ia se desmanchando. A lama redemoinhava, afinava e sumia. Anna jogava mãos cheias de terra, que escorria por seus dedos.

— Rápido, Vasya, me ajude.

Os gravetos começaram a mexer. Até as pedras estavam indo embora, e a água derrubou o dique. A água vinha densa, lamacenta, rápida. Fora-se o dique.

Anna está cavando outra vez. Está cavando a vida, mas os sons e cheiros do verão a confundem. Se pombas voejam sobre a canção sonolenta que as moças entoam, certamente alguém virá logo e dirá que terminou o trabalho, podem ir para casa agora. Espreguicem; se quiserem, façam um piquenique, divirtam-se. Mas há o som da artilharia ao longe, depois nem tão longe. Há aviões, como corvos negros procurando grãos nos campos. Agora, ela consegue ver um avião Junkers quando ainda é uma cabeça de alfinete no céu.

Anna enfia fundo a pá e levanta terra pedregosa, joga-a para trás e volta a cavar. Sente uma dor quente entre os ombros. De repente, um grupo de operários carregando madeira grita "Olha a frente!" O grito não é com ela. Cava. Enfia a pá, joga, vira-se. Estão derrubando as árvores.

A blusa está ensopada de suor. Ela está preocupada com uma das bolhas da mão, pode inflamar. Pela manhã mergulhara a mão em água com sal e amarrara um pano nas bolhas. Mas as mãos de todos estão cheias de bolhas. Passar mel no machucado faz com que sare mais rápido. O mel é um anti-séptico. Apontar a pá, enfiar com toda força, virar, levantar. Sem parar, 100 vezes e mais 100, durante todo o longo dia de verão, enquanto houver luz. Ontem estiveram em barricadas antitanques; hoje, voltaram às trincheiras.

— Certo, meninas, vocês cumpriram sua tarefa aqui. Vamos passar para outra parte. Foram convocadas para as fortificações na estação de trem. Podem ir!

A pequena Katya, à direita de Anna, sai da trincheira como uma criança assustada com a possibilidade de ter ficado no poço de areia mais tempo do que o que lhe cabia. Tem pavor de cometer um erro e chamar a atenção. Não percebe que é exatamente sua nervosa rapidez para obedecer a ordens o que a destaca dos demais. Mas tem apenas 15 anos, o que se pode esperar dela?

— Está tudo certo, Katinka, não há pressa. Venha cá, tome um gole do meu chá.

— Posso mesmo? Não quer o chá?

— Estou lhe oferecendo.

Katya nada trouxera para comer ou beber; só ela mesma e suas pequenas e delicadas mãos, que certamente jamais teriam segurado uma pá antes daquelas semanas. Ela ficou rubra de vergonha quando menstruou e "não tinha nada para usar". Anna teve que emprestar uns panos e mostrar como lavá-los no riacho. O sangue de Katya saiu do pano e correu com a água clara. Por sorte, com aquele tempo, tudo secava rápido Anna enxágua sua blusa suada, à noite tira a roupa e dorme de jaqueta.

Katya bebe um golinho do chá frio.

— Tome mais. O açúcar vai lhe dar energia.

Mas Arkady Konstantinovich está querendo briga.

— Vocês aí, senhoras, acham que estão num chá da tarde? — ironizou ele. — Encostem aqui! Em fila.

Elas se confundem no chão áspero. São dois quilômetros até a estação, pelo menos não precisam cavar. Mudar de posição é tão bom quanto descansar. Com a pá no ombro, é hora de um novo grupo de músculos doer.

Não estão num chá... Anna olha para Katya e para Evgenia mais adiante, para a fila toda tropeçando, as botas cheias de terra, as mãos envoltas em trapos, rostos queimados de sol e riscados com lama e suor, os cabelos presos em lenços ou trançados e presos para trás. À medida que a fila avança sob as árvores, elas ficam salpicadas de sol e sombra. O cabelo ruivo de Evgenia brilha, depois se apaga quando ela passa à sombra de um abeto. Quantas cores diferentes há num cabelo ruivo. Ferrugem, cobre, negro. As mangas da blusa de Evgenia estão enroladas, mostrando braços fortes e macios, que o sol marcou com sardas. Ela segue trabalhando, e sua força e seu corpo grande se transformam em graça. Ninguém consegue cavar uma trincheira mais depressa do que ela. Não se apressa, não geme ao esforço. Dá a impressão de que seu jeito é o único que existe para cavar uma trincheira. Por que algumas pessoas fazem com que se tenha vontade de observá-las, enquanto outras (como Katya) são como giz arranhando um quadro negro?

Katya é bonita, ao contrário de Evgenia. Seu belo cabelo escapa da trança e cacheia em volta de seu pequeno rosto. É um daqueles rostos em botão que não combinam com sujeira e cansaço. Seus olhos são assustados. Ela enrijece o corpo quando ouve o barulho de bombardeio, tem pavor de aviões inimigos. Claro... a primeira coisa que viu quando chegou lá foi uma menina de sua idade, derrubada por balas. Não tinha cavado trincheiras com as outras. "*Eles a deixaram lá*", contou Katya para Anna. "*Nem sequer a cobriram com alguma coisa. Tivemos de passar em fila ao lado do corpo.*"

— Tudo certo, Katinka — Anna consola-a. — Estão a quilômetros de distância. Basta ouvir o barulho dos motores.

Katya dá um sorriso agradecido, comovido. Pelo menos é tão fácil animá-la quanto assustá-la. Ela deveria estar na escola, preocupada com a geometria, como uma boa moça. Mas está lá, ao lado de todos os moradores da cidade capazes de segurar uma pá e de muitos que não conseguem. Deus sabe quantos milhares são, ao todo. Você só enxerga sua pequena parte, mas sem dúvida há centenas de Annas, Katyas e Evgenias, engrossando a linha Luga.

As coisas tornam-se normais tão rapidamente. É normal levantar de madrugada, fazer fila para as latrinas cavadas à pressa e não se importar se alguém está urinando ao lado. É normal lavar o rosto num riacho, prender o cabelo num lenço, devorar umas fatias de pão e correr para o trabalho. Os olhos ficam turvos, as costas e os braços doem, os músculos do pescoço queimam. Mas siga em frente e logo vai se animar. É o jeito para lidar com a adversidade, diz Evgenia. Faça a sua parte. Continue cavando e não pare para pensar.

É normal correr para se proteger, ao ouvir o ronco de um avião. É normal ver alguém que, por não ser bem rápido, ficou estirado numa vala. Estirados lá, eles parecem ainda correr para o abrigo, no fundo da terra. Mas quando se toca neles, têm uma estranha e cálida moleza e suas cabeças caem para trás.

Existem agora duas realidades: as árvores do verão, os pássaros voando assustados, o cheiro de mel nas profundezas da noite. Essa é a antiga realidade, agradável como segurar um copo da bebida preferida. E a nova realidade consiste em horas seguidas cavando e segundos de terror tão rápido como o ziguezague do raio. Raio que está procurando você, buscando carne morna nos campos vazios de verão.

— Podemos morrer aqui! — gritou Katya na primeira vez que os aviões passaram. Olhou, horrorizada, como se jamais tivesse pensado naquilo. Alguém está tentando me matar, a mim, Katinka, com meus diplomas de física e química, a mim, com minha ambição de doutorado, a mim, com meu vestido novo de verão para dançar, esperando em Gostiny Dvor.

— Éééé — ironizou Evgenia. — Uma pena, não? — E continuou cavando.

* * *

Quando chegam à estação de trem, começam a trabalhar imediatamente. Anna foi designada para um grupo-tarefa que deve cavar uma armadilha antitanques perto da estação. É preciso limpar primeiro o entulho e derrubar parte do muro. Uma mulher mais velha, grisalha e de óculos, começa a cantar enquanto balança a picareta sobre o muro:

> "Então, ele ficou cismando:
> Daqui, vamos ameaçar os suecos,
> Aqui construiremos uma cidade que vai assustar
> Nosso arrogante vizinho..."

— Pena que dessa vez não sejam os suecos. Eles não foram nada, comparados com esses fascistas filhos da puta — alguém a interrompe.

— Não atrapalhe! Deixe ela continuar — gritaram outras vozes.

> "A natureza nos obrigou a quebrar
> Nossa janela para a Europa, termos um apoio
> Para ficarmos firmes à beira-mar..."

— Foi só quebrarem a janela e agora a chuva para começar a mijar — murmura Evgenia no ouvido de Anna. Mas a cantoria continua, e certamente Evgenia está trabalhando com mais empenho do que antes: o suor de sua cabeça ruiva mancha a blusa. Anna trabalha ao lado e sente o cheiro forte e azedo de Evgenia, que parece pertencer à floresta, ser parte dela.

Os trens ainda saem da estação, levando os foragidos para o noroeste, fora da zona de perigo. Um bando de crianças embarca. São enfiadas em todos os cantos dos vagões, apertadas contra as janelas. Elas voltarão para Leningrado no final de junho; estão sendo retiradas por medida de segurança. Logo se verá, entretanto, que estão indo exatamente para o caminho por onde veêm os alemães. Usam roupas pesadas, muito grossas para o tempo que faz. Deve ter sido assim que foram vestidas pelas mães para a primeira retirada, por isso usam roupas de inverno. Poucas choram. Parecem assustadas, as pequenas se encostam nas maiores enquanto esperam o embarque, quietas. Anna observa seus rostos. Talvez veja alguma da creche. Mas talvez seja melhor que não a encontrem, mesmo que haja uma pequena possibilidade de vê-las. Elas já estão duplamente perdidas, e Anna nada pode fazer.

— Coitados desses camaradinhas — diz Evgenia.

— Você tem filhos?

— Eu? Não. Tenho um, que minha mãe cuida, e agora ele acha que ela é a mãe dele. Eu não me meto, só ia atrapalhar. E você?

— Tenho meu irmãozinho, Kolya.

— Então sua mãe morreu?

— É. Morreu quando ele nasceu.

— E você cuidou dele. Aposto que ele também pensa que você é a mãe. Para as crianças, o que importa é quem cuida.

— Nós conversamos sobre ela, a nossa mãe.

— Sim, mas conversar não adianta muito, não? Onde ele está agora?

— Em Petersburgo. Uma amiga cuida dele.

— Então ele está bem. Você estuda?

— Não, sou assistente numa creche.

— Pensei que fosse estudante. Você tem um jeito educado. Cuidado, os tijolos estão caindo.

O muro de tijolos balança e cai. Elas pulam, menos Katya, que está sonhando, como sempre.

— Katya! Saia daí!

Katya não vê. Ela pisca e sorri, parecendo perdida, enquanto o muro balança atrás dela. Embora seja apenas um pedaço de muro, é grande e pesado quando cai, uma onda de tijolos a derruba no chão, outra bate em sua nuca, na cabeça, no corpo no chão.

— Meu Deus.

— Tire ela daí, ande.

Retiram os tijolos de cima dela, mãos rápidas, frenéticas. Descobrem Katya com a delicadeza que conseguem, aquela coisa suja cheia de sangue e poeira de tijolo. Mas não conseguem acreditar no que vêem. Avisaram Katya, ela não percebeu, e pronto; mas por que não ouve?

Não está ouvindo. Um fio de sangue escorre de sua orelha direita. O rosto está azul-acinzentado. Evgenia se debruça sobre ela.

— Ela se foi.

— Foi?

— Morreu.

Carregam o corpo de Katya para a sombra, ao lado da sala de espera da estação.

— Ponham num lugar onde as crianças não vejam — recomenda Evgenia, apressada, e alguém entra, acha uma cortina e cobre o corpo de Katya. A cortina tem cheiro de guardado e poeira.

— É melhor alguém avisar Arkady Konstantinovich.

— Primeiro, temos de derrubar o resto do muro. A armadilha antitanque tem que ficar pronta hoje à noite.

Não é que a gente não se importe...

Não é que a gente não ligue para você, Katinka, sob aquela cortina pesada, quando você deveria estar em Gostiny Dvor, experimentando seu vestido novo, franzindo a testa e dizendo que não está caindo bem nos ombros...

Faríamos qualquer coisa por você, qualquer coisa, se ainda estivesse viva e pudéssemos ajudar...

O sol entra pelo canto da sala de espera. Bate no fardo coberto com a cortina grossa. Brinca com as pontas de dedos delicados, brancos que aparecem sob o pano. Não a enrolamos bem na cortina. Perto, soa o apito agudo de um trem, assustado, como se não tivesse mais tempo. E as crianças no trem começam finalmente a chorar enquanto os vagões chacoalham e as rodas reduzem a marcha. A pequena familiaridade da estação lhes foge, e o trem ganha velocidade.

Mas você entende, não entende, Katya, que tínhamos de continuar cavando a armadilha?

8

Está escuro. O celeiro lotado tem cheiro de mulher. Pele, suor, sangue, roupas sujas, pés machucados. O odor pesado de suor de trabalho, o fedor mais intenso e acre do medo.

A luz de uma lamparina cria sombras que se esticam e se esparramam. As mulheres terão duas horas de sono, talvez três, o suficiente para impedir que caiam quando estiverem cavando.

Estão famintas. Um caneco com sopa de repolho e cogumelos secos, uma sopa quente e saborosa quando a barriga está vazia, mas não sacia por muito tempo. E tomar muita sopa de repolho causa dor de barriga. Uma sombra após outra sai do celeiro e se agacha em meio às árvores, as entranhas se contorcendo. *Espero que não espirre nada nas calças, porque não há como lavá-las esta noite.*

O suprimento de pão não chegou naquela tarde. Alguém disse que quatro caminhões encalharam ontem. A terra verde e dourada do verão está mudando. Tem um cheiro fresco por causa das recentes escavações para defesa. Onde a bétula treme quando é derrubada pelo machado, o cheiro é de seiva. Caminhões e tanques conseguiram chegar até a linha Luga, deixando os campos sulcados pelos pneus. Estão colhendo os alimentos do próximo ano antes da hora. A linha de frente dos alemães está perto, mas ninguém sabe a que distância. Há boatos de que a linha Luga não vai agüentar. Está quase arrebentando, como um dique prestes a romper-se. Aquelas divisões Panzer motorizadas podem arrasar qualquer coisa.

Mas não toda a linha Luga, pelo amor de Deus: não pode ser. Afinal, nós também temos tanques, artilharia e todas aquelas fortificações. Somos dezenas de milhares, cavando até não conseguir mais ficar em pé. E há o Exército Vermelho, além dos Voluntários do Povo. Que história é essa: os Voluntários do Povo só conseguiram um rifle para cada seis homens? Como? Meu Piotr está lá com seus companheiros do Departamento Sanitário. Não me diga que convocaram todos aqueles homens sem ter rifles suficientes para eles.

— Tem gente que acredita em qualquer coisa — Evgenia cochicha no ouvido de Anna.

Nada parece deter esses fascistas. Se quer saber, acho que eles não são seres humanos. Por mais que levem tiros, há sempre mais homens, grandes ondas cinzentas entrando terra adentro, engolindo nossas fortificações como se fossem castelos de areia de criança. Num instante estão de pé, depois rastejam e somem. Não dá nem para ver onde eles estavam.

Eles estão bombardeando perto esta noite.

— Perto, onde?

— Se você olhar depois do clarão, igual ao de um relâmpago, dá para saber.

— Não seja idiota, é óbvio que os clarões não são de relâmpagos.

— Ah, meu Deus, esse foi perto.

— Vamos, meninas — chama Evgenia. — Se vocês não querem, eu quero dormir. Vejam o que devem fazer: enrolem bem o lençol na cabeça, assim. Dobrem sobre as orelhas, como suas mães costumavam fazer. Logo vocês cairão no sono.

— Até que eles joguem alguma coisa no celeiro.

Evgenia fica empertigada:

— Que história é essa?

Elas se calam imediatamente e ficam se olhando. Quem disse aquilo? Quem é a *derrotista*? Até aqui, é a mesma coisa, pensa Anna.

— Se jogarem uma bomba no celeiro, vocês não vão nem se incomodar — continua Evgenia. — Basta que prendam o lençol em volta da cabeça. É só uma questão de fazer a coisa certa.

Um pequeno suspiro. Será que ela queria mesmo zombar do Partido com aquela conversa? Todo mundo sabe que fazer piada é a pior coisa. Nada faz você sumir mais depressa do que uma piada ouvida pela pessoa errada. Ou até pela pessoa certa, alguém em quem você confiava, mas que não se contém e vai fazer intriga com as autoridades, como uma criança no recreio querendo agradar os professores: *"Professora, sabe o que foi que a Evgenia disse?"*

— Eu apenas enrolo o lençol na cabeça, penso nos que estão lá em cima cuidando de nós como sempre e durmo na hora — informa Evgenia. — Durmo como um bebê. Sem nada para me preocupar. — Um ar de calma e virtuosa estupidez se espalha pela amplidão da cara de Evgenia. Ela bate no travesseiro que fez com palha e com uma cortina da sala de espera. Não a mesma, claro, usada para Katia, mas é melhor não pensar nisso agora.

— Olhe, Anna, há lugar para duas neste travesseiro. Traga seu lençol para cá. Isso está um luxo, olhe só.

Luxo. O cheiro do cabelo ruivo e espesso de Evgenia, o som de sua trança quando é jogada sobre o ombro. O corpo grande e sólido de Evgenia cai num sono previsto. Ela não vai ficar acordada contando os clarões dos bombardeios. Fazer isso não vai deter um tanque alemão, vai? A meta é conseguir descansar e de manhã estar pronta para cavar outra vez.

É, ela dorme mesmo. Ronca de leve, funga e estica o braço sobre Anna. O braço fica lá, pesado e quente. Por que dá essa sensação tão boa, como a resposta a uma pergunta? A noite e o terror se dissolvem. Anna relaxa sob a pele macia e cálida de Evgenia. O braço branco e sardento que enfia a pá na terra mais rápido que qualquer uma.

Evgenia impressiona todo mundo. De certa forma, com sua presença na força-tarefa, as coisas não parecem tão ruins. Chega-se a acreditar que os alemães serão contidos, desde que cada uma faça sua parte, durma tão bem quanto ela e não tome a sopa de repolho com tanta pressa que depois acabe com dor de barriga. É preciso mastigar aquele pedacinho de pão que guardou da ração de ontem, depois tomar um gole da sopa, morder outro pedaço de pão. Simples e fácil; é isto, sem pressa. Facilite a digestão. Quanto aos alemães, não há por que gastar tempo imaginando-os maiores do que são. No final das contas, eles são apenas humanos, com suas divisões Panzer ou seja lá com o que for. Comem, dormem, defecam e se aquecem; quando tudo ficar difícil, pouco vai importar quantos tanques têm.

Anna está imóvel, pensando na voz de Evgenia. Sorri na escuridão. O dia irá amanhecer em menos de uma hora, elas irão começar a trabalhar outra vez, e Anna não dormiu nada. Se a situação fosse outra, ela se preocuparia, mas não agora. Pode dormir andando, se preciso. Não se consegue andar em linha reta, mas sempre tem alguém para colocar você na fila. Ela ainda não conseguiu dormir e cavar ao mesmo tempo; talvez consiga, se entrar no ritmo.

Se ao menos Kolya estiver bem com Marina Petrovna... É estranho como as coisas mudam. Há um mês, quem diria que Marina Petrovna mandaria Anna para a guerra? Lá estava ela, à porta do apartamento, muito à vontade, segurando Kolya para dizer adeus quando Anna desceu a escada do prédio.

A batida na porta foi tarde da noite, exatamente quando o brilho azul de uma noite de verão em Petersburgo se transforma em manhã. Anna correu meio tonta para a porta, o rosto duro de sono, com medo.

— Quem é?

— Sou eu. Marina Petrovna.

Mesmo com tanto medo, Anna teve de rir. Será que mais alguém neste mundo diria "sou eu", antes de dizer o nome? Ela abriu o trinco e girou a chave uma, duas vezes. Marina estava lá, segurando um embrulho grande.

— Posso entrar?

— Rápido.

Espero que ninguém a tenha visto. E se eles a reconhecerem? Deus, por que ela terá vindo? O que quererá?

— Seu pai — começou Marina.

— Não está. Seguiu com os Voluntários do Povo.

As duas se olharam. Aquela não era a mulher que Anna procurara para aprender a desenhar e que vivia segura em sua *dacha.* Estava ali querendo alguma coisa.

— Que pena, vou embora — disse Marina.

— Não pode ir agora, à noite. Vai ser presa. Ou eles vão ver que esteve aqui e prenderão todos nós. — Anna sabia como sua voz estava dura, mas não se importou. Como lidar com mais uma pessoa que não sabia ser prática, que se recusava a aceitar as coisas do jeito que são? Já não bastava o pai? Por que não podiam ser um pouco sensatos? Por que achavam que sua sensatez era suficiente para todos? — Entre, me dê isso — ordenou Anna.

O embrulho era muito pesado.

— Cuidado, tem potes de vidro. Eu não deveria ter vindo. Não viria se soubesse que seu pai não estava.

Sob a luz elétrica, o rosto de Marina estava ressecado. O cabelo era bem grisalho.

— Ele foi embora. Todo mundo foi lutar. Acho que está perto de Kingisepp, não sei. Sabe que eles pediram reforço de voluntários?

— Sei, claro.

— E então ele foi. Está nos Voluntários do Povo. — Anna falava baixo, escondendo o medo que sentia. Seu pai era o último homem que deveria ter ido.

— Claro que ele iria — disse Marina como se falasse consigo mesma, como se soubesse muitas coisas que Anna ignorava. — É bem o estilo dele. Teve alguma notícia?

— Não, mas não esperava, com as coisas do jeito que estão.

Marina Petrovna parecia um fantasma. Olhou o apartamento como se desafiasse aquela realidade.

— Aqui estou, depois de tanto tempo — sussurrou ela, pegando uma foto.

— Você é muito parecida com ela.

— Eu sei.

Anna queria agarrar a foto e mostrá-la pelo verso, assim Marina Petrovna não poderia ver a imagem da mãe. O que aquela mulher queria? A lembrança se insinuava dentro de Anna como fumaça, criando formas que ela não queria reconhecer. A mãe não quisera ser amiga daquela mulher. Por que, se Vera tinha tanta certeza de que as mulheres poderiam se ajudar tanto? Todas as mulheres com quem trabalhava gostavam dela. Vera sabia que tinham de passar a hora do lanche nas filas, porque ela também fazia isso. Sabia que, depois do trabalho, tinham de tomar um bonde, depois um ônibus para a creche e outro ainda para casa e, imediatamente, começar a fazer o jantar com as coisas que tivessem trazido na sacola pesada que haviam carregado quase o dia inteiro. Será que Marina Petrovna algum dia carregara uma sacola de comida ou descascara batatas sem tirar o casaco que usara na rua, querendo economizar tempo, pois as crianças estavam chorando de fome?

Na foto, a mãe de Anna olhava para cima e sorria, sem tomar conhecimento das duas. Ainda estava no piquenique na floresta perto de Tolmachevo, sentada num tapete aberto num bosque de bétulas cujas sombras salpicavam seu rosto. Anna viu, sob o vestido de verão, a forma redonda que viria a ser Kolya. Estava quente naquele dia. Os tornozelos de Vera estavam inchados, e o rosto, redondo. Ela segurava um ovo cozido que tinha acabado de descascar. No minuto seguinte, ia oferecer o ovo a alguém que estava fora da foto. *Há um vidro com sal na cesta...*

Marina Petrovna desconhece tudo isso. Pode pegar a foto e olhar quanto quiser, mas jamais saberá quem foi minha mãe. E eu não vou dizer nada. *Por que está aqui? O que quer de nós?*

— Graças a Deus, Vera não sabe o que está acontecendo — diz Marina Petrovna.

— É. — Anna olha para a foto, a mãe sorridente, perdida na paz do verão. *Você morreu e me deixou para enfrentar tudo isso. Quando mostro sua foto para Kolya e digo "esta é mamãe", ele não quer nem olhar. Diz: "eu sei" com enfado e sai para brincar. Mas sei que você não queria morrer. Não suportava essa idéia.*

— Anna, quero lhe pedir uma coisa — avisa Marina Petrovna. — É um grande favor, mas pode negar, se não for possível. Não me sentirei ofendida.

Os olhos de Marina brilharam como se tivesse enxugado lágrimas. Ainda era bonita demais, mesmo com o sorriso formando sulcos e o cabelo opaco e grisalho sob a luz elétrica. Era uma atriz, não? Por isso conseguia transpirar tanta emoção, que enchia a sala toda. Imagine viver ao lado daquela força. Ficaria asfixiada. Invadida. Qualquer coisa que sentisse seria menos importante do que o que ela sentisse. Talvez por isso ela tivesse insistido em ser amiga de Vera, quando a amizade acabou.

— Você quer ficar aqui — adivinhou Anna.

— Sim, por um ou dois dias. Tive de sair da *dacha*. Uma amiga me ofereceu um quarto, mas tenho de esperar até seus filhos saírem da cidade, na quarta-feira, provavelmente. E com os alemães chegando, queria ficar na cidade logo, antes que me peguem.

Anna irritou-se com seu jeito casual.

— Eles nunca vão chegar à sua *dacha*. Não vão chegar tão perto de Leningrado.

Marina sorriu, como Anna fazia quando Kolya dizia uma coisa pueril, desconcertante. *Ótimo, se você não quer acompanhar os adultos, não vou atrapalhar.*

— Minha velha babá foi para Mga; sua família é de lá. Mas eu sou daqui, tenho de estar aqui, em Leningrado. Se você permitir, fico só duas noites e durmo em qualquer lugar. Não saio, assim você não vai correr nenhum risco. E olhe — ela enfiou a mão no embrulho. — Comida, trouxe tudo que pude. Fique com esses potes de mel.

Dois potes de mel escuro. Dois potes lacrados de toucinho. Um pacote engordurado de truta defumada. Cogumelos secos, cerejas secas...

— Isso é gordura de porco. A geléia de uva-do-monte é do ano passado, tem muita vitamina. — Marina Petrovna colocou os potes e o resto das coisas na mesa. Em seu rosto brilhava a vitória. — Trouxe tudo que pude carregar.

Anna sentiu uma comichão na boca. Ali estava tudo que ela havia procurado nas lojas vazias. Sentia o perfume das cerejas. Já se imaginava guardando a comida e separando-a em porções. Mas disse o que devia.

— Marina Petrovna, não podemos aceitar isso...

— Não sabe que comida é tudo o que interessa numa guerra? A única coisa. Você tem que pegar tudo, Anna. Vai precisar. É muito jovem para lembrar como foi na última vez. O sofrimento terrível... mas na época você era um bebê.

— Não posso deixar que nos dê tanta coisa — disse Anna, sabendo que ia deixar e que Marina Petrovna também sabia. E talvez não fosse tão ruim assim conviver com Marina. Pelo menos não estava tão obcecada com o jeito como as coisas eram e, assim, não se importava em saber como estavam agora.

— Não se preocupe. Ainda há comida no embrulho. Eu não viria de mãos vazias para a casa de minha amiga. Mas não estou impondo condições, Anna. Mesmo se eu não ficar aqui, essa comida é para você e Kolya, em memória de sua mãe.

Se ela não tivesse mencionado este assunto, sobre minha mãe. Mas é uma atriz. Por isso as frases têm sempre um final adequado. É importante não esquecer isso. E então Marina Petrovna sorriu de repente, um sorriso tímido e franco, diferente de qualquer expressão que Anna já tivesse visto em seu rosto.

— Claro que você pode ficar aqui — disse Anna, antes de perceber que estava dizendo.

Prepararam uma cama no sofá de couro liso; sentaram-se à mesa ao lado da janela e tomaram chá enquanto a madrugada surgia entre as tiras de papel coladas na janela.

— Graças a Deus vocês não moram mais num apartamento comunitário — observou Marina Petrovna. — Lembra como era, Anna? Aquelas crianças dos Slatkin engatinhando embaixo da mesa, beliscando a perna das pessoas enquanto sua mãe e Lydia Maximovna teorizavam sobre cuidados com os filhos. E tinha aquele poeta, como se chamava, um que não era bom e ficava tomando vinho barato na ponta da mesa enquanto copiava os poemas, bem na hora de servir o jantar. Ele sabia muito bem. Depois alguém tinha de desentupir a privada do toalete que ficava entre as escadas, pela centésima vez, porque os pequenos Slatkins tinham jogado coisas lá dentro. Que vida difícil para uma mulher como sua mãe.

Ela continua falando em minha mãe, como alguém que insiste em passar a língua no buraco de um dente.

— Nós gostávamos, eu pelo menos acho que gostava — disse Anna. Lembrava da cozinha apertada e do cheiro úmido, do gosto de torrões de açúcar no chá dos adultos, das pessoas que apareciam sem avisar e ficavam horas debruçadas sobre as xícaras de chá. A conversa era incessante, barulhenta e flutuava de um lado para outro sobre a cabeça das crianças. Embaixo da mesa, Anna e os pequenos Slatkins faziam o que bem entendiam. Anna lembrava da floresta de pernas adultas, os muitos sapatos, o jeito que um pé de mulher de repente saía do sapato de couro e ficava revirando os dedos.

Depois, tudo mudou. As pessoas deixaram de idealizar a moradia comunitária. Virou uma coisa que só se fazia quando não se conseguia melhorar de vida. Se você tinha influência ou dinheiro, media em metros quadrados a sua privacidade. Os Slatkins se separaram, as crianças foram morar no campo com a avó. Senão, Lydia não conseguiria terminar seu romance.

— Passei anos sem pensar neles — observou Anna. — Nos Slatkins, quero dizer. Não sei se ainda estão em Leningrado.

— Lydia Maximovna está muito bem, escreve roteiros de cinema para a Lenfilme. Ela vai ser enviada para fora da cidade, com o resto da companhia. Mas claro que não procura seu pai há anos. É muito esperta para fazer isso.

— E as crianças?

— Ninguém diria que ela teve filhos. Ela mudou, Anna, é uma lição para nós. Pena que não possamos fazer o mesmo.

Anna dirigiu um olhar incisivo para Marina Petrovna e concedeu-lhe um pequeno sorriso de reconhecimento.

Anna guardou toda a comida com cuidado, no fundo do armário de mantimentos. Por enquanto, não ia usar nada, nem mesmo as cerejas secas que Kolya adorava. Algo passou por sua cabeça, rápido como um fragmento de sonho, mas cheio de terror. Viu Kolya com a boca rosada bem aberta, os dentes-de-leite que ela escovava com tanto esmero. De repente, os dentes de Kolya ficaram escuros e cariados. Kolya abria a boca querendo comida, mas não havia. Sem querer pensar no que fazia, Anna colocou os potes vazios que juntara no inverno para as conservas do próximo ano. Fez uma barricada com eles na frente da comida que Marina Petrovna havia dado. Uma fortificação.

Marina Petrovna ficou. Quando chegou a quarta-feira, os filhos da amiga não saíram da cidade, teriam de esperar a próxima escolta e até lá não havia lugar para ela no apartamento. Anna aceitou, sem conscientizar o que sentia com a onipresença de Marina. Decidira considerar o fato algo impessoal, mais uma conseqüência da guerra. Elas não discutiam. Marina Petrovna parecia querer amizade, o que ainda não era possível. Kolya gostava dela, o que era importante. Deixava Anna livre para ficar atenta ao surgimento de qualquer incêndio nas proximidades e para enfrentar as filas do pão.

Convocaram mais voluntários; dessa vez, não era para lutar, mas para cavar trincheiras. Não importava se a pessoa tinha 14 ou 60 anos, desde que conseguisse segurar uma pá. Precisavam de 100 mil moradores da cidade. Não, 200 mil, 300 mil. Os cartazes estavam em toda parte. *Às trincheiras! Às fortificações! Defenda a Mãe-Pátria!* Longas filas de escolares aguardavam inscrição, conversando sobre antitanques e fortificações, em vez de comentar o dever de casa de matemática. Novas palavras soavam, palavras que aquelas crianças nunca tinham ouvido, quanto mais proferido. *Defesas estratégicas. Convocar. Perigo iminente de invasão. Crise.*

Estavam lá para aprender o sentido daquelas palavras, de mãos vazias e, com sorte, uma mochila com um pouco de comida e uma muda de roupa de baixo.

E lá ia Anna, marginal outra vez. Nem estudante, nem trabalhadora. A creche foi fechada, reaberta e fechada, após as recentes retiradas de crianças. Ela limpou os banheiros pela última vez e arrumou as filas de mesas. O silêncio era igual ao de um feriado. Elizaveta Antonovna tinha sido enviada para "um cargo vital no serviço de retirada de moradores", no qual seus firmes conhecimentos do Partido compensariam sua ignorância sobre necessidades das crianças. Lyuba sumiu. Anna perambulou pelas salas vazias e ensolaradas, pelo jardim das crianças, onde os girassóis que elas plantaram cresceram como todo ano, fortes e desiguais. O pequeno Vaska Piskov ficara tão desapontado ao ver que seu girassol era um anão ao lado do impávido girassol de Pavlik Orlovsky, que não se preocupou em regar a terra nem depois de uma conversa séria com Elizaveta Antonovna.

Anna trancou tudo, entregou as chaves e saiu, sem rumo outra vez, com Kolya. Tomaram um bonde para a estação Báltico, onde multidões de estudantes se acotovelavam, aguardando trens que os levariam para a ação.

— Vamos de trem? — perguntou Kolya, apertando a mão dela. Ela o segurou firme, com medo de perdê-lo em meio às pessoas.

— Não, não vamos viajar. Pelo menos agora.

— Aposto que eu seria um bom soldado.

— Eles não vão lutar. Vão construir defesas.

— Eu *lutaria,* se fosse grande. Por que você não luta, Anna?

— Por sua causa. Não vou deixar você sozinho, vou?

— Não, não pode deixar criança sozinha, porque ela se perde e depois não consegue achar o caminho.

Mas ele falou decorado, como se fosse algo que jamais pudesse acontecer com ele.

De repente, foi possível. Ela podia ser voluntária. Marina Petrovna disse apenas:

— É ridículo, nós duas aqui plantadas, cuidando de uma criança. Minhas costas não permitem que eu cave trincheiras, nunca pude cavar nem meu jardim. Mas se você for, eu cuido de Kolya. Ele vai ficar ótimo comigo. Vamos construir um forte, não, Kolya?

— Vamos terminar antes que ela volte?

— Espero que sim.

Como as crianças podem ser insensíveis, pensou Anna. Ele estava muito contente por ela ir embora, agora que Marina Petrovna estava lá para fazer brinquedos de papiê-machê com pasta de papel de parede e jornal, e desenhar planos para o forte, que seria exatamente na mesma escala dos soldados de brinquedo de Kolya. Os dois iriam pintá-los em cores de camuflagem.

— Mas como você vai fazer? E as compras?

Pois você ainda não existe como pessoa. Não tem os documentos necessários. Não mora aqui. Se não conseguir sua ração, vai comer a nossa.

— Vou conseguir tudo — respondeu Marina Petrovna, ríspida. — Estou em Leningrado para liberar uma trabalhadora para um dever voluntário. Vou conseguir meus documentos. Não vivemos tempos normais. Enquanto isso, posso fazer as compras no mercado Sennaya. Tenho dinheiro.

Sim, está tudo certo com você, pensou Anna. Ela não conseguia identificar o que sentia por Marina Petrovna ou decidir em qual dos sentimentos confiar. Marina era generosa ou egoísta? Estava manipulando Anna ou tentando ajudá-la? Mas era impossível ouvir aquela voz sem acreditar nela. Talvez aquilo fosse prática. Ela era uma atriz. As dúvidas surgiram depois, como vermes entrando na cabeça. Aquela era a mulher em que a mãe de Anna não confiara. Vera colocava as cartas de Marina Petrovna sobre a mesa e devolvia-as ao pai de Anna, sem ler.

E lá estava Kolya dizendo adeus no colo de uma mulher que, até uma semana antes, ele nunca tinha visto, aos cuidados de alguém que Anna queria desenhar e não morar junto. Marina Petrovna tinha vencido. Tinha cavado um espaço na vida deles. Estava lá, abrindo e fechando a porta do apartamento deles, dizendo para Kolya quando terminavam as compras:

— Vamos, está na hora de ir para casa.

O braço de Evgenia pesa. Mas, se eu me mexer, ela acorda; precisa dormir. Vou virar de lado, assim, e esperar que venham nos acordar. Não deve demorar.

De repente, Evgenia vira de lado. Seu hálito, azedo, mas não desagradável, sopra suave no rosto de Anna. O cheiro quente e acre dos cabelos ruivos envolve as duas. O braço dela não está só encostado, está envolvendo, prendendo, lembra algum amante perdido ou uma criança que aparece como fantasma nos sonhos de Evgenia. Mas não há nada de fantasmagórico no calor de Evgenia. Seus corpos estão próximos, vivos. Katinka também deveria estar ali. Estaria do outro lado de Anna, resmungando porque fora atingida bem no pescoço e jamais conseguiria dormir naquele lugar, que chegava a ser pior do que ficar num acampamento das Pioneiras. Katinka estaria procurando arranhões em suas pernas brancas, e dizendo com sua voz aguda e aflita "Está tudo certo com você, Anna!", pois sabia que Anna era apenas uma assistente de creche, não uma estudante a caminho de coisas melhores. E, portanto, naturalmente mais capaz de lidar com palha e arranhões. Não era por acaso que os pais de Katinka tinham boa situação como membros do Partido. Souberam ensinar bem a filha.

Katinka, abrindo um sorriso para sua imagem refletida no balde de água da manhã, depois escovando o lindo cabelo, 50 escovadas de um lado, 50 do outro, como moça bem-educada que era. Aquela escova de cabelo fora a única coisa que ela pensara em levar.

— Minha mãe me mata se eu não cuidar do cabelo. É como se fosse dela, de tanto tempo que cuida do meu cabelo.

Toda aquela confusão de pessoas acabou. E eles vão nos mudar de lugar hoje. E se nem a enterrarem? Não, não vão enterrá-la. Não dá tempo.

O chão treme. As mulheres acordam, agarradas aos lençóis.

— Meu Deus, o que é isso?

— Um bombardeio, o mesmo de sempre — diz Evgenia, sentando calmamente na cama e jogando o cabelo ruivo para trás. — Está um pouco mais perto, não, meninas? E você, Anna? Dormiu bem, patinha?

— Patinha! — exclama Raisa Fyodorovna. — Por que você fala como uma moça de aldeia, quando é de Leningrado, como nós?

— Por que eu *sou* da aldeia, vim para a cidade quando tinha oito anos, para ser alguém... aliás, o que nós temos de errado, as moças de aldeia? Pelo menos sabemos cavar, o que não posso dizer de algumas pessoas presentes. — Ela imita Raisa cavando.

— Não consegue fazer nada melhor do que zombar de quem faz o melhor que pode? — pergunta Raisa. — Ouça o bombardeio. Eles estão bem em cima de nós.

— É a nossa artilharia, percebem a diferença? Estamos dando o troco. Aqueles filhos da puta não vão conseguir. — Evgenia levanta-se e enrola o cabelo num coque. — Vamos então, minhas queridas, chega de conversa, está na hora de cavar. Os alemães não vão esperar Raisa limpar as unhas.

9

(Trecho do diário de Mikhail Ilyich Levin.)

Volta triunfante, trazendo dois ovos que consegui na fazenda que se avista em meio às árvores. Ganhei-os de uma velhinha sentada ao lado do fogão apagado. Ela não queria aceitar pagamento, me chamou de *sir* e falou a respeito da guerra como se fosse do tempo.

— Não sei o que vai ser das galinhas e dos porcos com todo esse exército correndo por aí, sem um homem na casa. Mas o que não tem remédio, remediado está.

Dois filhos no exército, o marido morto, a nora foi embora três dias antes com os netos, a pé até a estação de trem em S...

— Se os trens ainda funcionam, chegarão a Peter — concluiu ela. — Mas eu não consigo andar tanto com essas pernas. Então eles me deixaram para cuidar da loja.

Esticou as pernas para me mostrar. Precisavam de curativo, mas não havia quem fizesse, disse ela. As pernas tinham veias azuis como teias e eram brancas demais, um branco necrosado, com feridas roxas e vermelhas que estavam atingindo a parte sadia. Uma das feridas estava supurando. Andrei saberia o que fazer.

— *Sir*, eu sento assim lá no quintal para tomar sol. O sol é melhor do que ungüento. — Ela apontou para o banco de madeira ao lado da porta. — Levo o banco para fora, sento nele e as horas voam.

Mancando, ela foi buscar os ovos para mim. Bem devagar, os joelhos estalando, abriu o galinheiro e procurou lá dentro. Voltou mancando com dois pequenos ovos na mão, cheios de excremento de galinha e palha. Soprou para limpar e tirou a palha.

— São de hoje, ovos sadios e frescos. Ponha-os na água e eles vão afundar como pedras. Experimente, *sir,* vai ver como são frescos.

Ela me levou até o chiqueiro e mostrou a leitoa e quatro bacorinhos. A porca, firme e cheia de cerdas, dirigiu-nos um olhar feio, conferindo se trazíamos alguma comida ou se seríamos bobos o suficiente para ficar ao alcance de uma mordida.

— Com ela, é preciso ter cuidado. No outro dia, deixou meu filho acuado naquele canto, e se eu não dominasse ela com o forcado, atacava. Mas não tem animal igual para dar cria. Na última ninhada, teve 12 porquinhos lindos. Quando estavam com seis semanas, demos quatro para o chefe de nossa granja coletiva e mais três para a família de minha nora. Comemos um e estamos criando esses quatro. Do jeito que as coisas vão, os lá de cima parece que estão fazendo vista grossa para os porcos, graças a Deus. Bem, o senhor compreende o que quero dizer, *sir,* porque é um homem educado.

"Tínhamos uma vaca; morreu. Minha nora acha que, se criarmos esses quatro porquinhos, poderemos trocá-los por uma vaca no mercado da granja coletiva. Mas agora inventaram um imposto para o nosso pomar, não sei como vamos pagar, só se for com o dinheiro dos leitões."

Ela sabia como a coisa funciona. É preciso um tanto para o chefe da granja coletiva, garantindo que as coisas andem e não haja problemas. Outro tanto para o imposto do pomar. E ainda dar graças a Deus por eles resolverem fechar os olhos para os porcos, desde o "decreto-modelo" de 1935. Ela falava como se tudo aquilo fosse as leis da natureza. Fiquei envergonhado, embora não tivesse nada a ver com a coisa. Essas palavras não entram na boca das velhas que precisam se benzer quando dizem "graças a Deus", mesmo sabendo que não há lugar para Deus em nossa grande luta contra o subdesenvolvimento.

Decretos-modelo, editos, dias de trabalho, distribuição de tarefas, "liquidar os gulags enquanto classe". Eu não inventei essas palavras. Por que, então, me sentia culpado? Talvez por ser um homem educado. Um daqueles que deveriam ter-lhe dado pão, mas em vez disso só lhe oferecem palavras que caem sobre ela como pedras. Íamos fazer tudo diferente e melhor. Ouvir Vera falando sobre cuidados com a saúde na comunidade era como assistir ao sol se levantar.

Bem, certamente fizemos as coisas diferentes.

A velha inclinou-se e esfregou as costas da leitoa.

— Para mim, ela vale ouro. Não gosta de homem, com razão: é esperta e sabe que teve 12 filhotes e agora só restam quatro. Sabe que meu filho levou seus bacorinhos.

Eu poderia ficar lá horas. Não queria deixar a velhinha. Não por poder fazer alguma coisa por ela, mas porque dentro daquele pequeno quintal só se podia pensar no cacarejo das galinhas, no calor do meio-dia e no olhar feio dàquela leitoa, esperando vingança. Centáureas azuis floriam e mutucas voejavam no esterco. Estava tudo como deveria estar. A velhinha tinha certeza de que tudo continuaria sendo como sempre fora, uma estação depois da outra. Mesmo se os lá de cima ficassem completamente loucos, não poderiam impedir que as maçãs nascessem nas macieiras. Os porcos cresceriam, as galinhas poriam ovos, e, quando o esterco estivesse no ponto, o filho o espalharia na plantação de batatas.

— O senhor vê, este é o nosso "terreno privado". Permitem que cultivemos nossos legumes aqui e criemos nossas galinhas. É isso, *sir*, é assim. Embrulhe os ovos em seu lenço e estarão perfeitos quando o senhor chegar em casa.

Levei o banco para o quintal, ela se sentou e levantou a saia até os joelhos para o sol aquecer suas pernas doentes. Vera saberia o que colocar naquelas feridas.

— Preciso ir — avisei. Apertei o dinheiro em sua mão, e ela arrumou um lenço rasgado, colocou as moedas numa ponta, deu um nó e enfiou-as no fundo do bolso.

— Vai passar aqui outra vez? — quis saber ela, como se eu fosse um cavalheiro em férias, sem destino.

— Talvez — respondi.

— Aqui, sempre temos ovos. Não os como, nunca pude. Eu lhe daria de graça, não fosse minha nora. As galinhas são dela, e vai saber logo se eu não fizer um preço. O senhor não acredita como ela sabe juntar números. É afiada como uma faca.

Ela enrugou o rosto, ao pensar na nora. Deixei-a sentada no quintal. Tenho certeza de que quando cheguei ao portão, ela já havia me esquecido.

Andrei e eu acabamos de comer os ovos. Há pequenos incêndios nas redondezas, mas está tudo calmo e no lugar, quase temos a impressão de que estamos em casa. Essa é a coisa mais importante de que me lembro da última guerra. Você tinha de transformar em lar o lugar onde estivesse, não importava qual fosse.

Acendemos nossos cigarros e Andrei começou a contar sobre o acampamento na floresta, no verão. Ele não permite que se fale mal da Sibéria. Diz que todos nós somos ignorantes e preconceituosos. A Sibéria é o lugar mais lindo do mundo. O ar é fresco e claro, diferente de nossa nublada Leningrado. A água é a mais limpa do planeta. Quando gelada, bebida na floresta, sente-se o líquido descendo pelo corpo como uma vida nova. E as pessoas lá são bem diferentes das urbanas.

— Claro, pois são todos ex-comunistas e políticos — observou Ilya. — A Sibéria não é bem um lugar para onde alguém escolheria ir espontaneamente.

— Quer dizer que você está criticando as esposas dos dezembristas agora, não? — perguntou Andrei. — Por que acha que elas quiseram acompanhar os maridos? Essa é uma visão mesquinha, típica de um cidadão de Leningrado. Olhe, existe vida do outro lado do rio Neva.

— Então por que você está aqui, se lá em Irkutsk é tão bom? E não vamos falar nas esposas dos dezembristas. Não foi tão ruim para elas, se quer saber.

— Está querendo dizer que elas não foram mártires? — interrompeu um rapaz de Konsomol chamado Petya.

Pois cá estamos nós, em meio ao nada, no caminho do avanço dos alemães, equipados com ferramentas para cavar trincheiras em vez dos revólveres e rifles de que precisamos. Apesar disso, discutimos se as esposas dos dezembritas foram ou não mártires. Para mim, isso mostra bem nossa força e nossa fraqueza.

— Não estou querendo dizer nada — reclamou Ilya, inclinando-se até seu rosto ficar a poucos centímetros de Petya. — Nada, entendeu? Hein?

E de repente havia alguma coisa tão comovente em Andrei, que Petya entendeu:

— Eu sei, não me leve a mal.

Petya é um ótimo rapaz. Idealista, mas não do tipo delator. Enquanto isso, Andrei pegou o livro sobre cirurgia torácica que leva para todo canto e começou o Capítulo Três pela décima vez. Mas toda vez que Andrei começa a estudar, alguma coisa acontece e temos de...

O diário acaba nesse pedaço. Escrita a lápis nas folhas dobradas do diário, uma anotação:

Folhas de diário encontradas pelo estudante de medicina Andrei A. no bolso da camisa de Mikhail L., membro dos Voluntários do Povo ferido na ofensiva alemã de 7 a 8 de agosto e recolhidas pelo citado Andrei A. por segurança e para devolver à família.

Andrei escreveu assim, não conseguiu fazer de outro jeito. Toda a sua graça e vivacidade sumiam quando segurava uma caneta, ou até um lápis. Seus olhos acinzentados pareciam nublados quando pensava. Sua caneta passava pelo papel e, de repente, subitamente, ele começava a escrever uma série de clichês. Dobrou as folhas do diário e guardou-as no bolso da camisa. Sabia que Mikhail tinha uma filha e um filho, que moravam num apartamento perto do Moyka. Bastaria concentrar-se para conseguir lembrar o endereço.

Concentrar-se. Pense nisso e não pense onde você esteve.

* * *

Ele havia estado na boléia de um caminhão cheio de homens feridos que resmungavam a cada buraco da estrada, às vezes gritavam. Andrei faz o que pode, sem material de enfermagem, água ou espaço para se mexer. Um homem sangra até morrer, o que poderia ser evitado com uma cirurgia de emergência e uma transfusão. Há um voluntário, que não parece ter mais de 16 anos, com estilhaços de metralhadora no rosto. Sua mandíbula direita sofreu afundamento, em sua boca há sangue misturado com ossos quebrados. Andrei virou-o de lado, para diminuir o risco de asfixia. O menino não se mexe, apenas respira e inspira, e a cada movimento o sangue escorre, grosso, do ferimento. Está consciente, mas em estado de choque, por isso parece não sentir dor. Andrei cortou sua camisa em tiras e pediu as camisas de dois homens razoavelmente limpos, feridos nas pernas. O homem com a artéria femoral rompida morre e sua cabeça cai no ombro do que está ao lado, de pé amassado.

— Sabe se ele...? — pergunta o homem do pé amassado, calmamente. Andrei não responde. No minuto seguinte, vê com o canto dos olhos o homem de pé amassado fechar os olhos do morto. — Bem, é preciso respeito, não?

O mau cheiro dos incêndios está por toda parte, denso, acre, fumaça sebosa rolando pelo chão, engolindo a fila de pessoas. Cabanas ardem; foram bombardeadas ou então os donos as queimaram, antes de fugir. Lá no fundo da memória eles lembram que é isso que devem fazer. Recuar, se preciso, mas não deixar nada para o inimigo, só cinzas. Não deixe comida para eles e nenhum abrigo.

A estrada está cheia de homens, mulheres, crianças aterrorizadas, agarradas à saia das mães, cabritos, porcos em debandada, muitas galinhas que foram soltas. O caminhão passa por um homem agachado à margem da estrada, torcendo o pescoço de uma galinha. Andrei vai lembrar sempre daquelas mãos grandes, vermelhas e carnudas quando acabou com a vida daquele monte de penas. *É uma galinha que aqueles filhos da puta não comerão.*

Um casal gordo, parecendo dois bonecos, carrega com dificuldade um colchão. Não conseguiram largá-lo, afinal é um colchão de penas autêntico, embora eles balancem com o peso, esbarrem nos outros, sejam xingados. Até que chegam à beira da estrada, sentam no colchão com as pernas esticadas e ficam olhando o vazio diante deles.

A estrada vai até a estação, que fica a seis quilômetros. Dizem que os trens ainda estão funcionando. Dizem que quem tem alguma coisa para dar em troca tem mais possibilidades de ficar apertado dentro dos vagões.

Em meio aos camponeses há soldados de rosto cinzento, com olhar de bicho, de tanto cansaço e frustração. Andam, andam, andam para lugar nenhum, como pacientes saindo da anestesia que querem sair da cama, lembrando que deixaram tarefas por terminar lá do outro lado da saúde. É preciso segurá-los nos lençóis. *Durma, está tudo bem.*

Os soldados andam sem parar. Cada grupo emparelha durante alguns minutos com o caminhão, depois fica para trás. O caminhão não parece se mover, mas segue mais rápido do que a coluna de refugiados e soldados. Existe um lugar onde não há bombardeio, nem tanques passando sobre campos arados e com a mira rodando para acertar você. Nesse tal lugar, não há nenhum avião Junkers cuspindo chamas, nem pára-quedas descendo como cabeças de cardos com um lindo movimento oscilante, de um lado para outro. Depois, eles cospem homens armados. Não há aquela barulhada de bombardeio que enche sua cabeça e você nunca mais consegue esvaziar.

O que dissera Mikhail? "Pelo amor de Deus, sou um dos poucos homens aqui que sabem usar um rifle, e eles não me dão um."

Não havia armas para todos. Um rifle para cada seis homens, no começo. Mikhail conseguiu um, no final. Alguém morrera com o rifle na mão, a arma ainda estava quente.

Ao menos se as crianças não chorassem assim, no mesmo tom fino e agudo da miséria, quando correm na margem da estrada, ao lado do caminhão, implorando um lugar lá. Algumas estão sós. As maiores carregam as menores e tentam colocá-las no caminhão.

— Não posso ficar com ela, não está vendo? Aqui dentro há homens feridos.

Um homem mostra um bebê para Andrei.

— Minha mulher não consegue mais andar. Meu filho tem só duas semanas, não vai ocupar espaço.

— Tenho de cuidar desses homens. É melhor seu filho ficar com você.

O motorista do caminhão buzina e acelera, tirando as pessoas da estrada. Andrei olha para trás e vê o homem com o bebê, sumindo de vista, os braços ainda levantados, oferecendo o filho. Seus gritos ritmados grudam nos ouvidos de Andrei.

Mikhail continua inconsciente no canto do caminhão, onde não vai ser apertado. Tem uma concussão cerebral, talvez o crânio tenha fraturado, mas ele não sangra pela boca, nem pelos ouvidos. O ferimento no ombro e no braço parece feio e sangra muito, mas não é grave. Um estilhaço entrou na pele e atingiu alguns ossos; precisaria ser examinado sob anestesia. Marcas de queimadura, sujeira e sangue fazem as coisas parecerem piores do que são.

Andrei tem uma repentina e irresistível vontade, forte como o desejo sexual, de sentir o cheiro de ácido carbólico do Hospital Erisman. Lá, todo mundo sabe o que fazer. Trabalha-se em equipe, as pessoas se movimentam em sincronia como um corpo de baile. Quanto mais urgente for alguma coisa, mais calmamente se fala, usando poucas palavras quando se luta contra uma parada cardíaca ou uma hemorragia.

— Vamos chegar logo — promete Andrei para um homem que "recebeu um bom chute no saco, de surpresa". Está com a pele cinzenta, um brilho de transpiração no rosto e fala sem parar, o que é estranho:

— O problema, doutor, é que não sinto nada. Só um frio fodido. Se isso é verão, eu quero meu dinheiro de volta. — O caminhão segue. O pulso do homem se altera. Está com a boca azul. Diz, com outra voz: — Me segura, não consigo sentir meu corpo.

Andrei age enquanto pensa, com uma parte fria e pequena da mente, que não deve entregar o diário de Mikhail para ninguém. Pode ser perigoso. Se eu deixar no bolso, vão encontrar quando tirarem a roupa dele no hospital. É melhor entregar para a filha, como ela chama? Anna. Ela saberá o que fazer.

As folhas do diário estão ensopadas de suor no bolso de Andrei. Mais tarde, vai pegá-las para anotar a lápis e verá que também estão manchadas de sangue. Talvez seja sangue de Mikhail, talvez de outro homem. Andrei não conseguirá lembrar de quem era o sangue que espirrou no rosto dele, fazendo-o recuar sem querer, com nojo. A lembrança dessa repulsa voltaria toda noite para assustá-lo, não o sangue.

No segundo ano da escola de medicina, Andrei escreveu esses princípios em sua agenda pessoal:

Um bom médico sempre trabalha com método.

Um bom diagnóstico não usa teorias: começa pelo que se vê, sente, toca e ouve. Um médico que não cheira um ferimento para saber se está inflamado nunca será um bom profissional.

Andrei se recusa, e sempre se recusará, a falar de outra coisa que não seja sua experiência. O que ele tocou e com quem conversou: é nisso que acredita. Acredita também numa carga de homens feridos, numa estrada bloqueada por soldados em retirada, em refugiados desesperados e num bebê que não pôde salvar. Acredita no que pode ver, tocar e cheirar, no que segurou nas mãos.

Andrei nunca vai se considerar uma testemunha da queda da linha Luga. Ele não assistiu a 'contra-ataques desesperados', nem a 'uma resistência corajosa' e também não acredita que 'a linha Luga foi-se desmoronando'. Ele viu só homens desarmados, lutando com as mãos, pegando pás e ancinhos, os rifles dos mortos. Viu meninos de 14 anos se arrastando em abrigos de trincheiras, como se soubessem o que viria depois. Sentiu como era fácil rasgar algodão barato para transformar em bandagens e o gosto da gema amarelo-dourada de um ovo tão fresco, que, se fosse colocado na água, afundaria como uma pedra.

10

Andrei fica na rua ensolarada e vazia. Ninguém por perto. Claro, ainda é muito cedo. Não são nem seis horas. Ele se esquece. Os dias ficaram estranhos e não voltarão mais.

É essa a rua. Aquele prédio lá, o quarto edifício a partir do final da rua, com a portaria aberta. Deve ter, nos fundos, um pátio com escadas que levam aos apartamentos. Terceiro andar, porta à direita. Exatamente como milhares de prédios em Petersburgo. Escadas escuras levam a cômodos subdivididos e apertados em que os pais dormem atrás de uma cortina, e os filhos crescidos não podem sair de casa porque não há aonde ir.

Andrei tem sorte. Divide um quarto de 15 metros quadrados num apartamento comunitário e tem boas relações não só com o companheiro de quarto, mas com a maior parte das pessoas do apartamento. Até Frol, o bêbado, que mora no vão da escada, achou alguma coisa para gostar nele. Quando Andrei tenta estudar, Frol vocifera com quem estiver fazendo muito barulho:

— Fica quieto, sim? Como o rapaz vai aprender alguma coisa? Onde você vai achar um médico quando estiver morrendo?

Muito diferente da cidade de Irkutsk.

— Como invejo você — confessou o pai, um dia antes de Andrei ir embora. — Não há lugar igual a Petersburgo.

O pai era de Petersburgo, um jovem engenheiro idealista que aceitara um cargo em Irkutsk logo após a revolução. Andrei cresceu à sombra da fama de brilhantismo e vigor do pai.

— Seu pai era capaz de fazer qualquer coisa. — O menino ficava bem feliz ao ouvir isso. O pai poderia fazer qualquer coisa, mas estava ali, onde a única família que tivera o esperou. Ele se casou com a mãe de Andrei e não demorou a perceber que era impossível separá-la da Sibéria: a região era o sangue e a vida daquela mulher. Quando Andrei tinha quatro anos, ela o levava para acampar na floresta. Eles andavam horas, depois armavam a tenda. A mãe conhecia cada centímetro do terreno. Ele gostava demais do vento passando suavemente sobre a face da terra, esticando a grama e a delicada superfície do limo do verão. Quando se deitava na grama, sentia a terra mexendo enquanto o vento soprava nuvens leves na face azul e límpida do céu. Ele costumava acreditar que o ronco que ouvia no chão era o da terra, girando.

Não há nada assim em Leningrado, onde as avenidas de pedra canalizam o vento. Vem areia nos olhos, e o ar parece que já foi respirado antes, centenas de vezes, por centenas de pessoas. O ar de Leningrado não é uma coisa viva, acariciando por dentro das roupas, juntando você à terra.

As pessoas em Leningrado imaginam coisas estranhas sobre a Sibéria. Falam a respeito do frio, mas não entendem que é um frio completamente diferente. A neblina paira sobre o Neva e se transforma numa cerração espessa e úmida que penetra os ossos. Mas na Sibéria, a 20 graus abaixo de zero, o frio canta. A Sibéria é mais do que um lugar, é um espírito que não pode ser levado para nenhum outro canto. As pessoas falam mais francamente lá. Não são assustadas.

Na Sibéria, tudo é farto. Há muito espaço, muito céu, muitos milhares de árvores marchando para um horizonte que nunca se alcança, há muitas estrelas apinhadas nas noites de inverno. Mas, quando você percebe, não se assusta. A Sibéria passa a ser o único lugar onde você pode respirar de verdade.

Mas Andrei está lá, em Leningrado. A cabeça leve de sono. O silêncio faz soar uma campainha em seus ouvidos. No caminho, a calma da manhã era tão misteriosa, que ele queria afastá-la. Queria gritar até que se abrissem todas as janelas e as pessoas surgissem nas janelas para ouvir.

"Não sabem o que está acontecendo?"

Percorreu ruas calmas que tinham cheiro de padarias. Uma velha, que varria a escada da casa com um resto de vassoura, parou e olhou para ele. Será que ele parecia estranho? Não, os velhos olham fixo para qualquer coisa.

É aqui que ela mora, a filha. Anna. Ele tira o boné. Eles aqui se sentem bem seguros. A porta do pátio está aberta e a da escada também. Ninguém por perto. Ele sobe a escada que tem cheiro de cebola e repolho com a lâmpada fraca no meio de uma confusão de fios elétricos. Mas o lugar é bem simpático. As escadas estão limpas e varridas, não há lixo no pátio. O corrimão é antigo, de madeira macia que foi lustrada há pouco. Deve ser essa a porta. É. Ele fica indeciso. É muito cedo mas, afinal de contas, vem trazendo boas notícias.

Andrei bate firme na porta e se afasta dois passos, como a mãe ensinou quando ele era pequeno.

— Não grude na porta, senão, quando ela abrir, você despenca dentro da casa. É falta de educação.

Uma luz se acende, mas não há barulho de passos. Não sabem que a luz aparece por baixo da porta? Ele ouve alguém se mexendo no apartamento e passos leves, rápidos. O que fazem?

Bate outra vez e sente uma corrente de ar nas costas. Abriram a porta do apartamento de trás. Ele se vira e vê um homem observando. Um homem grande, claro, de camiseta, músculos fortes. O homem não diz nada, apenas olha Andrei e fecha a porta devagar. Andrei sente um arrepio. Eis aí para você, a cidade de Leningrado. Nela, todos olham e escutam, mas não dizem nada. Corajoso, ele se aproxima da porta e diz, alto:

— Sou amigo de seu pai.

A porta se abre tão de repente que ele perde o equilíbrio. A moça devia estar encostada, ouvindo. Dá um encontrão nela, pede desculpas e segura no trinco da porta, tentando se endireitar. Caiu bem no peito dela. Sentiu um volume macio, cheio e cálido. Ela está sem nada por baixo desse roupão. Ele afasta os pensamentos, afinal ela é a filha do amigo.

— Quem é você? O que está fazendo aqui?

— Está tudo bem, sou um amigo do seu pai. Andrei Mikhailovich Alekseyev.

Ela dá um passo atrás, seus olhos se estreitam como se ele fosse um inimigo.

— Deus, você veio, você veio para...

— Não, não é isso. Ele não morreu, juro. Está vivo. Internado no Hospital Erisman, com um ferimento no ombro. Voltou comigo num caminhão do hospital.

— O ferimento é grave?

— É grande, mas não oferece perigo. Ele teve uma concussão, o que pode ser mais um problema, mas não parece ter fraturado o crânio.

— Você é médico?

— Ainda não. Faço o quarto ano de medicina.

— Levou um tiro! Eu não deveria ter deixado ele ir! — ela murmura.

— Você não conseguiria.

— O que você quer dizer? Ele tem um filho de apenas cinco anos, contou isso para você? Ou simplesmente esqueceu de Kolya, como sempre faz quando não é conveniente? E agora, para completar, está ferido. As pessoas estão se ferindo, pessoas que nem deveriam estar lá, não estão fazendo nada de bom, estão apenas sendo mortas; depois alguém as enrola numa velha cortina e larga para os alemães, como se fossem toras de madeira. Bem, graças a Deus você o trouxe vivo. E agora está ferido e... desculpe. Eu deveria agradecer a você.

Embora ela tenha ficado o mais longe possível, a entrada do apartamento é tão pequena, que ele sente o calor adormecido que exala do corpo dela. E o forte e cálido cheiro da pele e do cabelo.

— Vamos.. quer dizer, podemos entrar? Tenho de voltar logo ao hospital, mas gostaria de falar com você.

— Não entre. Marina Petrovna está dormindo. Venha para a cozinha, pssiu, não podemos acordar Kolya, ele tem tido pesadelos.

Eles têm um apartamento só para eles. Andrei olha em volta. É, uma cozinha também, pequena, mas deve ser ótimo não ter de identificar toda a sua comida e colocar na estante certa para ninguém pegar.

— O apartamento é ótimo — elogia ele.

— São dois cômodos. Sete e cinco metros quadrados. Temos muita sorte, embora eu não saiba quanto tempo vamos agüentar.

Ela ruboriza, como se tivesse falado mais do que pretendia.

— Um homem como seu pai precisa de seu canto.

— O quê?

— Um escritor, quero dizer. — Ele pronuncia a palavra 'escritor' numa mistura de respeito e dúvida, evidenciando claro que não há escritores em sua família. — Mesmo no abrigo, ele escreveu páginas e páginas, como se estivesse em sua escrivaninha.

— O que foi feito do diário? — pergunta ela, ríspida.

— Está direito, trouxe aqui. Foi por isso que vim, quer dizer, em parte foi por isso. Não queria deixar os papéis largados no hospital.

— É.

Ele mexe no bolso da camisa e mostra as folhas de papel todo escrito, bem dobrado, mole e quente com o calor do corpo.

— Obrigada. Por que você não senta?

Ela o faz sentar ao lado de uma pequena mesa dobrável e, automaticamente, começa a preparar o chá.

— Acho que eles não deram nada para você comer — diz ela, baixo, enquanto pega a metade de um pão preto, cuidadosamente embrulhado num pano fino. — É melhor você comer.

— Cuidado com a faca.

— O quê?

— Vai cortar o dedo, se não tomar cuidado.

Ela olha para o pão que está cortando, depois para ele com um sorriso indeciso.

— Meu pai vai ficar bom mesmo? Tem certeza?

— Tenho.

— Vou com você para o hospital. Ele vai precisar de uma porção de coisas lá...

— Vá mais tarde, agora ele está dormindo. O ferimento foi tratado e retiraram os estilhaços. Ele vai ficar tonto pelo menos até a tarde. E o hospital está um caos. Há macas pelos corredores, o microfone interno fazendo pedidos de sangue, salas provisórias sendo montadas em toda parte. Esta é a primeira folga que tenho.

Ela mexe no armário de mantimentos, de costas para ele. O cinto do roupão está apertado. Ela não é magra, é corpulenta e forte. Ele avalia as curvas da cintura, coxas, barriga das pernas. Pensa no toque dos seios dela. Ele está sentado de frente e o espaço é tão pequeno, que o roupão roça os joelhos dele quando ela se vira. Ele abaixa os olhos, rápido, para que ela não perceba o que estava pensando. Ouve o tinido de potes de vidro, ela segura um pote de mel, abre e passa o mel no pão.

— Pronto, coma.

Pão e mel. Tem gosto de mel de urze, escuro e doce. E o pão dormido está melhor ainda, tem a textura gostosa do dia seguinte. Ela passou manteiga, além do mel. Sente o gosto da manteiga salgada. Delicioso. Ele só viu como estava com fome depois da primeira mordida. E o chá, do jeito que ele gosta, forte e com três torrões de açúcar no fundo da caneca. Como foi que ela adivinhou? Ela deve ter perguntado, embora ele não se lembre. Está tão cansado. O cansaço vem em ondas. A viagem de caminhão, depois o trem. Horas de espera na plataforma com os feridos. Havia muitos camponeses na estação com suas trouxas, e ele fez com que cortassem com machado a dormente da estrada de ferro para usar como tala. Ficaram com medo de cortar.

— Vai dar problema. Não sabe que isso é considerado sabotagem? Uma dormente de estrada de ferro vale mais do que minha vida. É propriedade do Estado.

— Certo, propriedade do Estado.

Eles se olharam, concordando, como se Andrei fosse um idiota que não soubesse das coisas.

— Vou-lhes mostrar o que é propriedade do Estado — ameaçou Andrei. — Conheço vocês. Cortem as dormentes, senão mando fuzilar todos.

Devem ter acreditado. Cortaram a dormente, e assim os casos mais graves puderam receber uma tala. O estranho foi que o homem mais difícil de convencer de cortar a cerca pegou um balde com água e um caneco e percorreu a fila de feridos, ajudando-os a beber água. Um deles estava fraco demais para beber no caneco. O homem do balde se ajoelhou, enfiou a mão na água e deixou que o homem chupasse os dedos como um bebê. Quando viu que Andrei estava olhando, sorriu indefeso como uma criança e disse:

— É assim que fazemos com os bezerros quando estão sendo desmamados, *Sir*. Sempre dá resultado.

A doçura do chá espalhou-se por dentro de Andrei. Se estivesse sozinho, mergulharia o último pedaço de pão no chá. Não há nada melhor do que pão preto com chá doce.

— Pode fazer, se quiser. Não se preocupe.

— O quê?

— Mergulhe o pão no chá. Nós todos aqui fazemos isso: eu, Kolya, até Marina Petrovna.

— Eu não deveria comer sua ração.

— Eu ofereci, coma.

— Quando eu estava num abrigo com seu pai, sonhava em sentar numa cozinha e tomar chá. — Não diz que no sonho havia sempre uma mulher, quente, meio indefinida, andando pela cozinha, passando por ele.

— Eu sei.

— Sabe? — ele não tinha a intenção, mas a voz demonstra o que sente. *Como você pode saber? Só nós que estivemos lá podemos saber.*

— Eu estava lá até anteontem. Mais longe da linha do que você, mas não muito. Estávamos cavando uma armadilha antitanque quando o bombardeio ficou perto demais. Seis mulheres morreram, eles então nos mandaram sair dali. Pegamos um trem para Leningrado como se viéssemos de um acampamento de férias. O trem estava lotado e ficamos de pé, tão apertadas, que, mesmo se dormíssemos, não nos mexeríamos um centímetro. E o guarda ficava berrando "Tirem a cabeça da janela ou vão ser decepadas!"

Apertada, junto de Evgenia. Os rostos a centímetros de distância. Às vezes dormindo, às vezes conversando sobre coisas que acabaram para sempre, como se elas ainda existissem.

"Acho que a picareta faz bolhas piores que a pá, não?"

"Não, a de pá é pior, até você se acostumar com ela."

"Aquela Lena continuou enfiando salsicha na boca quando corremos para o abrigo. Não ia perder uma mordida, não?"

"É, e berrava 'Não vou desperdiçar a droga da salsicha!' quando você disse para ela andar."

"Isso dá uma idéia das coisas todas, não? 'Não vou desperdiçar a droga da salsicha.'"

Evgenia ria, mostrando os dentes alvos.

Mas como descrever Evgenia para esse homem que nunca a viu? Evgenia na estação Báltico, quando o trem finalmente parou chacoalhando na plataforma, depois de horas numa subida bem ao lado da cidade. As mulheres ficaram juntas, mesmo depois que todas saíram do vagão. Era uma manhã quente, mas elas tiritavam. No cotidiano da estação, as roupas sujas e botas enlameadas que elas usavam pareciam horríveis, embora antes aquilo fosse perfeitamente normal. Estavam tão cansadas, que o lugar parecia uma alucinação. Mas continuavam juntas, uma equipe, até uma mulher perto de Anna dizer, calmamente: — Bom, não vale a pena eu ficar aqui — e pegar suas coisas, saindo sozinha por uma das portas da estação.

Elas já não formavam um grupo. Não tinham ordens a obedecer, não precisavam mais cavar e jogar a terra, fazer trincheiras.

— Por enquanto, não precisam de nós, mas acho que logo vão precisar — avaliou Evgenia.

Sua trança ruiva estava desmanchando, e a pele sardenta parecia encardida.

— Pois voltem para suas casas, e eu para a minha. Talvez a gente se encontre outra vez — despediu-se Evgenia.

— Esperem, vou dar meu endereço.

— Não precisa. — Evgenia deu de ombros. — Se nos encontrarmos, tudo tem. Não acredito nessa história de dar endereço e manter contato.

— Não desperdicem a droga da salsicha, certo? — brincou Anna.

Evgenia riu. E continuava rindo quando se virou e sumiu na multidão, com a trança ruiva batendo nos ombros, se desfazendo. De repente, ela virou para trás e berrou:

— Não deixem as mãos ficarem macias! Mijem nas bolhas!

— Eles nos tiraram da linha Luga — contou Anna para Andrei. — Não podiam mais nos usar, então voltamos para casa. Não sei o que vai acontecer agora.

— Vamos fazer a consolidação...

— É.

— Você as conhecia? Aquelas seis mulheres que morreram, quer dizer. Eram suas amigas?

— Não muito. Só uma, a que morreu primeiro. Era como uma criança, embora tivesse 15 anos. Não deveria ter ido para lá. Pedia sempre para eu escovar o cabelo dela.

— Devem ter sido bem amigas — disse Andrei, tentando avaliar o grau de intimidade necessário para ele escovar o cabelo de alguém. Mas, claro, com as mulheres é diferente.

— Não, eu não gostava muito dela. Era simpática, mas muito mimada. Sabe como é: o pai, membro do Comintern, muita comida entregue no apartamento da família, acampamento de verão nos hotéis do governo. Acho que ela nunca enfrentou uma fila na vida. Mas não tinha culpa.

— Continuo pensando nela. Sabe como você é aos 15 anos. Tem algumas coisas de sobra, outras que faltam. Nada tinha realmente começado para ela, ainda não era uma pessoa, e morreu. Nós a enrolamos numa cortina de sala de espera, estampada de rosas. O pior é que as rosas eram horríveis. Grandes como repolhos, cor de lama.

— Não pense nisso.

— Por que não?

— Depois gruda na cabeça. Não pode ficar lembrando a cortina.

— Talvez devesse grudar.

— Mas não em você.

Levanta os olhos para ela, firme e próximo. Ninguém olha para ela assim. Nem as crianças da creche, que querem atenção e sempre procuram ficar o mais perto possível. Quando conta uma história, as crianças se aproximam, se enfiam pelas pernas dela, tocam sua saia. Percebem tudo. Se ela cortou o cabelo, se usa uma cor nova, se teve uma noite ruim, percebem na hora.

"*Anna Mikhailovna, por que está com essa cara? Está triste?*"

Ela é seu apoio nos dias longos. Precisam conferir todas as suas mudanças, para garantir que é a mesma. Talvez a expressão do pai quando olha para ela não seja tão diferente. Está acostumada com aquele tipo de atenção e sabe lidar com ela. Mas o olhar de Andrei deixa-a insegura. Ele é curioso. Quer saber mais. O olhar dele sonda e se aproxima. Anna sente o calor da própria pele e o toque suave da roupa de algodão roçando suas coxas.

— Tome mais chá — sugere, para se recompor. Sempre se sente mais segura quando está fazendo coisas para os outros. Mas ele não parece ouvir.

— Precisa se proteger. Não é ficar insensível, não é isso. Mas quando entrei pela primeira vez numa enfermaria, algumas coisas ficaram na minha cabeça durante semanas. Depois, percebi que não era possível ser médico assim. É preciso manter uma coisa dentro de você que não possa ser usada e levada.

— Você conseguiu isso?

— Estou tentando. Acho que com você é a mesma coisa, trabalhando numa creche com todas essas crianças. Seu pai me contou. Você deve ter encontrado uma forma de atender a eles sem ser comida viva.

— Tem razão. Mas é estranho você saber isso. A maioria das pessoas, meu pai, por exemplo, não vê que meu trabalho envolve esse tipo de coisa. Vê a rotina e todo o esforço físico necessário, *aquela trabalheira*, como diz meu pai. Mas não imagina que existam desafios. Continuamos como operários; supostamente devemos melhorar sempre, aperfeiçoar e progredir; por isso ainda não valorizamos o trabalho que não tenha *status*. Então, embora minha chefe não entenda nada de crianças e na verdade nem goste delas, ela faz os relatórios e decide as coisas. E todos acham que assim deve ser.

— Talvez porque as coisas sejam assim.

— Pior do que isso. Nós reverenciamos os diplomas como se fossem ícones.

— Você deve estar certa...

— Não, sou prejudicada por não ter um. E tenho certeza de que vou fazer tão errado quanto todo mundo quando for a vez de Kolya. Vou insistir para que ele se aperfeiçoe ao máximo. Não vai ser difícil, ele já sabe ler. É um verdadeiro Levin.

— Você não é?

— Não, não sou como eles. Todos os Levin são brilhantes na escola e adoram escrever. Nada é totalmente real para meu pai antes que ele escreva num papel. Mas eu não era nada de especial na escola.

— Eu também não.

— Você estuda medicina.

— É, mas com esforço. Você não acredita quanto esforço. Mas na hora de colocar a teoria em prática, sou ótimo. É muito bom quando um paciente chega e você percebe uma coisinha nele: a cor das pupilas, o jeito de se apoiar num lado do corpo. Antes mesmo de eles começarem a dizer o que não vai bem, você já tem uma idéia. É disso que eu gosto.

— Sei.

Sem sorrir, os dois trocam um olhar de concordância. Ela observa as mãos dele quando toma o resto do chá. São fortes e largas, com dedos finos. As mãos parecem saber coisas. Ele desabotoou o colarinho, no calor da cozinha. O peito dele tem um triângulo muito bronzeado, depois a pele clareia, fica fina e lisa.

Ele põe a caneca na mesa, pega um papel dobrado no bolso da camisa e entrega para ela.

— Anotei aí a enfermaria onde ele está e o nome do médico responsável. Você pode visitar mais tarde, quando ele estará acordado. Não se assuste se estiver com febre, é muito comum nessa fase, não significa que ele esteja com infecção.

— Sei, entendo — diz ela, concordando com a cabeça como se quisesse mostrar presteza e compreensão. O que está acontecendo com ela? Por que não fica natural? E por que está com esse roupão velho e feio, que foi da mãe? Acima de tudo, por que sente tão nitidamente o tecido tocando os seios, roçando-os cada vez que muda de posição, endurecendo até ela temer que ele veja o contorno.

— Até logo.

— Até logo.

— Quando for visitar seu pai, talvez possa...

— Devia lhe agradecer. Levei um choque tão grande quando vi você, pensei que fosse...

— Foi burrice vir aqui tão cedo. Deveria ter pensado. Eu queria avisar logo que ele está bem.

Segura a mão dela. As unhas dela estão quebradas, as mãos têm calos. Ele não olha, mas sente. Pensa nela cavando a terra com aquelas mãos. Sem querer, fecha a mão dela.

— Bom, até logo.

— Até.

Mas não se separam. Estão próximos, Andrei segurando-lhe a mão. Segura a outra mão também e os dois ficam como dois dançarinos: ela mexe um pouco acompanhando uma música que ele quase acredita que ela ouve. Ela é quente, fluida, macia.

— Gosta de dançar?

— Gosto.

— Eu também.

— Vamos dançar uma noite dessas, quer? Se as bandas ainda estiverem tocando.

— Ainda estão, no Astória. Poderíamos ir lá, tem fila, mas vale a pena.

— Combinado.

Sorriem, estão bem próximos, sem ver. Querem o olvido. Querem a noite, dançar.

— Bom, até logo.

— Até.

Dançar no escuro. É assim que eles chamam. Nós dois. Nunca fiz isso. Uma vez, quase fui, mas lembrei de Kolya. Pensei: e se eu engravidar e morrer?

Quero fechar meus olhos com ele. Andrei Mikhailovich Alekseyev. Imagine, nossos pais têm o mesmo nome: Mikhail.

Quero fechar os olhos junto com ele. Quero ver um veludo negro e estrelas piscando. Não quero fazer chá para ele ou cuidar dele. Quero dançar no escuro com ele. Será que ele vai acreditar que eu quero isso?

11

— Elizaveta Antonovna, chegaram mais duas crianças desacompanhadas...

— Não vê que estou fazendo contas importantes? — pergunta Elizaveta Antonovna, e a ponta de seu nariz treme. — Agora vou ter que somar outra vez todas essas colunas. Ponha as crianças no Salão Dois, junto com as outras inscritas, mas, pelo amor de Deus, não misture com os grupos não inscritos. E, *por favor*, mande esses meninos pararem de correr pelo salão dos fundos. Não posso me concentrar com esse barulho todo.

Elizaveta Antonovna está como gosta. Sem trocar de roupa há dois dias, como já disse a Anna várias vezes nessa manhã. Dorme poucas horas e continua trabalhando. E onde esteve Anna? Ah, sim, claro, trabalhando nas defesas. Mas Elizaveta Antonovna não quer saber disso. Interessa é o que está acontecendo lá, onde ela está.

— Então voltou, não é? Estava na hora. — Construir defesas não tem nada a ver com a importante crise que envolve a figura vital de Elizaveta Antonovna. Fazer listas, conferir números, conseguir telefones, ouvir com respeito os superiores e vociferar ordens aos inferiores, eis Elizaveta Antonovna

O fio do telefone enroscou na bandeja onde ficam os papéis de entrada. Tomara que ela puxe outra vez, reza Anna. Que a bandeja caia da mesa. Caia no chão e espalhe todos os importantes papéis, para ela ficar uma hora juntando e não vir interromper nosso trabalho. Mas Elizaveta Antonovna percebe o fio enroscado, franze o cenho e desenrosca-o

Elizaveta Antonovna foi transferida para o Centro Distrital de Encaminhamento e está tentando completar sua cota de crianças inscritas. Centenas, milhares, centenas de milhares de crianças estão sendo retiradas de Leningrado o mais rápido possível, rumo ao interior do país. Os alemães vão atacar pelo ar, dizem. Pode ser pior do que o ataque a Londres. De repente, há uma cidade inteira de crianças para serem embarcadas em ônibus e bondes e levadas até a estação de trem.

Nunca houve uma oportunidade igual para se fazer listas, formulários, cotas, tomar providências e delegar tarefas. Raras vezes foi tão inútil conhecer as necessidades das crianças. Na verdade, é uma deficiência.

Anna segura as duas crianças pelas mãos. São meninas de três e cinco anos, entregues pela mãe.

— Não posso ir com elas, sou uma operária essencial. Olhe, fique com minhas filhas. Lembre, Nyusha, segure a mão de sua irmã, não deixe que corra ou que coma todos os sanduíches antes de vocês chegarem no trem. Faça o que a moça mandar e logo vocês estarão de volta em casa.

Pode-se pensar que essa mãe não estava sentindo nada, exceto pela estranha palidez de seu rosto. As meninas também pareciam entorpecidas. Enfiadas em roupas de inverno, pareciam dois repolhos. A menor segurava um pedaço de pano cinza e passava a ponta sedosa no rosto.

— Ponha o pano no bolso de trás. Lembre-se: *só pegue quando estiver deitada na cama*, senão eles tiram de você.

A menininha enfiou o pano no bolso e se encostou em Nyusha.

— O que a moça vai achar de você, carregando um trapo sujo? — A mãe umedeceu seu lenço na saliva, inclinou-se e limpou com força o rosto das filhas. — Pronto, meninas. Agora, então... — Quando ela se levantou, Anna viu seu rosto tenso de angústia.

A mãe sussurrou: — É verdade que estão bombardeando as ferrovias por onde as crianças vão passar?

— Não sei, não soubemos de nada.

— Mas nossas crianças vão ficar seguras, não? Quer dizer, não vão mandá-las para onde há bombas, não?

— Elas estarão mais seguras fora da cidade, longe dos ataques aéreos. — A mãe concordou enfaticamente e continuou ouvindo com a mão no pescoço. — Por favor, não se preocupe, vamos cuidar delas — disse Anna.

Parecia que a mãe ia falar outra vez, mas fez um gesto, como se empurrasse alguma coisa com a mão, apertou as duas crianças num abraço desajeitado que bateu a cabeça das duas, virou-se e saiu correndo.

A pequena começou a choramingar. A irmã mexeu no bolso e achou o pano. Ruborizada, explicou para Anna:

— Quando ela chora, mamãe deixa que fique com isso.

— É bom mesmo, Nyusha. Sua mãe não vai querer que ela chore o tempo todo. Dê sempre o pano para ela. — A menininha parou de chorar. Passava a ponta do pano ritmicamente na boca, sentindo-se segura, os grandes olhos escuros e distraídos. — Bom, agora vamos cuidar de vocês. Primeiro, fiquem naquela sala com as outras crianças para serem separadas em grupos para a viagem. Vocês já sabem que vão juntas num trem e que vai ter muita comida, então não precisam se preocupar.

— Mamãe fez sanduíches.

— Eu sei. Mas deve ter criança que não trouxe nada, temos que cuidar de todos. Como chama sua irmãzinha?

— Olenka. Ela não fala.

— Mas você sabe quando ela está com fome ou quer ir ao banheiro?

Nyusha balança a cabeça com segurança.

— Sei. Ela me empurra quando quer alguma coisa.

— Muito bem. Agora fiquem aqui nesse banco, vamos atendê-las o mais depressa possível. Vocês aí, cheguem mais à frente, há mais duas querendo sentar.

As crianças desacompanhadas sentam-se em filas de bancos, apertadas. Só mexem os olhos. Observam as crianças acompanhadas que aproveitam o luxo de fazer travessuras. As crianças que ainda têm mãe, se soltam, pulam e inventam uma brincadeira chamada Homem Morto, que consiste em ficar em fila e se inclinar para o lado, mas sem perder o equilíbrio, até o último não agüentar e cair no chão. Outras crianças brincam de coisas mais corrrriqueiras: tanques, Exército Vermelho e de serem levadas para fora da cidade.

"Esse é o seu número. Não tire, senão vai ter de entrar na fila outra vez."

"Um minuto. Tenho de colocar minha boneca na mochila. Ela é bem boba porque não entende o que é bombardeio."

Muitas daquelas crianças já sabem o que é ser retirada da cidade, vieram da área de Luga. Mães estressadas, nervosas, gritam com os filhos sem sair das filas para as mesas, onde receberão informações sobre alojamento. Há filas serpenteando em toda parte. Uma fila de inscrição, que deveria ficar no salão dos fundos, mas cresceu demais e atravessa a fila de mães de crianças acompanhadas e de crianças inscritas para receber os detalhes de embarque.

De repente, aparece uma mulher grande, de calças compridas e uma blusa do Partido. Bate palmas e diz:

— Vai sair AGORA o transporte para a estação Sortirovochnaya com capacidade para 50 acompanhantes adultos e 150 crianças. Façam fila no pátio imediatamente, apenas adultos e crianças inscritos.

Anna diz para as crianças no banco:

— Rápido, venham atrás de mim. — Os salões são invadidos por um sentimento de pânico. Há transporte, mas quem vai conseguir entrar? A fila para transporte se mexe, as mães saem fora dela e voltam. Depois, elas se amontoam. Crianças, sacolas e mães enchem o portão para o pátio. Entrar no trem é o mais importante, depois se preocuparão com seu destino. Estando inscrito, não há problema.

As mães empurram Anna, puxando os filhos. Há um cheiro de salsicha, lã e sovacos. Claro que não vão passar por aquela porta ao mesmo tempo, mas as pessoas continuam se acotovelando. Lutam para entrar no funil que é a porta do pátio. E as crianças...

— Cuidado! As crianças estão sendo imprensadas. — As que estão desacompanhadas não têm mãe para levantá-las e forçar caminho. — Fiquem bem atrás de mim — grita Anna para as crianças. — Dêem as mãos. Companheiros, por favor, calma, essas crianças não podem passar. Vão-se machucar. — Ninguém ouve. Atrás dela, uma criança grita de medo. Ela não vai deixar. Por cima da multidão, atrás dela, enxerga a mulher com a blusa do Partido. Olha firme para ela e grita mais alto do que o barulho da multidão: — Camarada! Esses são os filhos das operárias essenciais!

As palavras chegam até a mulher com a blusa do Partido. Ela levanta o braço. Sua voz trovoa sobre o choro das crianças:

— Assim não é possível! Cheguem para o lado e deixem as crianças passarem!

As pessoas se afastam. Sem reclamar, de boa vontade, como se tivessem caído em si. Param e, de repente, há lugar para todos passarem. É como se o medo as tivesse embotado. *Empurrar as crianças desse jeito, nós não fizemos isso, fizemos? É que não estávamos percebendo...*

As crianças menores são levantadas com cuidado e passadas de mão em mão até chegar ao pátio.

O pátio está frio. Na terceira semana de agosto, já paira um cheiro forte de outono, junto com o cheiro áspero de fumaça de óleo diesel. A maioria das crianças vai para a estação em bondes e ônibus, mas há também três caminhões de carga, com a aba traseira arriada, os motores ligados, soltando fumaça. Elizaveta Antonovna vai até a cabina do primeiro caminhão e começa a discutir com o motorista.

— Camarada, além de nos sufocar, o senhor está gastando preciosa gasolina.

O motorista não se ofende. Olha para baixo e explica com paciência:

— É por causa do motor, é mais *eficiente* manter ligado.

As palavras emudecem Elizaveta Antonovna:

— Ah, sim, se é questão de *eficiência*... — e olha, séria, para a enorme e ineficiente massa de mães e filhos. Mães escalam os caminhões, equilibrando bebês na cintura, puxando os mais velhos. Depois que instalam as crianças, começam as recomendações:

— E não fique desabotoando o casaco. Depois, alguém o pega e você fica sem.

As crianças sentam em filas outra vez, sérias, amontoadas. Não choram, nem se agarram às mães. Ficam se olhando de lado, sem expressão, quando os adultos saltam da carroceria dos caminhões. Tanta criança apertada e tão poucos adultos para cuidar delas. Mas está tudo bem organizado. *Eles* sabem o que estão fazendo, *eles* vão garantir que tudo corra bem.

Um menino pergunta:

— Mãe, tem que ficar de casaco o tempo todo? Estou com muito calor.

— É, mas pode estar frio lá aonde você vai. Além disso...

Ela não termina a frase. Além disso, o inverno vem aí. Quando começa, é rápido. Sim, eu sei que dissemos que você só ia ficar uma ou duas semanas, até as coisas se acalmarem. De todo jeito, quando eu arrumo você, visto tudo. Essas botas de amarrar, eu fiquei na fila mais de um dia para comprar, no final de janeiro. Não seja bobo, elas não estão apertadas, são exatamente do seu tamanho. Vão servir o inverno inteiro, e não esfregue o pé assim no chão, Mitya vai ficar com as botas quando não couberem mais em você. Suas luvas estão dependuradas em seu pescoço, está bem, não precisa vestir agora. Amarre seu gorro. Se perder, está perdido. Casacos, jaquetas, calças de lã. Sim, *eu sei* que você está com calor. Mas é melhor muito calor do que muito frio, você ia ver logo, se eu não tivesse arrumado você direito.

Essas crianças deveriam estar descalças e coradas, de calções ou de vestidos de algodão. Deveriam estar correndo no parque, aproveitando o final do verão.

Os caminhões aceleram. Um homem salta da cabina do primeiro deles e vai até a traseira. Levanta a aba, aperta as trancas dos dois lados e brinca com as crianças: "*Ninguém pode mexer aqui, cuidado, ou vai ter criança caindo pela estrada.*" Vai até o próximo caminhão e faz a mesma coisa e no outro também, fechando as trancas com um barulho que ecoa acima dos motores.

Quando volta para a cabina, o motorista dá a partida e segue devagar para o arco na saída do pátio. Estão indo. Agora estão indo mesmo. A maioria das crianças está escondida nos lados dos caminhões; uma ou duas mais velhas erguem-se até conseguir enxergar por cima das laterais. Quatro ou cinco rostos aparecem, pálidos, surpresos, terrivelmente jovens. Quando o caminhão balança no escuro, passando pelo portão do pátio, essas crianças procuram suas mães na multidão, que acenam, quer vejam ou não seus filhos. Acenam, sorriem e gritam despedidas como se as crianças estivessem saindo para um piquenique de verão. No rosto das que se ergueram há um ar de satisfação divertida, como se não estivessem indo embora, mas chegando em casa.

— Não fiquem aí parados! — grita Elizaveta Antonovna. — Temos mais um salão cheio de crianças para embarcar.

Centenas e centenas de crianças. Crianças de Leningrado; crianças que já foram retiradas antes, à medida que os alemães avançavam; crianças que se arrastaram para Leningrado passando por corpos em trincheiras e casas pegando fogo. Algumas fazem algazarra nos salões do Centro de Encaminhamento e se juntam para dar trabalho aos adultos. Outras são tímidas e não olham de frente para ninguém. Fazem xixi na calça, em vez de pedir para ir ao banheiro. Essas crianças sabem que os caminhões são o melhor jeito. Sabem o que é andar quilômetros, até a sola dos sapatos soltar, os pés ficarem com bolhas arrebentando e os adultos gritarem: "*Anda, anda. Quer que a gente leve um tiro?*"

Tantas crianças e tão pouco tempo. As ferrovias estão sendo bombardeadas. Trens lotados de crianças esperam em desvios, andam um pouco, param outra vez, depois voltam para a estação em que já haviam passado 10 horas. A essa altura, todos os sanduíches já acabaram, e ninguém sabe se é aconselhável pegar as reservas de comida empacotadas e rotuladas que devem durar até o final do caminho com as crianças. A comida está saindo de Leningrado, como as crianças.

— É o caos! — reclama Elizaveta Antonovna. O suor faz seu cabelo claro grudar na testa, os olhos estão vermelhos, e nenhuma de suas colunas de números faz sentido. Crianças lamurientas, choramingando, estão por todo canto em que ela vai. — É o caos! Se as pessoas ao menos seguissem as instruções.

Pais cercam Anna para saber se é verdade que um trem cheio de crianças foi bombardeado perto de Mga, há dois dias.

— Não tivemos nenhuma informação. Juro que não estou escondendo nada. Informarei assim que soubermos alguma coisa.

— Acha que eles vão dizer alguma coisa para você? Vão dizer para *ela*, que é tão contida, que não solta nem a própria merda.

Além de tudo isso tem, claro, Elizaveta Antonovna, cara a cara com uma mãe suarenta e meio louca, depois que soube dos últimos boatos de bombardeio, que andou 12 horas desde uma fábrica de peças de motor em Lepny. Elizaveta Antonovna mostra as listas de nomes para a mãe:

— Você só está dificultando mais as coisas para todos. Terei de fazer um relatório...

— Elizaveta Antonovna, gostaria de informar que um funcionário do Partido a está chamando com urgência no Salão Três — interrompe Anna, metendo-se entre as duas mulheres. Graças a Deus, o chamado chegou na hora: Elizaveta gira nos próprios pés e, com uma bola de rubor em cada face, marcha para fora do salão.

— Por favor, sentem-se. Desculpem, essa senhora não sabe o que está dizendo. Fique aqui nessa salinha.

— Imagino que você é uma dessas pessoas que não sabe de nada — grita a mulher, mas deixa que Anna a leve para perto do armário de limpeza. Lá, numa escuridão abafada, a mulher se encolhe e soluça alto. — Eu só mandei minha filha porque era melhor, não queria que ela fosse embora.

Anna não tenta confortar a mulher. Se pelo menos Elizaveta Antonovna não ficasse ali, se pudessem ter alguns minutos de paz perto daquele armário com cheiro de mofo.

— Nem me despedi direito para que ela não começasse a chorar.

— Olhe, fique aqui nesse lugar quanto tempo quiser. Eu preciso liberar as crianças, mas prometo que assim que souber de alguma coisa...

— Não vai saber de nada. Gente como você nunca sabe. É para pessoas como *ela* que eles contam as coisas.

Os pais trazem os filhos para o Centro de Encaminhamento, depois mudam de idéia e levam as crianças. E o Centro está completamente lotado. Não há trens suficientes, e, por mais crianças que saiam, a maioria fica. De repente, seis ônibus de crianças retornam, Anna achava que já estavam subindo os montes Urais. Uma mãe exausta explica:

— A estrada ficou interrompida por causa de uma bomba que caiu cinco quilômetros à frente. Eles esperaram horas para ver se conseguíamos passar, aí a comida acabou e nos mandaram de volta.

* * *

Chegam notícias do trem bombardeado. Não é o trem de Mga: isso foi apenas um boato, embora seja verdade que os alemães ainda tentem interromper a ferrovia lá. Mas um trem *foi* bombardeado, com quase 200 crianças e 40 adultos. Há 32 sobreviventes. Talvez as crianças desse trem fossem algumas que Anna colocara nos bancos e mandara fazer fila para o transporte. Crianças que estavam com calor em seus gorros de inverno com orelheiras e que começaram a comer a salsicha e as maçãs guardadas nas mochilas assim que saíram da vista das mães.

Naquela noite, Anna ficou acordada, ouvindo a respiração de Kolya. Leningrado ainda está repleta de crianças. Para cada uma que era enviada para o leste parecia que chegava outra do sul e do oeste, fugindo do avanço dos alemães. E Kolya ficando. O quarto tem cheiro do sono dele. Será que ela tomou a decisão certa? Se Marina Petrovna não estivesse lá, teria de mandá-lo para fora da cidade. Anna está trabalhando 16 horas por dia e, como o pai sairá do hospital dentro de dois dias, seria impossível ficar com Kolya. Estranho pensar que foi por mero acaso que Marina apareceu lá. Sim, está começando a pensar nela assim, sem sobrenome: Marina.

Jamais imaginaria que lhe seria grata. Mas dia a dia, firme, Marina conquistou um lugar na vida deles. Ela entra na fila, cozinha e até consegue deixar Kolya feliz: conta histórias, inventa jogos e desenha, enquanto as filas vão andando devagar.

Marina tem obsessão por comida, mais ainda do que Anna. É capaz de percorrer a metade da cidade para conseguir um saco de açúcar para o armário de reserva. O sol ainda brilha, ainda há comida nas lojas, e as rações não são muito ruins. Os preços subiram astronomicamente, e, se não fosse Marina, Anna não conseguiria mais comprar açúcar ou gordura de cozinha fora da ração. Dezoito rublos por um saco de açúcar, pode-se imaginar? Mas Marina paga. Tem dinheiro.

— Não deve gastar tanto, Marina. Nunca vou poder reembolsá-la.

— Não conseguiremos comer dinheiro — é a única resposta.

Ela também faz com que Kolya caminhe pela rua. Os dois saem: os olhos negros de Kolya brilham quando Marina interrompe uma história exatamente no ponto mais emocionante.

— Conto o final depois que você andar até aquele prédio lá, de portões marrons. — Ela aponta, e Kolya, em vez de reclamar e segurar na mão dela, como faria com Anna, dá um grito de alegria e vai.

Anna abafa o ciúme que sente. Como Kolya transferiu rápido suas atenções. Não seu amor, isso ela não acredita. Mas todas as manhãs ele corre para Marina assim que Anna termina de ajudá-lo a se vestir. Eles riem alto enquanto ele a ajuda a dobrar os lençóis, empurrar o sofá e arrumar a sala. Há algo de magnético em Marina. Anna precisa lembrar que a mãe não era dessa opinião. Vera não sentia atração, sentia repulsa. Deveria ter seus motivos. Quais seriam?

Marina olha na sacola de compras e tira um pote.

— Duzentos gramas de caviar!

— Marina! Quanto custou isso?

— Repito: dinheiro não vai valer nada daqui a pouco.

Kolya e Marina se debruçam sobre a pasta de papel de parede e passam as tiras de jornal que colam na estrutura do forte de Kolya.

— Estou fazendo direito, Marina?

— Muito direito. Olhe como aquela parede está bem lisa.

— As paredes têm que ser altas, assim os inimigos não podem subir nelas, não é?

— Isso mesmo. Só mais uma camada de jornal e deixamos secar. Começamos a pintar amanhã.

Agachada no chão, Marina limpa a pasta e as manchas de jornais das mãos. E se eu a desenhasse nessa pose?, pensa Anna, que ainda tem na cabeça a pose de Marina na *dacha*. Um dia terminará o retrato, quando tudo isso tiver acabado.

Mas talvez não seja aquele o retrato. Tudo mudou; então, por que o retrato também não mudaria? Talvez seja melhor encontrar um estilo diferente de trabalho. Parar o retrato, transformá-lo em dezenas de esboços, rápidos e indefinidos, carvão sobre papel. Em vez de um retrato definido, mostrar Marina como está, olhando séria para a sujeira que ficou sob as unhas. Ou então avisando Kolya para não mexer no forte ainda, o papel precisa endurecer. Ou como agora que percebeu o olhar de Anna e mostra a lhaneza de um rosto que muda de expressão como quer.

* * *

Anna não consegue dormir. A noite é tensa, alerta. Em toda Leningrado as pessoas estão igualmente acordadas. Anna se imagina passando pelas paredes, entrando num apartamento depois do outro. Todas as pessoas estão aguardando, contando as horas. Nos telhados, os sentinelas de incêndios também ficam acordados, segurando a alça de metal de seus baldes de areia, aguardando o barulho de motores de avião. Ninguém sabe o que vai acontecer. Nem os alemães devem saber. Nós achamos que eles sabem tudo, mas talvez estejam esperando, como nós, ordens que ainda não foram escritas e idéias que ainda não estão na cabeça de ninguém.

Eles esperam em nossos bosques, sentindo o cheiro dos cogumelos, prontos para serem colhidos. Mas os alemães não sabem quais são os melhores: vão pisá-los, e os que são comestíveis ficarão amassados e soltarão um perfume de damasco.

E há Andrei, que nunca mais apareceu. Ela estava tão certa de que voltaria, que nem se preveniu para não confiaar nele.

É horrível enganar-se redondamente com essas coisas. Você confia em si mesma, acredita em seus instintos e eis que se engana. A outra pessoa não estava nem pensando em você. Assim que saiu do apartamento, ele a esqueceu. Trouxe o recado para ela e não pensou mais. Fim. Que humilhação interessar-se por uma pessoa sem haver reciprocidade! É como correr na direção de um rosto a distância, de braços estendidos, dizendo 'Que ótimo ver você! Não sabia que tinha voltado!' e, ao chegar perto, dar-se conta de que o rosto é de um estranho, constrangido com a cena.

Andrei não sabe. Não sabe que ela fechou os olhos e dançou com ele no escuro. Não sabe que ela perguntou: *Você também quer?*

Ela vira na cama. Será que Kolya deveria ficar em Leningrado? Se houver bombardeio, se as bombas vierem em ondas, como foi em Londres, onde deixaram a cidade em chamas, se o exército alemão avançar, se chegarem aqui...

Os aviões alemães estão jogando folhetos e não bombas. Anna não ousa pegá-los. Ninguém sabe quem está observando. Mas ela ouviu coisas nas filas do Centro de Encaminhamento e sabe o que dizem os folhetos.

Leningrado já está derrotada. Nossa vitória é inevitável, e resistir só vai piorar as coisas para vocês. Seus exércitos estão recuando para Moscou, abandonando vocês. A queda de Leningrado é inevitável...

Ela vira na cama outra vez, enfia o rosto no travesseiro. As noites estão esfriando, mas cada vez que pensa em Andrei sente uma onda de calor na pele. Ela se obriga a pensar em Kolya. E nas outras crianças, aquelas que foram nos caminhões. Nyusha, Olenka e as demais. Não consegue afastar o sentimento de culpa, a desagradável e sinistra sensação de que cada ação agora tem uma conseqüência desproporcional. Leu o nome de uma criança na lista. A criança foi ou ficou em Leningrado? O trem foi bombardeado ou a bomba não atingiu o alvo? Leningrado vai ser bombardeada ou não? Mas quer ela se sinta culpada pelas crianças que foram ou por aquelas que ficaram, não pode resolver.

As noites ainda são quentes. São as últimas noites de verão e estão sendo desperdiçadas. Anna vira-se na cama. Não vai pensar nele.

12

A cidade não foi bombardeada. Ela flutua sob o tardio céu de verão, inundada por uma luz que parece vir do Báltico e de cima. Diáfana, lírica e miraculosa Petersburgo, feita do nada por um czar que tudo queria, sem se importar com o custo. A janela de Pedro para a Europa, por onde entra a luz. Lá, a beleza foi construída sobre ossos, fachadas clássicas que deram origem a uma revolução, verões que ficam na borda do inverno.

À medida que agosto vai-se transformando em setembro, seus dourados não enganam ninguém. Quantos dias mais teremos assim, antes do fim do verão setentrional que "imita o inverno do sul"? A noite vem a passos largos. O frio aumenta aos poucos, e a cada manhã o sol leva mais tempo para esquentar. De dia, o calor do sol parece mais fraco. As pétalas das flores secam, pois a seiva volta para o tronco das árvores e o caule das flores. As manhãs têm um gosto avinhado, e nos parques, sob as árvores, há o primeiro toque de definhamento. Os barcos a remo ainda batem nos ancoradouros, mas esse é o Báltico, onde no inverno se anda sobre as águas. É hora de tirar os barcos e guardá-los para o inverno.

As bombas ainda não foram jogadas, embora a cidade esteja preparada para elas. "PREPARADA PARA RESISTIR COM FORÇA HERÓICA AO VIOLENTO ATAQUE ALEMÃO", anuncia o jornal *Leningradskaya Pravda*. Mas céu e terra continuam os mesmos, preparados ou não.

A cidade ainda não foi prejudicada pela ação inimiga, mas está mudada. Todos os parques e espaços abertos têm trincheiras para defesa aérea. Trens carregados de tesouros do museu Hermitage foram embarcados em navio para longe, e o que não pôde ser retirado foi guardado em porões. Estátuas difíceis de serem carregadas com segurança foram colocadas em sacos forrados. Os balões de barragens estão no ar, apontando na mesma direção, como aeronaves que voam para o nada. Enrolada em panos, a estátua de Pedro, o Grande parece uma granada que pode ser jogada contra o inimigo. Tudo faz com que se olhe duas vezes, sem acreditar no que se vê.

Aquela velhinha, sentada numa trouxa na porta de um prédio, não está mudando de apartamento. Está a caminho da estação de trem para ser retirada da cidade, mas precisa descansar. Apesar de ter deixado quase todos os pertences para trás, tem que dar uma parada se quiser levar o essencial. Comida para a viagem, lençóis, o travesseiro de pena de ganso, sem o qual não consegue dormir. Se deixar essas coisas, só Deus sabe quando vai conseguir outras iguais: não pode perder seu conforto nem os meios de manter o corpo todo aquecido, sem pegar friagem entre a cabeça e o pescoço.

Quando ela chegar à estação, o trem vai estar lotado. Calmamente, ela vai levar a trouxa para casa e preparar-se para voltar na manhã seguinte. Lá está ela, descansando exatamente no mesmo lugar, pela segunda vez. A velhinha existe mesmo, ou não? Não se mexe, sentada na trouxa, cabeça inclinada. O rosto está mergulhado nas rugas. Ela se recolheu dentro de si mesma, tentando juntar forças para o trecho que ainda falta perrcorrer.

A cidade está cheia de homens armados, andando com passos firmes. Estão sendo removidos de uma frente de batalha para outra, devido ao avanço alemão. Eles são as entranhas do exército, expostas, retiradas, expostas outra vez. São homens que tiveram de lutar com unhas e dentes para sair de Kingiseppo ou Novgorod, que já passaram pelo que Leningrado ainda vai passar. A velhinha observa-os, mas não diz nada; quase todos eles estão cansados demais para notá-la. Tudo segue uma confusão organizada numa cidade que foi arrancada de seu ritmo e luta para encontrar outro.

Três homens de uniformes sujos e molhados de suor param diante do meio-fio. Estão sempre juntos há algum tempo.

— Vovó, pode nos arrumar um pouco de água?

A velhinha levanta a cabeça e, com olhar opaco, pergunta:

— Água?

— Isso mesmo, sabe, aquele líquido que sai das torneiras?

— Não, não moro aqui.

O homem que fala com ela é grandalhão. Ela se encolhe de medo, como se aquele fosse o inimigo e não um dos nossos rapazes.

— Deixe, Pavlik. Vamos tentar lá adiante.

Todos os dias, as notícias se misturam com os boatos. Os finlandeses vêm pelo leste, aproveitando o avanço alemão para retomar o território que perderam na Guerra do Inverno. Estavam esperando essa oportunidade, os filhos-da-puta. São como tenazes: os finlandeses pelo norte, os alemães pelo sul e o oeste. É a oportunidade que eles sempre quiseram.

Não, os alemães estão planejando sair do sul para o leste e atacar de novo. Vão cercar-nos.

Isso é impossível. Simplesmente não pode acontecer. Olhe no mapa. Eles teriam que tomar, olhe. Mga e Volkhov, por onde passa a estrada de ferro Vologda. Pelo amor de Deus, você acha que vamos perder a linha Vologda?

Pode ser. Porque aí estaríamos...

Não seríamos mais nem uma cidade. Seríamos uma ilha da Rússia num mar de alemães. Para não falar naqueles filhos-da-puta finlandeses.

Esqueça esse mapa, certo?

Final de agosto. A lua flutua como um balão de barragem, com o amarelo das colheitas. Esse tempo é bom para ficar no campo e nos jardins da pequena *dacha*, colhendo o que comer na próxima estação. É para isso que essa lua serve. Lua cheia de colheita.

> Os campos estavam claros
> com a luz da lua cheia.
> De manhã, fiz a colheita;
> depois, colhi você.

Quem iria imaginar que as pessoas teriam medo da lua? Estão chamando de lua de bombardeio, como se servisse para isso. Mas sempre foi uma lua cheia. Numa noite assim, pode-se trabalhar no campo como se fosse dia, sem parar, colhendo uma fileira inteira, tão rápido quanto um trator. Sombras escuras poderiam cair num monte de cevada prata ou entre as folhas de batata recém-cortada e as sombras não estariam correndo da morte. Aprende-se a colher a fruta pelo toque. Quando se toca uma fruta à noite, ela está com todo o calor do dia. As folhas estão frias, mas as maçãs são cálidas. Quem nunca colheu uma e levou para casa?

Todas aquelas fileiras de legumes que Anna plantou na *dacha*. Estão lá sem ela, crescendo demais. Anna não consegue nem pensar nisso.

— Olha, Marina, vou tentar.

— Não vale a pena se arriscar.

— Vai valer. Pense em tudo que eu poderia trazer de lá. Vou levar os cestos grandes, mais minha cesta e posso trazer dois sacos na barra da bicicleta.

— Mas Anna, as milícias estão parando todo mundo que entra na cidade. E se acharem que você é espiã?

— Se estiver com meus documentos, não vai haver problema. Vão deixar.

— Se não atirarem primeiro.

— Vou amanhã. Vai ser ótimo.

— E seu trabalho?

— Eu me apresento hoje à noite e assim posso sair ao meio-dia. Volto aqui, pego a bicicleta, levo três horas para chegar lá e três para voltar. Estarei em casa antes do anoitecer.

— Bem, se você vai mesmo... — Marina ajoelha-se no chão e procura alguma coisa embaixo do sofá de couro em que dorme. — Achei. É melhor você levar. Mandei afiar.

É uma faca de caçar finlandesa, uma *puukkuu.*

— Onde você arrumou isso?

— Leve, não se sabe quem pode aparecer.

— Não vai aparecer ninguém, todos foram embora. Agora é uma zona parada.

Mesmo assim, Anna leva a faca, que é pesada. Imagina-a cortando uma cebola, soltando um líquido quando passa pelo caule dos lilases e as camadas das cebolas brancas.

— De quem era?

— Não sei, eu comprei.

— Não conte para meu pai que eu fui à *dacha.*

— Claro que não.

— Podemos contar depois, quando tivermos o que mostrar. Vou trazer uns rabanetes para ele, se ainda houver.

— O que você vai contar para mim depois? — pergunta Kolya levantando os olhos da bandeira que está pintando para o forte.

— Não, não é você. Anna estava falando numa pessoa do trabalho dela.

Kolya entrou no quarto do pai, no dia em que ele voltou do hospital. Na cama, viu uma boca torta e um rosto com fios de barba cinzenta e espetada. A boca estava aberta e um fio de saliva escorria pelo canto.

— Pssiu, ele está dormindo.

Dormindo. É assim que é sono? Saía um ronco da boca. Kolya ficou na porta.

— Daqui a pouco ele acorda.

Sob o lençol, os pés apontavam para cima. O pai nunca dorme assim, aquela coisa na cama não parece nem um pouco com ele. Se elas não dissessem que era o pai, ele jamais adivinharia.

Na verdade, não acredita muito nelas. Diz 'papai' porque elas querem. O pai dele está na guerra, lutando. Na cabeça de Kolya, o pai se transformou num Guarda Vermelho, atacando de assalto um forte.

— Ele está muito cansado, precisa descansar. Não faça barulho, Kolya, dói na cabeça de seu pai — dizem elas.

Elas entram e saem, olhando a coisa cinzenta que está na cama.

Anna entra de mansinho no quarto do pai. Tira o copo que está ao lado da cama, esvazia e enche com água fresca. Ele dorme tanto. Marina arrumou dois aparelhos para ele fazer as necessidades, pois não pode sair da cama. Mas precisa sair e andar para manter a circulação. Naquela manhã, uma de cada lado, as duas o sentaram na cama, depois Anna o empurrou, e o puseram de lado. Marina colocou as pernas dele para fora da cama. Ele parecia confuso, sem perceber direito o que estavam fazendo. Seus pés compridos e descorados ficaram dependurados na cama.

— Consegue ficar de pé?

— Não, não, desculpe. Não posso.

— Sente um pouquinho, vai lhe fazer bem.

Ele estava de camiseta e ceroulas. Como a camiseta não passava pelo curativo no ombro, Anna cortou a manga. No dia seguinte, elas teriam de trocar o curativo, limpar o ferimento com água morna (limpe antes o pano, para não infeccionar), secar bem, passar polvilho anti-séptico e fazer o novo curativo. Não foi possível comprar gaze, todo o estoque da cidade tinha acabado. Marina conseguiu um pacote de compressas que elas cortaram para fazer o curativo.

— Desde que a compressa seja limpa — concluíram as duas.

Ele precisa beber água. A água melhora o ferimento. Se estiver dormindo, ele tem que ser acordado para beber. Se não urinar, é sinal de desidratação. Dar água e não chá, que é muito estimulante.

Anna troca o copo de água. Ele dorme profundamente. Dá tanta vontade de deixá-lo onde está, sem dor. Mas ela toca de leve o rosto do pai.

— Pai, acorde. Tem que tomar água.

Ele demora. Mexe a boca, como se estivesse mastigando. Os olhos mexem também, sob as pálpebras, mas continuam fechados.

— Acorde.

De repente, os olhos se abrem. Para surpresa dela, ele sorri e fala numa voz tão parecida com a normal, que parece um grito no quarto silencioso.

— Anna, o que você está fazendo?

— Estou tentando acordar você. Tome um pouco de água. Seus lábios estão rachados.

— Anna, faça chá.

— Não é para tomar chá, é muito estimulante.

Ele vira a cabeça de um lado para outro.

— O que você disse?

Horrorizada, ela percebe, assustada, que ele não entendeu a palavra "estimulante". Logo o pai, que coleciona palavras como outros colecionam moedas raras.

— Não se preocupe, vou trazer. Uma canequinha de chá não pode fazer mal.

Ela volta com o chá, e o pai parece entorpecido, mas abre os olhos quando ela mexe o chá com a colher.

— Colocou dois torrões de açúcar? — pergunta ele, sem se mexer para pegar o copo, embora o braço direito esteja perfeito.

— Vou colocar outro travesseiro nas costas para você beber.

Ele senta na cama com dificuldade.

— Pronto.

A mão trêmula segura a alça da caneca e ele bebe.

— Está bom o chá.

— Beba mais um pouco.

Um gole depois do outro, o chá acaba. A mão dele treme com o esforço de segurar a caneca. Ele recosta nos travesseiros, sorrindo de olhos fechados.

— Estava bom.

— Na próxima vez, farei chá de flor de lima. Você vai gostar.

— É, eu gosto.

— Vou só levar a caneca e trago um mingau.

— Não estou com fome, Anna, *moya dusha.* Só estou cansado.

Ele disse mesmo? Jamais a chamara assim. *Minha alma*. Ele sorri.

— O tio de Onegin.

— O quê?

— Eu, eu sou como ele. Você sabe quando é que o demônio vem me buscar?

Num lampejo, como se fosse um milagre, Anna entende o que ele quer dizer. Vai responder como ele sempre quis, completando a citação.

— Não. Vou só levar a colher do remédio.

Ele abre um sorriso.

— Pelo menos você não esqueceu o poeta Pushkin.

— É, pelo menos — concorda ela. O pai segura a mão dela, de leve. A cabeça dele já está longe. Como vai zangar com ele?

Ela pensa nisso quando está na *dacha*, colhendo as batatas. Escuta um farfalhar, vira-se. Olha a copa das árvores, pega a faca que está ao lado, no chão. Não é ninguém. Mas poderia ser. Ninguém sabe onde eles, os alemães, estão. A bicicleta está encostada num dos roseirais da mãe, perto. Umas poucas rosas temporãs se enfiam por um emaranhado de trepadeiras. A floresta está se aproximando, engolindo o jardim que ela fez.

Bosques vazios, *dachas* vazias, jardins vazios, já invadidos pelo mato. Agora, aquela é a zona vazia, a zona morta de onde todos fugiram. Cá estão as batatas. Ela enfia o ancinho e levanta terra preta com um punhado de batatas, brancas como ovos. Este ano são pequenas, tiveram de lutar com o mato para se nutrir. Cada batata se liga ao caule por uma gavinha fibrosa. Ela tira a terra, coloca as batatas num saco, cava outra vez. Um dente do ancinho corta uma batata ao meio. Quando tira a batata, ouve outro farfalhar de folhas atrás. Enfia o ancinho e cava, esforçando-se para não olhar. Mais uma fileira, depois colhe as cebolas e vai embora. Os rabanetes viraram mato. Vai colher a salsa e colocar num jarro. Vale a pena.

As folhas são tocadas pelo som sibilante do fim do verão, a secura. Não há ninguém lá. Mesmo se ela gritasse até perder o fôlego, ninguém viria. Não há fumaça saindo do telhado da fazenda dos Sokolov, nenhum gordo e rude Vasya, nenhum pequeno Mitya. Os Sokolov se foram. Imagina onde Vasya estará agora. Deve estar bem, os Sokolov sempre se cuidam. Lembra de Vasya trazendo o ninho de passarinho até a *dacha*, carregando com cuidado dentro do boné, a cabeça inclinada. O ninho tinha três filhotes de tordo. Vasya sabia que eram tordos, sempre sabia essas coisas.

— Olhe o que eu trouxe para você, Anna.

Você olhou. Os três eram pelados e bem vermelhos, piavam alto.

— Achei à beira do riacho.

Você deu uma olhada, os filhotes tinham cheiro de rato. Vasya conhecia mais os passarinhos do que qualquer pessoa. Estava sempre prestando atenção neles. Uma vez, você viu ele pisar numa rã, mas foi porque estava com os outros meninos.

— Vamos levar eles para a árvore outra vez, antes que a mãe perceba que sumiram — sugeriu Vasya.

* * *

Todo mundo já foi embora. Ela não deveria ter ido lá. Rápido, Anna junta a última pilha de batatas e enfia na sacola, que ainda está no chão. Não há tempo para colher a salsa; de todo jeito, ela não pode carregar mais nada. Os dois cestos estão cheios, as sacolas e a cesta. Queria pegar umas coisas na *dacha*, mas não quer entrar lá. Está fechada e trancada como se o inverno já tivesse chegado. A casa olha para ela, surpresa por estar lá, as janelas vazias. Não, aquele não é mais o lugar que ela ama.

Anna fecha os cestos lentamente e com cuidado para que ninguém veja como seus dedos querem tremer. A pele dela formiga, num terror de bicho. Se tivesse pensado antes, poderia ter descido para ver se havia algum rabanete na horta abandonada dos Sokolov. Ela não sabia como as coisas estariam lá, na zona morta, onde tudo está à espera, à espera.

Um fio de suor escorre por suas costas. Ela expira devagar, fundo, como Marina ensinou. É assim que se faz para não ter medo do palco, mas serve para tudo. Ela não deve correr.

Tem que voltar para Leningrado o mais rápido possível. Querida Leningrado, 100 vezes mais querida nesse momento do que jamais foi, como uma abelha diria para uma filha que chegou muito atrasada. Ela viu as abelhas voando baixo, lutando, indo para casa no ar frio e espesso.

As folhas balançam como se soubessem de alguma coisa que ela ignora. O que verão quando tudo isso terminar? Para quem essas árvores inclinarão seus galhos vazios? Os alemães estão cada vez mais próximos. Daqui a pouco estarão pisando nossos jardins. As vespas e os pássaros comeram as ameixas que ela queria colher para Kolya. Há pedras brancas e secas dependuradas na cerejeira, como pequenas caveiras.

Depois que ela encheu todos os cestos e sacolas, ainda sobraram fileiras de batatas. E aquelas cebolas e os pequenos aipos. De repente, o terror aumenta. Enfurecida, ela enfia o ancinho na terra e começa a cavar outra vez. Não tira as batatas com cuidado, mantendo-as entre os dentes do ancinho para não machucarem. Ela joga a terra para o lado e ataca a próxima fileira. Vai rápido. Uma fileira, mais outra, a terceira. Batatas arrancadas se espalham pelo chão. Agora, as cebolas. Tira-as, viçosas, mas deixa-as meio enterradas. Torce-as para arrancar as raízes e joga-as no caminho. Boas cebolas, cheias de vitaminas. A seguir, os nabos. Não são muitos, mas podiam alimentar. Tira da terra. Todos, todos esses alimentos, fora da terra sulcada. Quem invadir não vai encontrar nada. A terra não vai lhes dar de comer.

Anna levanta os pés, as botas amassam as batatas brancas, as cebolas e nabos. Alguns tentam se esconder na terra macia outra vez, mas ela vai atrás. Os saltos da bota cortam e enchem de terra a pele branca. Escorre um líquido, sujando o caminho. Acabou-se. Não vão alimentar ninguém. Chuta a terra sobre a comida que destruiu.

13

— Seus documentos.

Anna apresenta-os. Não diz nada, nem sorri. A milícia sabe que sorrir demonstra fraqueza. O miliciano indica com o dedo a assinatura de Anna e franze o cenho.

— Seus papéis parecem em ordem — conclui, finalmente, como se aquele fosse apenas o começo da necessidade de ela provar que era ela mesma. Tem quase a idade dela, 23 ou 24 anos. Um autêntico rapaz de Leningrado, louro-escuro, olhos castanhos e maçãs bem delineadas. Mas está nervoso. Não é por acaso que estão detendo as pessoas. A cidade inteira está armada.

— O que você leva nessas cestas?

— Produtos.

— Abra.

Ela desamarra os sacos e abre as cestas. O rapaz pega batatas e cebolas, procurando. Mas sem jogar as batatas: também sabe que não se deve machucá-las.

— Você mesma plantou?

— Foi.

— Está indo para o mercado, não?

— Não, é tudo para consumo pessoal.

— Consumo pes-so-al — repete ele, olhando os sacos, cestos e a cesta no bagageiro da bicicleta.

— É — ela concede um sorriso cúmplice. — Você não imagina como essas batatas pesam. Não vou conseguir chegar em casa com todo esse peso. Só se descarregar um pouco.

Ele fica olhando. Talvez ela precise ser mais explícita.

— Está muito pesado. Enchi demais as cestas.

— São batatas, não?

Estão falando baixo, quase só movem os lábios.

— E cebolas. Elas conservam bem.

Anoitece. Um anoitecer espesso os envolve, escondendo-os. Anna pega um cesto na bicicleta e passa para o jovem miliciano.

— Talvez você precise examinar isso.

O rapaz olha bem para Anna e some rápido com o cesto. Ela aguarda. Só os camponeses podem vender produtos agrários no mercado da granja coletiva. Ela está carregada demais. Se ele a acusasse de passar com produtos para vender, estaria com razão. Muitos fazem isso. Vão às aldeias comprar produtos de 'lotes privados", acrescentam 100 por cento ao preço e vendem nos mercados da cidade. Deve ter gente lá agora, mexendo nos terrenos vazios de onde todos fugiram, lucrando antes que os alemães tomem as últimas aldeias em torno de Leningrado. Numa guerra, há muitas zonas mortas e quem for rápido pode ganhar dinheiro com elas.

Anna poderia ficar detida horas. Anoitece e ela disse que estaria em casa no final da tarde. Aguarda ao lado da bicicleta, calma. É preciso não demonstrar ansiedade. Mas também não se deve ficar muito seguro ou fazer de conta que pouco se importa. Deve-se ter um olhar submisso. Humilde, mas não tanto que chame a atenção. Esses postos de inspeção nas fronteiras da cidade são para impedir que espiões e sabotadores entrem. Dizem que há dezenas de agentes alemães em Leningrado que entraram na cidade pelos subúrbios. Falam russo. Espalham propaganda, informam sobre as defesas e o moral dos cidadãos de Leningrado. Ajudam os atiradores alemães a corrigir a mira para alvos importantes.

O sentinela volta, balançando a sacola de Anna.

— Está tudo em ordem — resmunga ele, entregando a sacola. Está ao lado dela e permite que passe. A sacola está vazia como ar, e Anna prende-a no bagageiro da bicicleta.

— Mas não tente passar outra vez.

Anna continua calada. Ela concorda com o miliciano, sem o olhar.

— Suas cebolas não são nada más. Minha avó costumava plantar cebolas assim — lembra ele, de repente.

— A minha também, aprendi com ela.

— É, lindas cebolas, minha avó era conhecida por causa das cebolas que plantava. Muito bem, pode passar.

Ela monta a bicicleta e pedala devagar pela rua.

Está quase escuro quando Anna se aproxima de casa. Tão escuro, que ela mal vê Andrei, a apenas 100 metros de seu prédio. Vê um rapaz do outro lado da rua, de cabeça baixa, passos largos. Anna pensa que é um estranho, depois o reconhece.

— Andrei Mikhailovitch, você? — chama ela, parando a bicicleta.

Ele levanta os olhos:

— Anna. Fala como se o nome dela fosse o final de uma viagem. Abre um grande sorriso. — Pensei que não fosse encontrá-la. Estive em seu apartamento, mas Marina Petrovna disse que você tinha saído.

— Foi — diz ela e também sorri.

— Tenho umas horas de folga. Escute, vamos tomar um drinque em algum lugar. Ou dançar, como combinamos?

— Primeiro, preciso levar essas batatas em casa. — Precisa, mas quer ficar com ele também. Depois de tão acostumada ao desapontamento, é muito agradável ele estar ali, de repente.

— O quê?

— Preciso levar essas coisas. Estive na *dacha* — diz ela, apontando para os cestos.

— Saiu de Leningrado?

— Sim, eu falei antes para você, fui à *dacha*.

— Não sabe que eles estão bem perto? A qualquer hora, farão mais um avanço. E se você for detida?

— Não vi nada.

— Poderia ter sido detida na volta.

— Eu sabia o que estava fazendo.

No escuro, os dois ficam se olhando.

— Desculpe — pede Andrei.

— Ninguém me diz o que devo fazer.

— Estou vendo.

— Pensa que não avaliei o risco? Quem vai cuidar de Kolya se eu sumir? Olhe quanta comida eu trouxe.

Ela fica arrepiada, lembrando o silêncio na *dacha* e o farfalhar das folhas.

— Você vai bem?

— Ótima.

— Não parece. — Ele segue ao lado, enquanto ela pedala a bicicleta para a entrada do pátio. Ele tinha de aparecer agora, quando está suada e cansada, usando uma velha calça do pai, de pernas cortadas, e aquelas botas duas vezes maiores do que seus pés, embora tivesse forrado com feltro e sejam bem confortáveis. Ele deve achar que todas as suas roupas são herdadas.

— Meus pés não são grandes assim — explica ela, sem se dar conta. — Sabe como são as coisas, não achei botas do meu tamanho, no inverno passado.

— Deveria ver as minhas. Sorte que está escuro, não precisamos nos preocupar.

No começo da escada, ela se vira e diz:

— Se você puder, espere aqui com as sacolas enquanto levo a bicicleta lá em cima. Não é seguro deixar as coisas aqui.

— Levo a bicicleta para você.

Ele coloca a bicicleta nos ombros. Ela leva um cesto em cada mão e mais a cesta.

— Tenho de descer outra vez para pegar os sacos.

— Espere aqui enquanto levo a bicicleta. Volto e ajudo você com o resto.

Ele então faz uma coisa estranha. Coloca a bicicleta no chão e pega um lenço no bolso.

— Se me permite, seu rosto está com alguma coisa, acho que é lama.

Passa o lenço na marca, mas não consegue tirar.

— Se você cuspir no lenço...

— Não se importa?

— Não.

Ele esfrega bem.

— Pronto, saiu. — Eis aí. Ele cuspiu no rosto dela, como se fosse colar um selo.— Pensei em vir aqui antes — conta ele.

— Sei.

— Mas não pude, lá no hospital está uma loucura...

— Sei.

Graças a Deus, o banheiro comunitário não está ocupado. Anna tira a blusa e acha o pano que fica no cano da descarga. Limpa a pia cinzenta, tira os cabelos do ralo e abre a água fria. Esqueceu do sabonete. Não tem importância, não dá tempo. A água serve. Anna esfrega o rosto, os braços e o pescoço. Alguém bate na porta.

— Anna, sou eu. Trouxe um sabonete. — Marina mostra um sabonete fino e caro que Anna viu guardado, mas jamais tocou. — É de jasmim.

— Onde você conseguiu? — pergunta Anna e só então percebe que parece uma acusação. Imagina que Marina esteja vendo-a nua, pingando água e sem graça. — Obrigada. Andrei está bem? — Ou seja: está se aborrecendo, querendo ir embora, Kolya incomoda ou será que está olhando para você, Marina, sem se importar com a sua idade, atraído por sua beleza. Por seus braços e pernas esguios, seu jeito franco, seus olhos acinzentados. Não importa que você seja velha, quando puser os olhos nele.

— Andrei está ótimo, conversando com seu pai. Mas não sei onde guardar as batatas. Se ficarem embaixo, na despensa, serão roubadas, e o apartamento é muito quente para elas. Vão apodrecer.

— Vou pensar nisso. — Anna sente os seios, molhados e escorregadios, pontudos por causa da água fria. Não tem o corpo bonito de Marina. Anna tem é corpo demais: os seios balançam, pesados, com os bicos escuros e duros. Passa o sabonete de jasmim no corpo e Marina continua lá.

— Deixe eu arrumar seu cabelo.

— Obrigada — repete Anna, olhando no espelho para evitar os olhos de Marina. Não quer arrumar o cabelo, quer ficar sozinha para colocar o sutiã de renda que é sem graça, embora vista bem, as calcinhas da mesma renda, a combinação de cetim que foi da mãe e o vestido verde preferido.

— Gosto desse seu vestido.

— Eu fiz, tenho jeito com as mãos — conta Anna, esfregando o cabelo com força.

— Deixe-me ajudar. No teatro, nós mesmas fazemos nosso cabelo e a maquilagem, você sabe.

— Pensava que tinha alguém para isso. — Marina deveria ter uma camareira, não? Sempre imaginava-a no camarim, cercada de flores e mulheres pálidas, de negro, que trazem os trajes de cena e enfiam o cotovelo na água do banho de Marina para testar a temperatura. E, claro, aqueles espelhos emoldurados por pequenas lâmpadas. Só quem pode se olhar com luz forte ousa sentar na frente daqueles espelhos.

— Você tem que saber fazer tudo sozinha. É preciso anos até você ter direito a uma camareira e há os anos depois da fama, também. O teatro não é um trabalho muito seguro. Costuma-se ter apenas alguns anos bons. Olhe, essa cor fica bem em você. Gosta?

— Não uso batom.

— Eu sei. Mas com sua pele, pode usar um vermelho-escuro. Desde que seja um vermelho sem qualquer tom de azul.

— Não gosto de sentir o batom na boca.

— Experimente, vai ver a diferença.

Marina pinta a boca de Anna, tira o batom, pinta de novo. Mas ele combina com a boca de Marina, não com a de Anna.

— Gostaria de tirar o cabelo de seu rosto e levantá-lo.— Marina escova o cabelo de Anna para cima. — Assim. Precisa levantar mais. Não tenho nenhuma loção para dar volume, mas fica bem assim. Seu cabelo é bonito, farto e encorpado.

É estranho ter os dedos de outra mulher mexendo em seu cabelo. Anna quer balançá-los, soltos. É como ser propriedade de outra pessoa. Ela não vê esse comportamento entre os homens.

— Puxei seu cabelo?

— Não, está ótimo.

— Pronto, olhe no espelho.

Anna olha sem ver. Às vezes, não suporta sua imagem, e essa é uma delas.

— Obrigada, Marina, eu não conseguiria fazer isso. — E, agora, vamos, vamos. Deixe-me sozinha para eu me arrumar. — Diga a ele que estou indo.

Marina compreende. Terá ficado desapontada ou não? O que pretende com aquela súbita intimidade: duas mulheres num banheiro, penteados, maquilagem, dedos no cabelo da outra? Que cena ela imagina a seguir? Não, pensa Anna, não chegue mais perto. Não sou uma menina querendo mãe. Se você tivesse me mandado uma carta, eu teria devolvido fechada.

Tenho Kolya. Sou o que quis ser.

Marina sai, Anna fecha a porta com força e volta ao espelho. Seu rosto, tão pálido, os lábios vermelhos, o cabelo puxado para trás. Dá-se conta de que, ao lavar o rosto, tirara o cuspe de Andrei. Quando ele limpou o rosto dela, segurou o queixo com força. A mão era quente. Ela põe a mão no cabelo e tira os grampos que Marina pôs. Depois, pega um pedaço de jornal no gancho ao lado da privada e tira o batom. Aproxima o rosto do espelho e sorri.

— O cabelo se soltou — explica para Marina, entrando no apartamento. Mas Andrei não está olhando para Marina nem para ninguém. Dorme.

— Ele dormiu bem na hora que eu ia mostrar meu forte com os soldados — reclama Kolya. — Pode acordar ele, Anna?

Ela olha Andrei, a cabeça caída para o lado. Precisa colocar uma almofada ou ele vai estar com o pescoço duro quando acordar. Como está pálido.

— É o calor do apartamento — diz Marina.

— É.

— Eles só dormem três horas por noite.

— Ele contou?

— Contou, estava explicando por que não pôde vir antes.

— Não precisava explicar. Eu sabia que tinha um bom motivo para não aparecer.

Kolya põe com cuidado seus soldados na entrada do forte.

— Pronto, em guarda. Você não vai acordar ele?

— Agora, não. Se você ficar direito e brincar sem fazer barulho, pode ficar aqui mais um pouco.

Saia, Marina. Vá procurar meu pai, como sempre faz quando chego em casa. Andrei vai dormir melhor se você não ficar olhando.

Mais tarde, Anna e Andrei andam nas ruas escuras.

— Estamos falando como se eles já fossem atacar.

— O que mais pode acontecer? Só o ataque, é inevitável.

— Quantas noites escuras assim ainda teremos? — pergunta Anna, como se falasse consigo mesma. — Você também sente? É como se houvesse um peso sobre nós.

— É o racionamento.

— Quando eu era pequena, nunca tive medo de escuro.

— Eu detesto, parece que estamos dentro de uma caixa.

— Isso é porque você é da Sibéria.

— Claro, tudo é porque eu sou siberiano.

— Preferiria estar lá?

— Não.

Ele se vira e a abraça. Passa o rosto no cabelo dela, afastando as imagens que ficam na cabeça como sombras, deixando apenas um pequeno canto com luz, que é dele. As sombras aumentam e balançam. Andrei olha-as porque assim elas não aumentam. As sombras são os feridos, transportados para Leningrado em caminhões e carroças.

Todos aqueles corpos que ele viu abertos. O cheiro de gangrena nos ferimentos na barriga. O brilho azul-arroxeado dos intestinos. Viu um homem tentar enfiar os intestinos na barriga outra vez. Viu bolhas em torno dos olhos de um homem queimado no rosto, que teve uma perna amputada acima do joelho.

— Lembre-se de que os pacientes sempre percebem sua reação — recomendou o cirurgião de plantão, antes de entrarem na enfermaria. Andrei olhou-o pegar o pulso do homem queimado e conversar com ele sobre a amputação. Olhou bem nos olhos opacos, cheios de bolhas.

Soltou a mão do paciente, deu um tapinha nela e observou para Andrei: "Esse caso teve uma grande melhora."

Anna tem cheiro de sabonete e de cabelo. Ele aperta seu corpo no dela. Agora não existe mais nada senão aqueles dois corpos quentes e ansiosos, cheios de vida. Ele quer mergulhar nela, abrir sua carne, colocar o rosto entre os seios, abrir as pernas dela. Quer penetrar a carne feita para ser aberta.

Ela pigarreia. Estão vivos, famintos, sentindo o sal e a saliva da boca do outro. De repente, Anna recua, coloca as mãos nos ombros dele e afasta-o.

— Isso não, ainda não.

— Vou tomar cuidado.

— Não vai. Já tenho Kolya, não quero arrumar outro bebê. — Fala com rudeza, como Lyuba teria dito.

— Mas eu...

Ouvem um barulho.

— O que é isso?

— Um assobio, só.

— Alguma coisa está acontecendo.

Eles ficam gelados, escutando. Ele ouve a respiração dela. O assobio, de novo.

— É a milícia.

Longe, a sudeste da cidade, há um ronco de avião.

— É avião deles? Você sabe?

— Devem estar só jogando folhetos.

A escuridão é total, esconde o que eles se esforçam para ver. Anna continua abraçada, mas já não está mais ali.

— Você precisa voltar para casa.

— Você também.

— Há uma porta aqui.

Encostam na porta. Várias ruas além, ouve-se uma explosão de fogo antiaéreo, depois o silêncio. Esperam, mas nada acontece, e o barulho do motor some na distância.

— Vão chegar logo.

— É.

— Vão precisar de você no hospital.

— É, tenho de ir.

— Diga por que não veio antes.

— Não pude — ele fala, segurando o rosto dela e beijando-a devagar e demorado, entre uma frase e outra. — Não podia sair do hospital.

— Como estão as coisas lá?

— Não sei mais. Agora, acho tudo normal.

— É assim mesmo, não? Tudo vira normal tão depressa até que olhamos para trás e vemos como as coisas estão longe do que eram.

— Talvez não tão longe, comparado com a distância que ainda temos a percorrer.

— Não fale assim.

Eles ficam próximos, não se tocam, mas respiram o mesmo ar. A cidade agora está silenciosa, como se estivesse em paz. Ela passa os dedos no cabelo de Andrei.

— Sabe que eu queria vir? — pergunta ele.

— Sei.

— Então vi você hoje de bicicleta, com todas aquelas sacolas.

— Pensei que não tivesse visto, por isso chamei.

— Eu vi.

— Está falando, mas não viu.

— Juro, sabia que era você. Não viu que eu sorri?

— Estava escuro.

— Nem tanto.

— Temos de ir.

— É.

Eles saem da soleira da porta e viram à direita.

— No escuro, a calçada parece tão desnivelada e, de dia, tão lisa.

— Qualquer hora dessas vamos ter o toque de recolher. Hoje deve ser a última vez que podemos andar assim.

— Fale de Irkutsk.

— Você não se interessa por Irkutsk. Você é de Leningrado.

— Você também é, mora aqui.

— Moro, mas posso mudar. Os verdadeiros leningradenses não

podem. Onde quer que estejam, por mais lindo que seja o lugar, por mais felizes que estejam, estão sempre querendo voltar. Não conseguem viver sem frio na cabeça e sem a bota de alguém no pescoço.

— Quer dizer que não existe bota no pescoço em Irkutsk?

— É uma questão de hierarquia. Deus e o czar estão longe, como dizem eles.

— Mas aqui em Leningrado, os dois são nossos vizinhos de porta. Você tem razão. Estamos todos acuados e não confiamos em ninguém. Desconfiamos de qualquer pessoa. Se você tem um cômodo maior em seu apartamento comunitário, precisa tomar cuidado para o outro morador não denunciar você e ficar com seu cômodo. Às vezes, penso: como chegamos a esse ponto? Ninguém quer essa situação, então como ela aconteceu? Penso em tudo que se passou e, mesmo assim, não consigo entender o que houve.

— Não é tão ruim. As pessoas em meu apartamento não são assim.

— Porque você não percebe. É aquele ar siberiano puro que você carrega em volta. Não se engane. Há alguém em seu prédio observando você. Sempre há.

— Com os alemães tão perto, essas coisas não vão mais acontecer.

— Chega de conversa.

Andam depressa pela cidade escura, sob um céu também escuro, sem estrelas. Param na entrada do prédio de Anna. Há um cheiro de rabanete e esgoto. Um pingo de chuva bate no teto, depois outro.

— Chegamos — avisa Andrei.

— Eu sei, não é o Astória, é?

— Um dia iremos lá, prometo.

— Parece que nós estamos sempre na soleira das portas.

Ele a puxa para perto de si. Fecham os olhos, distraídos. Cai uma gota, e outra.

— Chove.

— É.

Um vento cortante passa pelas pernas de Anna. É o fim do verão. O inverno chega de repente, assim, como sempre. Andrei levanta a saia dela até as coxas.

Um sujeito grande e claro, com ombros musculosos, aparece de camiseta numa janela de cima. Achou que tinha ouvido alguma coisa. Os alemães estão enviando agentes para Leningrado, infiltrados. Ele olha, sente o ar que cheira a outono. Nada. Não há ninguém lá.

Um rato surge na entrada do pátio, mas Anna não percebe.

— Você sabe que eu queria vir.

— Eu sei, sim.

No apartamento, Marina fica sentada na cama de Kolya até ele dormir e depois vai para o outro cômodo, escuro, onde está Mikhail. Acende a lâmpada fraca na cabeceira e olha o rosto dele. Está respirando bem, mas ela não acredita que esteja dormindo.

— Sou eu, quer conversar? — pergunta ela.

— Sobre o quê? — Não, ele não quer conversar, nem comer, nem se mexer. Está chegando ao fim o processo que começou quando Vera morreu e pararam de publicar seus livros. Abre os olhos, faz uma cara séria e crítica para ela. — O que você está fazendo?

— Nada. Kolya está dormindo, e Anna saiu. — Impaciente, ele pisca ao ouvir esses nomes, que o obrigam a voltar ao presente. — Ela saiu com seu amigo Andrei.

— Sei. — Ele umedece os lábios. Gostaria de pedir para Marina sair também e deixá-lo sozinho. Por que está sempre em volta, esperando alguma coisa dele? Não sabe que só quer dormir? Não, não é dormir exatamente. Mas pensar, deixar, parar de sentir.

— Seu ombro está doendo?

— Não.

Marina olha bem para ele e diz, clara e firme:

— Sabe que os alemães chegaram. — Ele se mexe outra vez, impaciente. — Tomaram Kingisepp. Não conseguimos evitar. — Estão quase em Pushkin.

— Impossível — murmura ele.

— Você pode achar, mas eles estão. Ficamos cercados.

— Por que me conta isso?

— Por que não? Por que você seria o único homem em Leningrado a se dar ao luxo de ignorar? Você tem um filho de cinco anos.

Ele acha uma certa graça, e seu rosto se ilumina.

— Você é dura, Marina.

— Estava na hora de alguém ser duro com você. Não vou deixar você ficar aí e entregar os pontos. Você ainda não morreu. Não perdeu seus filhos. Não foi preso. Tem seus documentos e seu cartão de ração. Deus sabe que muitas famílias apertadas num cômodo seriam capazes de matar para conseguir este apartamento. Você tem Anna mourejando dia e noite e ainda por cima trazendo batatas e cebolas para você não morrer de fome, desde que se digne a abrir a boca e engolir o que ela puser lá. Mas só o que você consegue é lastimar que sua filha não seja uma intelectual. Bem, graças a Deus, quando se vê como a maioria dos escritores do Sindicato se comportou nos últimos anos. Você poderia levantar da cama. Poderia melhorar, não quer. *Recusa-se* a ficar bom.

— Meu Deus, Marina, parece que Jesus entrou no quarto. Agora você vai dizer para eu levantar e andar.

— Pode zombar. Muito bem, olhe para mim: minha carreira acabou. Estou ficando velha, perdi anos em que poderia ter papéis que não posso mais fazer. Minha *dacha* pode estar cheia de alemães, destruindo meus móveis para fazer lenha. Cá estou, em Leningrado, pior do que quando eu tinha 18 anos. Mas Misha, pelo amor de Deus, vamos parar de fazer drama. Já enfrentamos coisas demais. Os outros têm vida, nós continuamos tendo emoções. Achamos que as coisas foram tão duras para nós, mas estamos vivos. Não estamos nem na prisão. Se tivermos sorte, nossos ex-colegas estarão muito ocupados estocando comida no armário e não terão tempo de nos denunciar. Consegui um cartão de ração no mercado negro e tenho onde ficar porque sua filha teve a generosidade de me aceitar. Tenho saúde. Sei como distrair Kolya. E quero estar aqui, com você. Mas você...

Ela interrompe e respira fundo. O que começou como uma tentativa de tirá-lo da letargia, agora deixa-a chocada. Diz quase tudo o que sente.

— Você não está tentando melhorar — conclui, ela, calma.

— Estou morrendo, Marina.

— Porque quer.

— Não pode dizer isso.

— Digo o que quiser. Você está se entregando. *Eu sei* que você amava Vera, *eu sei* que eles não querem mais seus livros. *Sei* que eles magoaram você.

— Marina...

— Você nem nota as pessoas que o amam. Eles não são nada. Você não se valoriza, isso humilha os que gostam de você.

Ele abriu os olhos, redondos de surpresa e fixos nela. A puerilidade da expressão dele faz com que ela queira parar, mas não pára. Como ele ousa ficar ali como uma pedra, frio e jogado?

— Mas dói mesmo, Marina.

— Eu sei, dói porque você ainda não morreu. Prometa que vai nos deixar ajudá-lo. Não vai mais babar a sopa pelo queixo, escorrendo por essa barbicha que você não deixa raspar.

— Babar?

— É, babar. Uma coisa bem desagradável de ver, sabe? Gente da nossa idade, Misha, não pode se comportar como velhos idiotas e inúteis. Anna limpou suas costas quando você chegou do hospital, mas tenho certeza de que não quer fazer isso para sempre.

— Marina, eu, eu não sei o que dizer...

É difícil para ela conter a pena que sente.

— Você precisa se levantar. Cada dia que passa na cama, fica mais fraco. Seus músculos amolecem. Mesmo que sinta dor, precisa andar no quarto.

— Foi Andrei quem lhe disse tudo isso?

Ela se cala, aperta a mão dele.

— De certo modo. Ele disse que chega uma hora em qualquer doença, por mais séria que seja, em que o paciente deve cooperar. Você chegou nesse ponto. — Bastou. O rosto dele está da cor de sebo. — Durma, agora.

Ele concorda. Marina continua segurando a mão dele enquanto as pálpebras se fecham sobre os olhos saltados. A barba aparece, cinza-escuro na pele cinza-amarelada. Ele está velho, amargo e abatido. Ela daria a vida por ele, o único homem com quem jamais se zangou.

— Vai ficar tudo ótimo, Misha, vai mesmo, desde que você não pense que será derrotado.

14

O açúcar queima, formando colunas de fumaça negra e acre que sobem pela noite. Ele silva, crepita e corre como um rio de chamas. Um vulcão de açúcar vomita fumaça e faíscas na noite até que seu núcleo liqüefeito, branco e quente afasta os combatentes de incêndio. Aquela é a cozinha do diabo. As carcaças de madeira dos armazéns de Badayev são fornos devorando a comida que deveriam proteger. A fumaça é dos estoques de óleo de cozinha, banha, manteiga, carne e farinha da cidade. As reservas de alimentos de Leningrado estão queimando, pingando chamas grossas e gordurosas nos telhados.

Milhares de toneladas de açúcar, farinha, gordura e carne somem do dia para a noite. O parapeito das janelas de toda a cidade fica com uma camada de fuligem e óleo de comida, e, se alguém arrancar um chumaço de cabelo, vai sentir o cheiro de gordura queimada.

É a noite de oito para nove de setembro. Mga caiu, e não há mais ligação rodoviária ou ferroviária com o resto da Rússia. A única forma de sair da cidade é atravessando as águas calmas e cinzentas do lago Ladoga. Leningrado está cercada. Construída sobre várias ilhas, ela se transformou numa ilha, cheia de gente que precisa de duas mil calorias diárias para viver, mas não conseguiu mais que um caixote para plantar um punhado de salsa ou criar um coelhinho para o jantar de domingo. São urbanóides que procuram comida nas filas, não na terra. Estão acostumados a racionamentos de comida e a improvisar, a viver com quantidade insuficiente de vitaminas, com comida de má qualidade e abastecimento irregular de frutas e legumes frescos. Estão acostumados a lutar

Mas, estranho, o eterno racionamento faz com que você se sinta seguro. Como as coisas estão ruins demais, você acha que não podem piorar. Afinal, *eles* certamente conseguirão manter a situação assim, como um mínimo essencial. Não é pedir muito. Os alimentos continuarão vindo de algum lugar (embora nunca em quantidade suficiente), sendo distribuídos (embora de forma ineficaz) e chegando aos consumidores (embora caros e depois de uma longa e cansativa fila).

Durante anos, o sistema de abastecimento consumiu tanta energia, que quase não se tinha disposição para questionar o próprio sistema. Reclama-se automaticamente nos bons dias, amargamente nos maus. Se há uma fila, entra-se nela de imediato. Não importa para o que seja a fila, desde que se esteja nela, agarrado à sacola de compras que se leva sempre, para todo canto. Desde o começo dos anos 30 a situação do abastecimento piorou muito, como um inverno que parece ter acabado até escurecer outra vez numa nevasca.

As botas ficam gastas, dá-se um jeito de remendá-las e até quem não se acostuma com o frio agüenta. Você está num dos mais ricos e férteis países do mundo e fica feliz se consegue duas cebolas para acompanhar aquele precioso meio quilo de lingüiça gordurosa. A Geórgia pode estar com excesso de limões, damasco, carne de carneiro e vinho, mas você não encontra nada disso por aqui. Repolho, uma cesta de maçãs murchas, sopa. *Nosso grude hoje é kasha e sopa de repolho.* O mercado da granja comunal tem coisa melhor, mas custa uma fortuna.

Claro que com os 'lá de cima' é diferente. Eles compram em lojas especiais, que oferecem pão branco, carne fresca, caviar e tudo que se possa imaginar, exibido como numa toalha de mesa mágica. Conhece-se quem compra lá pela aparência. Como acha que eles conseguem aquelas bochechas rechonchudas e rosadas, sem uma ruguinha? E os filhos deles têm cabelos lisos e brilhantes que parecem ter vida própria. Só se conseguem cabelos assim comendo manteiga e laranjas.

Mas dessa vez, todo mundo foi pego, até os 'lá de cima'. Não perceberam que isso iria acontecer. Os armazéns Badayev: o maior estoque de Leningrado. Você também costumava brincar, como todo mundo, dizendo *Acho que não vou entrar na fila, vou lá no Badayev. Eles têm tudo.* Era ótimo pensar naquelas prateleiras de madeira transbordando de comida. Confortador. Como pensar em dinheiro no banco, mesmo que não seja seu.

Parece que os alemães sabiam também de nossos grandes armazéns. Usaram uma bomba especial neles, que não só explode, mas incendeia tudo. É um novo tipo de bomba que não se extingue com água, porque volta a queimar assim que a água acaba. Foi assim que fizeram o maior bolo que já se viu, com a farinha, o açúcar e a manteiga estocados para durar o inverno todo.

Dizem que há um jeito de resgatar o açúcar que escorreu pelos armazéns e entrou na terra. Chama-se *Recuperação*. Alguns cientistas nossos já estão trabalhando nisso.

Um golpe desses parece atingir as pessoas na boca do estômago. Os armazéns Badayev. Não dava para acreditar quando se viam as chamas subindo. Um fogo que subia gorduroso, negro e amarelo. Sentia-se um vazio. Foi-se dar uma olhada lá de manhã, mas não havia o que ver, só pedaços do prédio saindo da cinza escura. A cinza ainda estava ardendo e de vez em quando uma pequena chama surgia. O lugar que os armazéns ocupavam era grande como um parque.

Era preciso pensar em todas as pobres almas que haviam morrido nos ataques aéreos, mas só se conseguia pensar em toda aquela manteiga, farinha e Deus sabe mais quantos mantimentos, estocados lá dentro. Quantas sacas de farinha, por exemplo? "Uma tonelada de farinha" não significa muito, mas, ao imaginar quantas sacas eram, dava para entender melhor. O mesmo raciocínio servia para o estoque de manteiga e salsicha.

Eram muitas lojas com tantas sacas de farinha, açúcar e óleo que daria para encher um parque. Na verdade, não era só uma questão de espaço porque nunca se poria toda aquela comida de uma vez nas lojas. Era preciso imaginar o tempo que levaria para se consumir tudo aquilo. Durante quantos dias aquelas mercadorias supririam as lojas. Ou, até, durante quantas semanas.

Agora, acabou. Está tudo queimado. Semanas e semanas de comida. Talvez meses, para todas as milhares de bocas de Leningrado. Aqueles alemães sabiam o que estavam fazendo. Tudo acabado, exceto o açúcar na terra, que nossos cientistas vão conseguir retirar por um processo especial.

* * *

Aviões vindos de Moscou aproximam-se de Leningrado pelo noroeste para diminuir a possibilidade de um ataque alemão. Voam baixo sobre o pântano e a floresta. Deslizam sobre a superfície do lago Ladoga. Chegamos a esse ponto, os aviões russos voam como gatunos na noite, na própria terra deles.

O avião se inclina e faz a curva. Campos verdes e cinza aparecem nas janelas, depois somem. Mas Pavlov não olha pela janela. Ele avaliou por alto as possibilidades de um ataque alemão ou de erro de pilotagem nessa pista perigosa e desconhecida, depois não pensou mais. Só pensa no que precisa agora, nesse momento. Sua tarefa é administrar todo o fornecimento e distribuição de comida em Leningrado, na atual crise. Ele faz colunas de números, escreve listas. Reservas, rações militares, rações para civis, índices de consumo. Tem quase três milhões e 500 mil bocas para alimentar. O avião dá uma guinada. Copas de árvores, bem próximas, aparecem. Pavlov pega o papel, que escorregou da mão, e acrescenta rapidamente mais uma coluna.

— Aterrissamos em cinco minutos.

— Excelente.

O avião desce pesadamente, jogando os passageiros nos assentos. Cá estão, em Leningrado. Seja lá o que venha a acontecer, eles agora estão participando.

15

Duas batidas fortes na porta. É o sinal dele.

— Anna.

O apartamento tem cheiro de cebolas e ele fica com a boca salivando. Mas não é convidado a entrar. Ficam no pequeno e abafado corredor, como na primeira vez em que ele foi lá. De repente, teme que ela não esteja tão próxima como estava então. Os seios que tocou estão escondidos na jaqueta feia. Anna está pálida, com os lábios secos.

— Eu estava saindo. — Ele toca o rosto dela. — Tenho que ir, Andrei, estou atrasada.

Está sempre atrasada. Sempre indo para algum lugar, com pressa, séria. O centro de remoção de crianças fechou, já que não faz sentido remover ninguém no futuro próximo, agora que todas as estradas de ferro que ligavam Leningrado ao resto do país foram interrompidas. Ela trabalha numa equipe construindo fortificações outra vez, mas dentro da cidade. Bairro por bairro, prédio por prédio, as barricadas estão subindo. Casamatas, *bunkers* e abrigos para metralhadoras são levantados, trincheiras são cavadas e pontos-chave de defesa são marcados. Surge um novo mapa da cidade, sem casas, lojas, escolas, parques ou restaurantes. Mas há patrulhas em cada cruzamento, pontes minadas, alças de mira, barreiras para tanques de aço e posições de artilharia que todos chamam de hotéis Voroshilov. Bondes cheios de sacos de areia estão nos entroncamentos. O nome das ruas e o número das casas sumiram desse mapa.

Até as árvores nos parques são outra coisa. Agora são postos de defesa, atrás delas um homem pode se agachar, olhar alerta, com o rosto enfiado no tronco da árvore, entalhado à faca com iniciais de namorados. Uma pedra ou uma fonte têm uma segunda função que parecia à espera, latente, desde que a cidade foi planejada. Foi nisso que Pedro, o Grande, pensou quando quis construir Leningrado?

— Vire as mãos para mim — pede Andrei, olhando para Anna. — Precisa cobrir essas bolhas e colocar um pouco de iodo nelas. Vão infeccionar se você mexer com terra.

— Daqui a pouco as bolhas endurecem.

— Estou querendo ajudar você.

— Estou ótima. Entre e olhe Kolya um instante. Ele perguntou quando é que você vinha.

— Mas você não tem tempo.

— Não. — De repente, ela o segura, puxa e beija-o, enfiando a língua em sua boca. Um instante depois, se afasta e morde o macio lábio dele. Os dois balançam abraçados, olhos cerrados. Anna se afasta, mas afaga-lhe o rosto com o seu.

— Você está com a barba por fazer. E nós estamos sempre sem tempo para fazer alguma coisa ou ir a algum lugar, não é? Eu acordo, e é como se tivesse corrido a noite inteira. Nunca faço nada direito. Na noite passada, sonhei que tinha de embarcar no trem para Moscou mas, mesmo sabendo que ia partir em menos de uma hora, eu tinha tantas coisas para fazer que não podia parar. Estava cortando um lençol para fazer um forro no casaco de Kolya, e minha mãe estava na porta, de braços cruzados, me olhando. Perguntou "Não sabe as horas, Anna?", como fazia quando eu corria pelo apartamento de manhã, tentando encontrar meu dever da escola.

— Imagine se você tivesse mesmo uma reserva no trem para Moscou.

Não há mais trens para Moscou. Não há trens para lugar nenhum. Os dois ficam em silêncio, pensando nos trilhos interrompidos, nos trens bombardeados, nas estações adormecidas, com raios de luz amarelos e sonolentos, onde se costumava descer em qualquer lugar e continuar andando. Todas essas estações estão ocupadas pelos alemães.

— Na noite passada, trouxeram dois meninos — conta Andrei.

Irmãos. Dormiam na mesma cama quando o apartamento foi bombardeado. Um deles foi atingido na perna, o outro teve ruptura no baço. — Ele pára e acaricia o rosto dela. — Acho que eles não têm muita possibilidade, mas todas as áreas do hospital estavam lotadas, e pronto.

Na verdade, as crianças não pareciam crianças. Estavam escuras de fumaça e com os cabelos endurecidos pelo calor do incêndio que destruiu o prédio em que moravam.

— A morfina foi entregue?

— Deve chegar amanhã, num vôo do exército. Anna, por favor, fique um instante. Deixe-me abraçá-la.

Ele a aperta sobre o casaco forrado. O pescoço dela tem cheiro de flor. Que flor? Ele tem certeza de que sabe. Respira outra vez, de olhos fechados.

— Anna, que perfume é esse?

— É o sabonete de Marina. Só tem uma lasca.

— Vou arrumar mais.

Segura os pulsos dele e pede:

— Andrei, por favor.

— Você me ama, diga que me ama. — O cabelo dela roça-lhe o rosto, e ele fica arrepiado.

— Não é hora. — Ele se afasta, sério. — Você acha que eu posso fazer tudo — reclama. — Pois não posso. Tenho Kolya e meu pai. Eles precisam comer, tomar banho, ter roupa lavada, e as botas de Kolya estão furadas. Ficaram apertadas e não consigo comprar outras. Tenho de achar botas de feltro para o inverno, ou ele vai ficar com os pés queimados de frio, mas Deus sabe onde vou conseguir. Agora, eu soube que a ração de pão vai se reduzida outra vez. Soube...

— O quê?

Ela chega mais perto. A voz apavorada bate em seu ouvido.

— Não vão explodir só as pontes. Vão explodir tudo. Assim, se os alemães chegarem, não vão encontrar nada. Tudo pelos ares, a cidade inteira. Melhor do que deixar para eles.

— Isso é só boato — diz ele, tão rápido, que ela compreende que também Andrei ouviu esse comentário. — Como é que nós poderíamos destruir Leningrado?

— A pessoa que me contou é do Partido. Foi meu colega de escola. Diz que vão explodir tudo no bairro norte. Se vão explodir lá, devem explodir a cidade inteira. Os detonadores já estão prontos, à espera.

— A cidade inteira...

— É.

Os dois se olham.

— Mas como Leningrado pode acabar? Impossível.

— É, impossível — concorda Anna. — Mas eu acredito nessa pessoa. Ele sabe. Vamos explodir tudo, é melhor do que deixar para eles.

— Você não pode pensar nisso, Anna. Tem que pensar só no presente.

— Eu tento. Mas você chega, desperta tudo, me faz sentir todas as coisas outra vez, e quero falar com você sobre elas...

— Isso é bom, não? Para que estar vivo sem sentir a vida? É como estar anestesiado.

— Andryusha, para você é diferente. Eu tenho meu pai e Kolya. Sempre tive uma criança segurando minha mão, embora eu não seja mãe. Às vezes acho que jamais serei. Assim vai ser a minha vida..., se não morrermos todos. Entende? Não estou reclamando, estou só contando. Eu sou responsável por eles dois. Veja meu pai, acha que um dia ele vai ficar...

Ele percebe que ela não quer pronunciar a palavra difícil. *Normal,* talvez. *Como era. Bom.* Todas aquelas taquígrafas costumam consultá-lo na enfermaria quando chegam com as cestas com pão e sopa, seguras por suas mãos ásperas e vermelhas.

— Meu pai não vai mais conseguir trabalhar — diz ela, enfim. — E vai precisar de alguém para cuidar dele quando eu estiver trabalhando. Não posso deixá-lo sozinho. E como vou pagar, com meu salário? Ou será que Marina vai ficar? Por um lado, isso é bom, mas, por outro, eu nunca fico sozinha, não dá, com alguém sempre querendo alguma coisa, esperando alguma coisa...

— Não precisa pensar nisso tudo agora.

— Por quê? Está querendo dizer que ele vai morrer? É isso?

— Não, Anna, claro que não.

— Ah, desculpe, Andrei. Fico irritada. Não estou zangada com você, mas é por isso que não consigo pensar em outras coisas. Não posso pensar no que sinto.

— Você quer, eu sei que quer.

— Quero, mas não é isso. Às vezes, acaba-se cedendo.

— Pelo amor de Deus, Anna, o que você quer dizer?

— Não sei como dizer, mas é isso. Você me deixa fraca. Tenho medo de que me enfraqueça.

— Eu jamais engravidaria você. Você sabe que eu tomo cuidado.

— Isso é ótimo, resolve todos os meus problemas. Não passa pela sua cabeça que não engravidar não é tudo o que se pode esperar da vida?

— Anna — diz ele, no tom que ela gosta. Duas sílabas, como se ele não quisesse deixar o nome dela escapar. An-na. — An-na, não vamos discutir.

— Não. Mas você deveria estar com seus pacientes, e eu, cavando trincheiras.

— Daqui a um minuto.

— Você sabe que eu quero que fique. Sabe.

— Sei.

— Mas temos de fazer sacrifícios.

— Hum.

Desabotoa-lhe o casaco. Os seios dela estão apertados na blusa feia e justa que usa para combinar com a jaqueta feia. Desabotoa a blusa e surge o cálido e grande sulco entre os seios. Ele toca a linha onde o bronzeado termina, desce a mão e encontra o bico dos seios. Ela o beija, curvando-se para que o seio caiba na mão dele, e diz:

— Marina, Kolya e meu pai estão a três metros de nós. Podem até ouvir nossa respiração.

— Você não quer fazer mais sacrifícios.

— Você sabe que eu quero, mas não posso. Tenho que ir. — Ele fica olhando enquanto ela abotoa a blusa. Ela responde o olhar com um sorriso rápido, sincero. — É uma coisa tão idiota, não é? Tudo o que queremos e tudo o que poderíamos ter, e pode ser que jamais consigamos nada. Lembra-se de Katinka, a moça que morreu, aquela que lhe contei? Ela ficava possessa com a idéia de que pudesse morrer. Por que não foi isso que lhe prometeram. Afinal, tinha apenas 15 anos, e até então tudo dera tão certo a vida inteira. A morte era algo que acontecia aos outros, como não ir bem numa prova da escola. Às vezes, acho que devíamos fazer tudo agora, neste momento, sem pensar, porque essa pode ser a única oportunidade que teremos. E não sei se eu recuo porque sou sensível ou porque estou assustada.

— Eu jamais magoaria você.

— Poderia magoar. E eu também poderia magoar você. Não quero que nenhuma dessas coisas aconteça.

— Não vai acontecer.

— Às vezes acho que estou melhor como estou, Andryusha. É mais seguro. Sei que vai parecer idiota, porque você pode ver que estou cercada de gente o tempo todo. Mas sempre sinto que estou sozinha, quer dizer, que dependo de mim. Sinto isso desde que minha mãe morreu.

Ele a abraça. Quer que fiquem tão juntos, que não haja espaço para palavras. No pequeno corredor, os dois estão seguros.

No cômodo ao lado, Marina Petrovna está fazendo sopa de cebolas e ouvindo a Rádio Leningrado enquanto Kolya se espalha no chão, desenhando tanques. Os tanques são pequenos como insetos andando pelo papel branco. O desenho tem casas e ruas, mas não tem gente.

O cômodo cheira a cebola e doença. O pai de Kolya está deitado no sofá, exausto pelo esforço de sair da cama. De vez em quando, dá um gole num copo de chá que está ao lado. O copo de chá é uma coisa. A mão dele, outra. Aos poucos, com enorme esforço, ele consegue juntar os dois. O copo balança quando ele o levanta até a boca. O chá derrama, mas não espirra. Ele bebe um pouco. Doce, doce. De repente, o esforço de segurar o copo fica maior do que a delícia do açúcar. Ele deixa o copo na mesinha e mergulha nos travesseiros que Marina colocou em volta. Sente o corpo caindo, mas se recompõe, com outro esforço. Está no sofá. As pernas estão cobertas. Tudo parece adequado. Ele fixa o pensamento até conseguir relaxar e olhar o filho.

Ele vai desenhar bem, como Anna. Mas vai chegar no ponto em que não se satisfará com os desenhos que nós, adultos, achamos tão bonitos. Vai querer aprender. Como se desenham pálpebras? Como se desenha um homem que parece estar correndo? Durante algum tempo, seus desenhos não serão tão bons como são agora. Ele vai lutar, ficar insatisfeito e irritado, jogar o papel na lata de lixo. Lembro-me bem dessa fase, quando Anna passou por ela. "Está lindo", nós dizíamos, mas ela amarrava a cara e dizia "Não, não está. Está tudo errado, porcaria. Vou rasgar."

Vera achava que seria bom ela ter aulas de desenho, embora tivesse só sete anos. E foi bom mesmo. Anna parou de zangar com ela mesma e voltou a se interessar pelos desenhos. Eu jamais pensaria em aulas de desenho, mas Vera tinha um sexto sentido para essas coisas.

Quando o sol chegar lá naquela almofada, posso ir para a cama. Antes, não.

O ruim de voltar à vida é não poder mais ficar em paz. Há mil coisas para atormentar. Antes, eu não me importava com o que acontecia. Deixava as coisas passarem. Não ouvia o rádio, embora Marina deixe ligado o dia inteiro. Mas agora tenho medo, como todo mundo. Quando Marina leva o menino para o abrigo antiaéreo, tenho medo de nunca mais vê-los. Fico aqui, é só o que posso fazer. Ouço as armas de ataque aéreo e, às vezes, ouço aviões. Não são os nossos. Eles ribombam no telhado e de vez em quando vejo que estou rezando, embora nunca reze. Digo sempre a mesma coisa: se jogarem, que seja uma bomba comum, não uma incendiária. As folhas do livro grudam na minha mão, com o suor.

Não tenho medo de bombas. Mas se uma incendiária cai aqui, eu não teria condições de sair. É disso que tenho medo.

Na noite passada, sonhei com Marina e o menino. Tentavam chegar até onde eu estava, passando por um rio de chamas, em vez de água. Ele escapou das mãos dela e afundou, depois apareceu, devagar depois cada vez mais rápido, com o fogo em volta dele. Marina ficou me olhando. Sabia que ela queria me explicar por que não tinha salvado o menino. Era porque era tarde. Ele sofreria muito se fosse tirado do fogo.

Acordei molhado de suor, e as armas continuavam metralhando. Jogaram bombas de fósforo. A água não apaga o fósforo, ele queima sem parar. Na noite passada, havia alguém gritando e acho que foi isso que me faz sonhar com Kolya e o incêndio. Marina diz que não eram gritos humanos. Uma bomba caiu no zoológico, e os animais foram atingidos. Algumas jaulas abriram, e os animais estavam andando pelas ruas. Acho que eles acabaram sendo sacrificados.

Marina diz que não vão vender comida fora da ração a que temos direito. Os restaurantes fecharam. Ela senta na beira de minha cama e conta quantas batatas ainda temos, quantas cebolas e quantos mililitross de óleo. Conta alto, depois repete. Nós achamos graça. Ela pára e eu pergunto outra vez: "Quantas batatas exatamente você disse, Marina?".

Kolya adora olhar no armário e ver quantos potes há. Ele não mexe em nada. Olha sério e diz: "Temos muita comida não é, Marina?" E ela responde: "É, temos sorte". Ele ouve, satisfeito, e volta a brincar.

Bombardearam mais armazéns de alimentos, mas ninguém sabe exatamente onde. Agora sabemos que eles não querem apenas nos vencer. Querem nos destruir. Eles não se interessam por nada de Leningrado. Por uma pedra, por uma criança. Cartago deve ser destruída.

Mas todos podem saber disso. Não podemos mais negociar com eles. Nosso pacto não adiantou nada. Não temos mais alternativas. Temos de resistir.

Então eu saio da cama e fico no sofá duas horas. Não parece muita resistência, não? Os alemães não ficariam apavorados de saber que Mikhail Ilyich Levin está vivo e declamando poesia para ele mesmo.

> *Onegin, lembra daquela hora*
> *Que o destino marcou para nosso encontro*
> *Na alameda do jardim?...*

Sou capaz de recitar cada página. Fecho os olhos e é como se o livro estivesse na minha frente. Vou no trecho em que Tatiana sonha. As planícies, as árvores, a luz fantasmagórica e o som dos passos dela na neve: essas coisas me vêm com tal força, que é como se eu nunca tivesse lido nem pensado nelas. Quase digo alto que lastimo só ter entendido agora. Meus olhos se enchem de lágrimas, não sei por quê. Mas sei que são por causa dessas coisas, só por elas, que sobrevivemos. A poesia não existe para fazer a vida bela. A poesia é a própria vida.

Tatiana vai continuar andando, vai nevar, e Onegin não conseguirá amá-la, até ser tarde demais. De repente, ele verá quem é ela, e Tatiana explicará por que não pode haver nada mais entre eles. Tudo que parece arbitrário existe desde o começo dos tempos. Logo a paisagem marrom, cor de terra, vai ficar coberta pela neve.

Sempre, todo inverno, há um momento em que se pensa que dessa vez será para sempre. A primavera nos esqueceu. A neve fica cada vez mais funda, acabando com qualquer sinal de vida. As plantas nunca mais brotarão. E, de cer-

ta forma, não queremos que brotem. A primavera é sofrida e confusa, a terra tem um cheiro ruim quando a crosta de gelo finalmente se desmancha e racha.

"Onegin, você se lembra ..."

E o gelo começa a rachar.

— Muito bem, Kolya. Olhe como você desenhou esse tanque.

— Mas não sei fazer os rifles direito, pai. Você sabe?

— Me dá aqui o papel. Vou tentar.

16

Uma aritmética impossível. Por mais que você faça as contas, não dá. A remoção dos moradores começou tarde demais e muitas pessoas foram deixadas no caminho do avanço dos alemães. Voltaram para a cidade, pouco antes dos alemães. Para cada morador que deixou Leningrado rumo aos montes Urais, três ou quatro entraram pelo sul e oeste, forçados pelo avanço alemão. A cidade está lotada. Há cerca de três milhões de civis, mais os militares que chegam a quase meio milhão de homens. Divida a comida de Leningrado por todas essas bocas e veja como ela acaba rápido, depois que as linhas de abastecimento forem suspensas.

Eis uma banca de mercado cheia de repolhos, trigo-sarraceno, gordura, farinha de centeio, farinha de trigo, açúcar, mel, batatas. As batatas são firmes, de polpa amarela. A gordura é da melhor qualidade, e o mel está no favo, com a cera intacta. Aqueles repolhos doces e grandes com o meio crocante estão empilhados como crisântemos, verde e roxo-azulados, com um toque de neve nas folhas de cima. É uma banca de sonho, que jamais poderia existir num mundo de filas e racionamentos. Mesmo se existisse, quantas pessoas poderiam dela se alimentar? Imagine 100 pessoas em volta, pegando os produtos e colocando nas sacolas. De repente, elas são mil, chegam à praça e enchem as ruas em volta. São 10 mil, 50 mil, 100 mil pessoas. A imaginação pára. Não consegue abarcar um milhão de mãos ansiosas. Além do mais, a banca do sonho já está vazia faz tempo; e foi virada no chão. Não sobrou nada.

As mãos continuam lá. Levantadas, precisando receber alguma coisa. Para as pessoas da cidade, é difícil acreditar que o sistema de abastecimento foi interrompido. O sistema mantinha-os vivos, embora às vezes ficasse caótico, e os preços subissem e descessem como o chapéu de um mágico. Os moradores de Leningrado não falam em fazer compras, falam em "conseguir coisas". É uma forma de arte que se aprende ao lado da mãe, na fila. *Mas nunca aconteceu de não ter nada para comprar.* Não somos camponeses na Ucrânia.

De repente, fica óbvio que as cidades existem apenas porque todos permitem que existam. Quando se pensa nisso, parece uma loucura que milhões de bocas se apertem em 200 quilômetros quadrados, sem um leitão ou um canteiro de batatas no meio delas. Isso só funciona do jeito que a ficção funciona, ou seja, com as pessoas colaborando e acreditando. Por toda a vida, a cidade teve o poder de exigir. Quer leite, e, antes do amanhecer, o leite chega. Os campos descortinam centeio e cevada, os porcos morrem asfixiados no próprio sangue, as maçãs amadurecem, e os pescadores se afogam. Nas profundezas escuras do lago Baikal o esturjão nada para dentro das redes. A cidade não pede detalhes, desde que a comida continue chegando.

Leningrado mobiliza o campo, as aldeias e cidades que ficam a centenas de quilômetros de distância. Milhares de camponeses que jamais verão a cidade passam a vida trabalhando para fornecer comida para ela. As relações comerciais de Leningrado envolvem milhões de vidas.

Na cidade, o processo de transformação jamais pára. A polpa de madeira em estado bruto passa a ser livro; meninos, também em estado bruto, que vivem em pequenas cidades, passam a ser médicos e engenheiros. Atores, cineastas e bailarinos de um talento confuso são treinados e viram artistas completos. Leningrado pode pegar qualquer coisa, mastigá-la e devolvê-la nova.

Em bondes e ônibus lotados, os membros do Sindicato dos Escritores se apertam ao lado de metalúrgicos das obras de Kirov que transformam rios de aço fundido em tanques KV, enquanto os escritores lutam para transformar palavras frias e despejá-las em novos contos e poemas. Os moradores de Leningrado lidam com produtos acabados. Estão no alto da escada que começa na terra e termina nos artigos de luxo. A maior parte desses moradores jamais comerá caviar, mas sabe que o caviar vem de potes das lojas Gort e não de peixes. Sabe também que o leite não vem das vacas, mas das leiterias.

Anos de racionamento de comida, rações e filas causaram o efeito estranho e inverso de deixar os moradores mais calmos quando os tempos ficam difíceis. Eles se acostumaram às filas do pão e às prateleiras vazias e limpas das lojas. No fundo, acreditam que, se andarem bastante, falarem com as pessoas certas, entrarem em todas as filas e esperarem o tempo necessário, acabarão indo para casa com alguma coisa na sacola. Podem ser alguns nabos estragados pela geada ou preciosos e aromáticos 100 gramas de café, algumas maçãs ásperas de uma barraca da granja coletiva ou um pedaço de salsicha. Às vezes, apenas duas cebolas e 50 gramas de banha para fazer uma sopa. Mas nessa noite, pelo menos, irão comer.

E amanhã será outro dia. As rodas vão girar, a rede vai se abrir, haverá uma inesperada entrega de pepinos em conserva ou de frutinhas silvestres dos charcos de Ladoga, todos atraídos pelo ímã dos mercados de Leningrado. Com um pouco de sorte estarão lá, com a sacola a postos, primeiros na fila. Sempre foi assim. Como um corpo que não acredita na amputação de um membro, a cidade continua a acreditar nas redes de abastecimento muito tempo depois de elas terem sido cortadas.

Aqueles milhões de bocas. Abertas, os dentes mordem e mastigam, as glândulas salivares enchem as bocas de saliva para amaciar o alimento e iniciar a digestão. Ondas de movimentos peristálticos enviam a comida para o centro do corpo. A energia começa. Os amidos se transformam em açúcar, e o corpo se enche de calor, energia e esperança. Os lábios brilham, a temperatura da pele sobe levemente, e um tênue fio de transpiração aparece na testa. A vida é boa.

As bocas de Leningrado continuam a se abrir e engolir. As bocas macias e sem dentes dos bebês buscam ansiosas o peito das mães. Velhas e desdentadas bocas encharcam o pão preto no chá. Ávidos rapazes de 17 anos, ainda em crescimento, cravam os dentes em qualquer coisa que encontrem.

A pergunta que a aritmética não consegue responder tem que ser feita a alguém. Existe uma determinada quantidade de alimento que não será reposta. Se novos suprimentos não chegarem à cidade, quanto tempo eles durarão? Quantas vezes esses três milhões e meio de bocas vão se abrir e ser saciadas?

Dimitri Pavlov, recém-chegado de Moscou, é o homem que deve enfrentar a questão, mesmo se a ela não puder responder. A verdade brutal da situação é dele, e ele a conhece bem. Em pouco tempo, o resto de Leningrado também saberá essa verdade, não com a cabeça, mas com a barriga. A cidade toda é uma ilha de pedra agora e vai depender de seus próprios recursos. Mas não se pode comer pedra nem a bela paisagem do Neva ao amanhecer. Nem é possível obter calorias de prédios de apartamentos, fábricas de armas, ícones ou material bélico. A história de Leningrado, Petrogrado, São Petersburgo pode começar no instante em que Pedro, o Grande, coloca sua marca de ferro nos alagados do Neva, mas não se pode comer História.

Pavlov tem poder para fazer qualquer coisa, embora ninguém consiga dobrar um pedaço de papel mais de sete vezes.

— É mesmo? Mas claro que pode, se for uma folha grande — desafia-o seu colega.

Calmamente, Pavlov entrega uma folha grande de papel de alta qualidade, fino, e observa o colega dobrá-la. Uma vez, duas, três. Fácil. Mas na oitava dobra o homem olha, assustado, embora ainda sorrindo.

— Sabe que você tem toda razão? Eu não acreditava.

— Mesmo se esse papel fosse grande como o lago Ladoga, não dobraria. Não se pode mudar as leis da natureza.

Pavlov faz mais listas, escreve números e planeja. Há silêncio, exceto pelo arranhar da caneta no papel, o som das folhas viradas ao conferir as estatísticas e o dos dedos datilografando na sala contígua. No escritório ao lado, o telefone toca sem parar, mas Pavlov não presta atenção. Devem ser gerentes de unidades de estoque de alimentos, matadouros e armazéns informando as últimas estatísticas que ele pediu. Pavlov quer saber a quantidade exata de alimento de que Leningrado dispõe. Não quer cálculos vagos. Nem especulações sobre quantos repolhos podem não ter sido colhidos ainda nas hortas suburbanas. Acima de tudo, não quer saber de otimismo. Quer detalhes. Nada de números aproximados. Ou de esperanças contra todas as expectativas de que os suprimentos possam "conseguir chegar", quando isso é impossível. É isso que o exército sitiante quer. Pavlov percebeu desde o começo. Os alemães trabalharam com afinco e vão ficar firmes, confiando que a fome e o inverno abrirão as portas de Leningrado para eles. As divisões Panzer podem ter sido transferidas para longe, mas um anel de aço segura a cidade.

De vez em quando, uma moça vem do escritório ao lado com uma comprida folha de papel de cópia, cheia de colunas datilografadas, e deixa ao lado dele. Pavlov suga esses números com o olhar e junta-os a seus cálculos.

— O que acontece com essa folha de papel é a mesma coisa que acontece com nossas reservas de alimento — conclui ele, de repente, dirigindo-se ao colega que ainda olha a folha dobrada, como se pensasse: "Se fizesse de outro jeito, daria a oitava dobra."

— O que você disse?

— Falei de nossas reservas. Veja: conforme esses números, temos no momento dois mil e 500 porcos na área de Leningrado. Alguns vivos, outros já abatidos. Parece muito, não?

— Eu diria que sim.

— Mas estamos consumindo carne numa média de 250 toneladas por dia. Quanto tempo você acha que continuaremos a dobrar esse papel?

— Desculpe, não sei quanto pesa um porco...

— Então, descubra. São essas coisas que precisamos saber. Fatos. Temos de conhecer os fatos, não o que achamos que vai acontecer ou esperamos que aconteça. Para começar, precisamos afastar a idéia de que novos suprimentos chegarão num futuro previsível.

— Mas, desculpe, ainda é possível trazer suprimentos por via fluvial, pelo lago Ladoga.

— Não basta. E o sistema de abastecimento é fraco demais e não temos infra-estrutura. Não há cais de atracação nem barcaças suficientes, e a ferrovia é totalmente inadequada. Vamos usar esse caminho até onde der, mas nossas barcaças são uma ninhada de patos para as bombas alemães. Por enquanto, resolvi descontar de meus cálculos os suprimentos que chegam pelo Ladoga. Temos de ser realistas. Nosso negócio são fatos e não esperanças. Temos três milhões e meio de pessoas para alimentar por um período indefinido e, com o índice de consumo atual, não vamos conseguir. A ração alimentar tem que sofrer outro corte.

Se lhes fosse perguntado, os dois homens diriam que trabalhavam num silêncio concentrado. Faz tempo que não ouvem mais as sirenes, o chiado dos aviões de caça lutando para defender a cidade e as explosões tão fortes que não parecem ser ouvidas, mas bater direto no estômago, como um soco. Os dois não tentam colocar os acontecimentos em palavras. Se fossem fazer isso, acabariam usando lugares-comuns: "Leningrado luta pela vida." "O povo de Leningrado defenderá a cidade até a última gota de sangue." "Os invasores fascistas serão repudiados pela determinação do povo soviético." Pavlov usaria clichês simplesmente porque isso economiza tempo.

Pavlov está em pleno vigor da vida. Pega o papel sem olhar para a moça que deixa a folha, ansiosa, na mão dele. De vez em quando, ele pisca e passa os dedos pelo cabelo farto, seco de poeira. Esses são tempos que fazem o cabelo, a pele e a boca ficarem cheios da poeira levantada pelos bombardeios. Quando uma bomba cai naqueles velhos prédios, sobem nuvens de poeira escura e antiga, que se espalha e assenta em toda parte. A pele de Pavlov tem o leve cheiro da fumaça que paira sobre Leningrado. Ele tosse e acompanha com os olhos outra coluna de números.

Seu colega arrisca-se a perguntar:

— Desculpe, mas quanto tempo você acha que vai durar o bloqueio dos alemães?

— Como posso saber? A duração do bloqueio não é da minha conta. Não sei e não quero saber. Não vim aqui para especular. Preciso de fatos — responde ele, ríspido.

Senta-se e esfrega os olhos secos por falta de dormir, coçam sempre. É a poeira. Às vezes, as colunas de números dançam diante dele. Teme que tenha cometido erros. Se a decisão de cortar rações tivesse sido tomada há duas semanas, centenas de toneladas de suprimentos ainda estariam estocados. Não é bom cortar rações para rebater cada nova crise. Deve haver uma política planejada para lidar com realidades impróprias e fora de controle.

— Temos de continuar dobrando nosso pedaço de papel, mesmo quando for impossível — diz Pavlov, sem abrir os olhos.

Começa outra lista, que intitula "Outros recursos":

Varrer armazéns, depósitos, caminhões de carga, etc. para recolher grãos do chão
Extrair os açúcares entranhados no solo dos armazéns Badayev
Aumentar a quantidade de celulose no pão

AÇÃO URGENTE:
Incentivar o consumo de subprodutos de carnes
Idem para cascas de árvore, cogumelos, frutos silvestres, turfa
Colher legumes nas hortas situadas na zona morta
Incentivar o consumo de malte de cerveja
Incentivar o consumo de animais domésticos
Idem para animais de laboratório e do zoológico (porcos-da-índia, coelhos, etc.)
Idem para plantas silvestres comestíveis, principalmente antiescorbúticos, como agulhas de pinheiro
Idem para pasta de papel de parede
Idem para artigos de couro

Pavlov entrega a nova lista para o colega:

— Por favor, acrescente o que achar necessário.

— Artigos de couro?

— Podem-se obter nutrientes do couro. Claro que temos de considerar o consumo de energia necessária para ferver o couro até obter um caldo. Considera-se possível uma espécie de geléia de bife feita com couro de alta qualidade. Com o tempo, as pessoas vão querer essa informação. Por favor, junte o que julgar necessário. Eu posso ter esquecido alguma coisa.

17

Anna sempre gostou da primeira neve do inverno. Desde que o dia amanheceu, ela sabe que essa neve vai cair hoje. O céu continua escuro, com nuvens meio amareladas. A luz é forte, crua. Tudo está na expectativa, em silêncio, aguardando.

A neve vai chegar. As folhas murchas do outono, a grama seca, a terra parda e fria, tudo vai ficar coberto. A neve vai apagar todos os erros. A luz vai bater no branco imaculado do chão e subir.

Quando a primeira neve cai, Anna sempre vai ao Jardim de Verão. Lá, o barulho da cidade fica abafado, e o parque, misteriosamente luminoso. Pequenos pardais saltam, singelos, de um galho a outro, derrubando uma camadinha de neve. As árvores estão iluminadas como candelabros pela brancura que têm nos braços. Anna está de botas e escuta pela primeira vez o som da neve entrando pelas dobras do calçado. Pega um punhado de neve, joga para o alto e olha-o partir-se em fragmentos quando cai pela segunda vez. Embora sinta frio e devesse ir para casa, Anna sempre fica mais tempo, porque sabe que essa sensação só se repetirá dentro de um ano. A neve continuará caindo, derreterá, congelará, ficará cinza de tão pisada e será coberta várias vezes por novas nevascas. Mas nada terá o frescor, o encanto e a exclusividade da primeira neve. Só Anna ainda está morna e viva num mundo prestes a adormecer.

Olha para cima, para a neve que forma espirais nos íngremes funis do céu, ciranda em torno de seu rosto, pára em suas pestanas e se desfaz em lágrimas. Anna volta para o apartamento pelas ruas onde os bondes já estão transformando a neve fofa e nova em lama. As crianças escorregam nas esquinas, gritando, os rostos vermelhos brilhando de alegria. Em pouco tempo será hora de esquis e trenós. E amanhã, quando ela acordar, a neve vai estar espessa e coberta por uma camada de gelo. Haverá sol, e todas as sombras serão azuis. Foi assim que ela deu as boas-vindas à neve em todos os anos de sua vida.

Mas não naquele. A primeira neve chega no dia 14 de outubro, redemoinha no céu e cai sobre ruínas de casas bombardeadas, armadilhas antitanques, ninhos de metralhadoras e montes de entulho. A neve é silenciosa, mas penetra tudo. Nesse ano, ninguém sabe se ela será amiga ou inimiga. O inverno russo derrotou Napoleão, dizem as pessoas. Talvez derrote Hitler também.

Um anel de interdição fecha a cidade. Nada entra, nada sai. Nos subúrbios, os alemães cavaram buracos e neles se enfiaram. Estão lá, escondidos do inverno em trincheiras fundas, atrás das posições de tiro. Os alemães sempre foram bons em cavar trincheiras, dizem os moradores mais velhos da cidade, que lutaram na última guerra. Têm trincheiras de luxo, com tapetes, cadeiras e quadros dependurados nas paredes. Nos arredores de Leningrado, eles espreitam como lobos na boca de uma caverna. Jogam bombas sobre a cidade, mas não avançam. É o bloqueio.

Os alemães comem, claro que comem. Com binóculos, nossos rapazes vêem que eles são musculosos e saudáveis. Andam apressados no frio, balançando os braços. Escrevem cartas para a família, dizem que voltam logo para casa, depois que vencerem a guerra. Por trás deles, filas de soldados se estendem até Berlim. Os alemães estão mudando a bitola de suas estradas de ferro para os vagões caberem nas ferrovias russas. Eles se apoderaram das colheitas da Estônia, Latvia e Lituânia e podem esperar o tempo que for. Um anel de aço aperta a cidade sitiada, estrangulando-a lentamente.

— Está nevando!

Kolya corre para a janela, o esforço o faz tossir, e ele se segura no encosto da cadeira de Anna. Ela o põe no colo. O rosto dele está pálido e lágrimas escorrem de seus olhos.

— Quantas vezes eu já disse para você não correr! Agora, respire de-va-gar. Muito bem, de novo.

Ele fica encostado nela, de olhos fechados, exausto. Anna esfrega-lhe as mãos.

— Deveria pôr as luvas, Kolya. Eu sei que você não costuma andar de luvas dentro de casa, mas olhe como suas mãos estão frias.

Não há combustível para aquecer a casa. Também não há eletricidade. O apartamento está frio como quando se chega depois de passar um longo período fora de casa, no inverno. É um frio que penetra roupas e estofados; não se pode tocar os móveis, tão gelados estão. As camas não aquecem. Deita-se nelas, tremendo de frio, e de manhã acorda-se com dor no corpo de tentar se aquecer. Dorme-se mal. Sonha-se muito e não se descansa.

Anna respira e em volta dela forma-se uma nuvem branca, que depois some.

— Marina...

— Sim?

— O que você acha do *burzhuika*?

Marina suspira e franze o rosto, que fica todo enrugado. Estava tentando ler, mas nas últimas semanas a vista não anda boa. Deveria usar óculos de leitura, se as lojas tivessem para vender. Os olhos se cansam logo, e as linhas impressas ficam indefinidas e causam tontura. Estou ficando velha, pensa ela. A idéia de não poder ler a assusta tanto, que afasta-a da cabeça.

— Não sei. Quanto eles estão pedindo? — responde ela.

— Três dias de ração de pão ou um quilo de açúcar e 200 gramas de gordura. Mais 500 rublos.

— O dinheiro não é problema, eu tenho.

— Não deve ter sobrado muito.

— É, não tenho muito, mas certamente tenho 500.

— Mas um quilo de açúcar! Um quilo.

Anna corta a ração de pão de Kolya em três pequenas partes. Três vezes ao dia ela passa um pouco de óleo de girassol num pedaço de pão e coloca uma camada de açúcar por cima. Kolya adora açúcar. Restam apenas dois quilos.

— Mas sem o *burzhuika* e com o inverno... — continua Anna. É assim que ela e Marina resolvem as centenas de problemas diários de racionamento. Pensam alto até as palavras formarem algum sentido em suas cabeças cansadas e famintas, depois acham que chegaram a uma conclusão. Precisam decidir, porque, com a neve, o preço desses pequenos fogareiros sobe todo dia.

— A chaminé do fogareiro é cobrada à parte?

— É. Custa mais dois dias de ração ou o correspondente em açúcar ou café.

— Se esperarmos esfriar mais, o preço vai aumentar. Além disso, os fogareiros podem acabar e ficarmos sem nenhum.

Kolya tosse outra vez. Marina levanta-se, tira um cobertor que está estendido sobre o sofá e enrola o menino, apertando bem. — Ele deveria pôr o boné de pele. Perde-se muito calor pela cabeça — observa.

— Eu sei, mas ele fica tirando o boné, não é, Kolya?

— É idiota andar de boné em casa; todo mundo vai rir de mim.

— Aposto que todo mundo está de boné em casa: Alyosha, Shura, todos eles. Estão todos enrolados, como você — diz Anna. Passa a mão no cabelo dele. — Olha, vou colocar uma ponta do cobertor na sua cabeça para aquecer. Como um capacete de soldado. Não, não mexa, você vai se sentir melhor.

— O que Alyosha deve estar fazendo agora? Será que está na creche?

— Na creche não há ninguém, está fechada.

— Pensei que eu estivesse em casa porque estou doente.

— Não, você está em casa desde antes de adoecer, não lembra? Por causa dos alemães. Mesmo que ela estivesse funcionando, seria muito perigosa, por causa dos bombardeios.

— Gostaria que você comprasse uma *burzhuika* para nós, Anna. Estou com tanto frio.

— Eu sei.

— Já está na hora do jantar?

— Ainda não. Mas Marina vai fazer uma coisa especial para você tomar.

Marina levanta-se e olha no outro cômodo, onde Mikhail está recostado na cabeceira da cama, parecendo dormir. Não conseguiu sair da cama hoje. Não está desanimado outra vez, só fraco. Marina entra na cozinha. Não há luz, mas ainda têm um pouco de querosene. Deve durar mais um dia e só. Eles precisam demais do *burzhuika*, que queima com qualquer coisa. Pedaços de móveis, livros, balaustres de escada. É possível ir buscar madeira nos parques. Assim, poderão manter um cômodo razoavelmente aquecido e esquentar água para o chá e os cereais.

Marina traz água quente com mel e um pouco de noz-moscada para Kolya: Anna e ela já decidiram.

— Vou comprar agora. Você tem razão, com essa neve, os fogareiros podem acabar logo — diz Anna.

— Vamos ter de trazer seu pai para cá. Não poderemos ter mais de um cômodo aquecido, e esse quarto é frio demais para ele.

— Aonde vai, Anna? — pergunta Kolya, ansioso, quando ela o coloca no sofá, ainda enrolado no cobertor.

— Vou comprar uma coisa ótima para nós. Um pequeno fogareiro com uma chaminé comprida que vai até a janela. Vamos queimar madeira nele e ficar aquecidos mesmo quando não houver eletricidade.

— Vou poder acender o fogareiro?

— Claro. Mas terá que fazer direito, porque não poderemos desperdiçar fósforos.

— Anna, você vai trazer alguma coisa para comer?

— Acho que não vai dar para carregar mais nada no trenó, além do fogareiro, ele é muito pesado.

— Mas estou com tanta fome. Por favor, Anna, pode me trazer umas balas? Ponha no bolso de seu casaco, elas não pesam.

Ela senta ao lado de Kolya no sofá e abraça-o por baixo do cobertor. Ele ainda está frio, apesar de todas as roupas e cobertores que está usando. E está emagrecendo. Os pêlos em suas pernas e braços parecem mais grossos. Isso não é sinal de má nutrição?

Aquele resfriado só piorou a situação dele. Pelo menos não teve uma inflamação de pulmão. Enquanto ela conseguir que o pulmão de Kolya fique limpo, ele não vai ter asma. Anna precisa de gordura de ganso para passar no peito dele à noite. É remédio antigo, mas funciona. E um pouco de óleo de eucalipto. Foi ótimo que Andrei conseguisse o pó de vitamina C.

Ela aperta Kolya com mais força e sente-lhe as costelas. A última vez que tirou a roupa dele para o banho, viu que suas nádegas mostravam bem o contorno do osso da bacia. A ração de pão para uma criança de cinco anos é de apenas 200 gramas por dia agora. É tentadora a possibilidade de usar as reservas imediatamente. Ainda restam um saco de batatas, 15 cebolas, dois potes de mel, açúcar, um pote de gordura e meio litro de óleo de girassol. Antes do frio chegar, Anna procurou urtiga em toda a cidade, mas não sabe quantos nutrientes vão sobrar nas poucas folhas secas que dependurou entre a janela de dentro e a de fora para que o frio as preservasse. E não houve problema para estocar as batatas, já que o apartamento está frio agora. Mas, se esfriar demais, elas escurecerão e estragarão.

Eles estão bem, comparados com muita gente. Anna vai deixar uma cebola germinar, porque Kolya precisa da vitamina dos brotos. É nisso que está falando agora com Marina. Não há mais falsa intimidade entre elas, nenhum fingimento. Estão unidas, apesar de tudo. Se sobreviverem, terá sido por estarem juntas. Marina cuida de Kolya e de Mikhail enquanto Anna percorre a cidade em busca de combustível e comida.

Graças a Deus, o pai come pouco. Durante algum tempo ela tentou convencê-lo a comer, preparando cereais com um pouco de mel e amaciando o pão com chá adoçado. Agora, ela percebe uma mudança. O pai quer a vida mais do que nunca, mas não é mais para ele. É para ela e Kolya. Ele consome menos do que a ração a que tem direito, e ela não insiste mais.

— Não se canse, filha. Mantenha sua energia — diz, acompanhando-a com os olhos enquanto ela percorre o apartamento escuro e frio como alguém andando dentro d'água. O pai diz coisas que Anna nunca ouviu antes. É como se uma água que estivesse contida há anos esguichasse, depois de ficar correndo só no fundo, sem nunca aparecer. Ele chama Anna de *minha alma* e *meu passarinho*. Acompanha-a com o olhar, que brilha com uma luz que ela nunca viu. O ferimento no ombro estava começando a sarar e abriu outra vez, mas Andrei diz que não está infeccionado. É que o processo de cura vai ser lento.

— Obrigado, minha querida — agradece quando ela lava o ferimento com água quente e cobre com gaze. As palavras arranham-lhe a garganta, porque ele não consegue mais respirar fundo. Anna não percebe que a voz do pai está enfraquecendo. Para ela, tudo o que ele diz agora é cheio de sentido, mesmo que ela entenda tanto quanto o último chilreio de um melro numa noite de primavera. Depois que termina o curativo, ela senta e segura a mão dele.

Mesmo quando a mãe era viva, ela jamais ouviu aquelas palavras. Os pais não se tratavam com palavras carinhosas. O pai está voltando muito no tempo, lembra-se até da avó, que cuidou dele quando era criança e afagava seu rosto, passava gordura de ganso em seu peito no inverno, contava histórias ao lado do fogareiro e usava palavras que eram como afagos quando ele estava quase dormindo. *Meu pombinho, meu coração, meu tesouro.*

Para o pai de Anna, os espíritos do passado reviveram. Eles se escondem nos cantos gelados do apartamento. Às vezes, ele os vê; às vezes, não. Eles não estão impacientes. Quando mudam de posição, ele percebe que estão chegando mais perto da cama. Mikhail acha que escuta os pensamentos deles. Se olha o gelo se acumular na parte de dentro da janelas, o rosto deles fica sem formas. Olham ansiosos, aguardando que os perceba e fale com eles. O rosto da avó está lá, e o rosto magro, inteligente e austero da mãe. Só Vera ainda não apareceu. Ele a está aguardando. Tem certeza de que virá, pois os filhos estão lá. Por que ele demorou tanto a perceber que Anna tem o jeito da mãe? Veja só como se inclina sobre Kolya para massagear o peito dele.

Quando ainda conseguia sair da cama, ficava no sofá olhando Kolya comer *kasha* (biscoito). Acompanhava cada movimento dos lábios do menino, fazendo uma mímica inconsciente, mastigando nada. Quando o filho engolia o biscoito, o pai engolia ar.

— Muito bem, coma. Vai ficar forte.

Ele sobrevive de chá com açúcar.

— Não gasto muita energia ficando deitado — explicou, sorrindo para Anna, um sorriso doce que mostrava como as gengivas estavam retraídas. O rosto era amarelo, com os ossos da testa e do nariz saltados. Mas Kolya não sentia mais medo dele. Sabia quem era. Às vezes, era-lhe permitido levar o chá para o pai.

— Vá com cuidado, Kolya, não derrame uma gota.

— O pai está melhorando! — anunciava, animado, cada vez que trazia o copo de chá vazio com uns poucos grãos de açúcar no fundo.

Kolya sempre passava o dedo no copo para tirar as últimas gotas doces. Só uma vez ele derramou o chá. Estava olhando para o pai, tropeçou numa dobra do tapete, e o chá quente espirrou no peito do pai. Anna ouviu Kolya gritar, mas o pai não fez nenhum som. Quando Anna tirou a camiseta de lã do pai, viu a pele macilenta com uma marca vermelha do escaldo.

— Não tem importância, Kolya. Foi sem querer. Traga outro copo para mim — disse o pai, ofegante de susto.

— Vou sair — avisa Anna. Os rublos, o açúcar, a banha e o pão estão numa bolsa de algodão amarrada na cintura. Anna fez a bolsa há alguns dias, com um lençol que estava muito usado para ser colocado do avesso. Fez uma dobra fechada com botões, fica mais seguro. Uma bolsinha para levar embaixo do casaco é mais segura do que uma sacola de compras. Ela leva o pequeno trenó de Kolya para carregar o fogareiro, o resto do lençol para cobrir e algumas tiras de pano para segurar o lençol. É melhor que ninguém veja o que se comprou.

— Cuidado, sabe como as coisas estão perigosas por lá — lembra Marina.

— Vou levar a cigarreira de prata do pai, se ainda encontrar vitamina em pó para comprar.

— Ele sabe que você está levando?

— Não.

Desde os quatro anos de idade ela conhecia as palavras gravadas na cigarreira de prata. Antes de saber ler, costumava acompanhar o desenho das letras com os dedos.

"Ao meu querido Misha, no nosso casamento".

Dentro, o cheiro do autêntico tabaco, não de *makhorka.* A cigarreira tem há anos um cheiro forte e inebriante.

— Ele concordaria com a venda, mas acho que não precisa saber. Marina morde o lábio inferior enquanto olha a cigarreira. — Gostaria que você não saísse sozinha. Olhe, leve isso — diz ela, tirando o anel que Anna tantas vezes admirou, um brilhante e belo rubi, engastado em ouro. O anel ficou largo, e Marina amarrou uma tira de seda para fixá-lo no dedo. Marina mexe no anel e a seda cai no chão.

— Mas esse anel deve valer centenas de rublos. Você não pode se desfazer...

— O anel vale uma chaminé de fogareiro. Não guarde na sacola, ponha no bolso, assim ninguém vê. Você pode usá-lo, se a troca for difícil. Mas cuidado com quem o vê.

Anna gira o anel e vê a frase gravada: *Para minha Cordélia.*

— Você interpretou Cordélia?

— Claro.

— Deveria guardar o anel.

— Anna, eu fiz tantos papéis. Guardei o anel por causa de pedra e não pela gravação. Além do mais, nunca me identifiquei com essa personagem do rei Lear, sou muito agressiva, ela é meiga e terna. Eu teria segurado o rei pelos ombros e chamado a atenção dele. Aquela vaidade beira à loucura, não acha? Todos nós temos que nos prostrar no chão e declarar nosso amor ao grande líder. Mas claro que o artista tem que encontrar uma forma de interpretar cada personagem.

Anna repara como ela tem dedos finos. Os ossos aparecem como um esqueleto por baixo da pele. Se não fosse a tira de seda, o anel cairia do dedo.

Sim, ela está magra e parece velha. Eu agora a desenharia de outra forma. Seria um desenho melhor. Marina, meu pai, Andrei, Kolya e eu. Não podemos mais nos separar, mesmo que queiramos.

— Volto logo.

— Cuide-se.

— Não se esqueça de fazer a massagem em Kolya.

— Não, não esquecerei.

18

O vento amainou. A neve cai em grandes e macios flocos que apagam as pegadas tão logo são impressas. Todos os sons ficam abafados, exceto o matraquear da artilharia alemã. O estrondo das bombas é irregular o bastante para acabar com os nervos já destroçados por frio e fome. Hoje, estão bombardeando a parte sul da cidade, bem perto.

As ruas estão silenciosas. Passam alguns vultos, escondidos, pelo lado mais seguro da rua. Como os alemães se entricheiraram no lado sul da cidade, dizem que o lado norte das ruas são os mais perigosos. No lado "seguro", há alguma proteção em prédios com marquises, desde que não esteja ocorrendo nenhum ataque por perto. Essa é a teoria. A realidade foi mexida e alterada, então pode-se acreditar na teoria, no boato ou em qualquer coisa. É bem provável que os ferimentos causados por uma explosão fossem graves em qualquer dos lados da rua. Todos conhecem uma história de alguém que estava a poucos metros de uma explosão e, por milagre, foi jogado e ficou ileso. Assim como há histórias de pessoas que tiveram as roupas arrancadas por uma explosão e morreram a uma distância que deveria ser segura. Quem procurar lógica em qualquer desses fatos enlouquece.

É difícil andar na neve. Em poucas centenas de metros o coração de Anna já bate pesado e com esforço. Ela pára e tosse. Está ofegante, e um suor de fraqueza escorre por seu corpo. Deveria ter procurado melhor as pastilhas para essa tosse que já dura duas semanas. Mas, quando tiverem um fogareiro, tudo irá melhorar.

Não podendo andar rápido, Anna não se aquece. Seu sangue parece correr mais rápido no inverno. Ela fica alegre, animada; é sempre aquela que fica no parque muito depois do anoitecer, puxando trenós com crianças na subida. Gosta do inverno. Seus olhos se tornam brilhantes, a pele, clara, os lábios, rubros. Mais do que de tudo, gosta das noites hibernais, com seu perfume de tangerina e neve, e o incrível brilho das estrelas. Hoje, entretanto, a neve está opressiva. Anna não tem sequer certeza de que está andando. Talvez só o véu de neve caindo esteja se movendo, e ela continue pisando repetidamente o mesmo lugar.

Ela se esforça. Está com tanta fome. A fome parece aumentar na rua. Dentro de casa, fica-se entorpecido. Fraco, mas sem saber o quanto até tentar fazer alguma coisa que exija energia. O corpo mexe-se devagar e pára muito, como o de um inválido. Leva-se tempo para fazer chá e inclinar-se sobre a mesa enquanto a água aquece. As horas passam lentas, congeladas.

Fora de casa, dá medo. Anna não pode descansar nem um minuto, senão o frio a pega. Não há vento, mas a neve parece empurrá-la para trás.

Do outro lado da rua, ela vê Klavdia, que trabalhava na lavanderia da creche, carregando um pesado saco de lona. Mas Klavdia olha sem ver ou de um modo agressivo, e Anna engole o cumprimento que ia fazer. Será que era mesmo Klavdia ou apenas alguém parecido com ela? Talvez não fosse ninguém. É fácil imaginar coisas. Às vezes, uma mancha escura surge diante dela. Camadas de neve caindo tomam a forma de um rosto. Na esquina, dançam demônios de neve, apesar de não estar ventando.

De cabeça baixa, espalhados pelas ruas brancas como flocos de fuligem, alguns vultos tentam prosseguir. Se ela desmaiar, ninguém irá ajudá-la. Não teriam força. Já é duro sobreviver, conseguir a ração de pão, buscar água quando se vive num apartamento cujos encanamentos já congelaram, percorrer lojas vazias à procura de leite para uma criança doente.

— Estou ótima — Anna diz alto, provando um floco de neve que caiu em sua boca. É que fica nervosa por estar sozinha na neve. O coração bate tão forte. Se ao menos tivesse umas pastilhas calmantes. A neve move-se e ela também, mas tudo parece um sonho gelado e sem vida. Ela é capaz de ver-se forçando a caminhada, um inseto que ignora ser inverno e que não deveria estar na rua. É bem engraçado ver-se assim.

* * *

O mercado Sennaya está animado. Transformou-se num ponto de encontro das pessoas que têm alguma coisa para vender com as que precisam comprar. Os que precisam trazem jóias, rolos de notas de rublos, ícones, garfos e facas de prata, vestidos de veludo, telas cortadas de quadros, espelhos venezianos envoltos em lãs, medalhas de guerra e pratos de porcelana. A cada vez, eles trazem a opulência acumulada em várias gerações. A cada vez, os objetos valem menos.

Os preços nunca são fixos. No Sennaya, as leis de oferta e procura alcançam sua mais pura forma. Uma mulher que tem gordura de cozinha, pão, óleo ou uma fatia de toucinho pode trocá-los pelo que quiser. Se tiver um pote de açúcar, poderá cobrir-se de rubis. O mercado opera com uma força sem lei, inflacionando os preços a cada dia e até a cada hora. Anna aproxima-se das barracas e vê um feirante segurando um medalhão de ouro que uma mulher oferece. O feirante tem pão para trocar.

— Dou 100 gramas de pão por esse medalhão. É levar ou deixar.

— Mas ele vale...

— Então leve-o para casa e coma-o — ironiza o feirante, virando as costas largas para a mulher trêmula que deixa cair o medalhão na neve.

Ninguém diz 'eu vendo pão', mas 'dou esse pão' A dura verdade é que tudo deve prostrar-se frente ao czar-pão. Todos sabem disso. Suas jóias? O dinheiro que seu pai economizou a vida inteira? Dinheiro se come? Não. Então para que servem seus bens, se não podem manter seu corpo? Traga tudo que eu lhe dou mais meio dia de vida.

Todo mundo sabe o que é preciso para manter o corpo. Pode-se ser separado da vida com muita facilidade. Isso pode ocorrer na rua, na fila do pão, enquanto se está datilografando ou dormindo. Pode-se morrer de resfriado, otite, aborto. Se sofre de úlcera estomacal, ela vai sangrar. Pode-se morrer por tão pouco, nesses tempos.

O feirante atende a outra freguesa, enquanto a mulher com o medalhão rasteja no chão, procurando o ouro na neve. Mostra o medalhão para o homem, humilde dessa vez, e ele apenas faz um sinal com a cabeça, põe o medalhão no bolso e entrega-lhe um pãozinho. Ela olha em volta, abre o casaco e a jaqueta, e enfia o pão na blusa. Fica parada um instante como se tivesse esquecido onde está e o que faz. Seu rosto azulado é vazio. Anna pensa: essa é um caso perdido, tirando a conclusão rápida e automática que aprendeu nas últimas semanas.

Anna passa pelas barracas, sem olhar para ninguém. A bolsinha de algodão com pão, gordura de cozinha e açúcar bate-lhe na cintura. Sabe que as pessoas percebem o volume no casaco e se inclina para a frente, andando mais devagar do que nunca, escondendo-se no manto de neve que cai. Ainda não viu nenhum *burzhuika* à venda. Três homens cuidam de uma barraca que exibe alguns potes de patê de carne. Ela segue, olhos baixos, arrastando o trenó vazio que faz seu braço doer como se Kolya e dois amigos estivessem sentados e ela puxasse todos, colina acima. Por um instante chega a acreditar que eles estão lá: Kolya, Alyosha e Shura, rindo e gritando, as bochechas vermelhas de frio e saúde, as perninhas gordas protegidas em calças de inverno e botas de feltro.

— Anna, por favor, por favor, mais uma volta!

Mas o trenó vazio encalha na neve, prende, solta.

— Anna!

— Ah, meu Deus, Evgenia, você me assustou!

— Vi você na barraca de Lavra. Não vá mais lá, ele é perigoso.

— Quem é Lavra?

— Não olhe agora. É aquele que tem a barraca com carne. Mas o que você está fazendo aqui?

— Quero um *burzhuika*.

Evgenia olha o trenó e os braços vazios de Anna.

— Sabe o preço? Eles não aceitam dinheiro, você sabe.

— Eu trouxe o que trocar.

— Venha comigo, conheço a mulher que troca. Na última vez, tinha dois fogareiros. Ela se chama Galya, mas não gosta que saibam o nome dela. Conhece-me e não quer ficar mal comigo, caso as coisas não aconteçam conforme se espera.

— Como assim?

— Galya é esperta, sabe que nem todos nós vamos morrer. Até agora, ela está muito bem, mas os fregueses que ela humilhou vão lembrar-se dela. Se algum sobreviver, quero dizer. A única coisa que gente como ela teme é que a vida volte ao normal. Ela sabe que eu vou voltar, se ela não me tratar bem. Não vou morrer.

Elas estão próximas, e, mesmo assim, os flocos de neve caem entre as duas. O cabelo ruivo de Evgenia está preso num xale grosso. Seu rosto está magro de fome, e suas sardas aparecem mais. Se fosse um dia normal, poder-se-ia dizer que ela está com uma aparência horrível. Alguém então perguntaria o que estava acontecendo, por que ela havia saído da cama. Mas Anna acredita no que Evgenia diz: ela vai viver, não morrerá.

— Seu menino vai bem?

— Está em casa.

— Deixe ele lá, Anna. As ruas por aqui não são seguras para crianças. Vamos na barraca conseguir o fogareiro.

A mulher dos *burzkhuika* está à sombra de um muro. Quando Evgenia e Anna se aproximam, ela olha em volta, virando a cabeça de um lado para o outro, com um movimento estranho, que não parece humano.

— Procurando o parceiro dela. O macho dela. No outro dia ela decidiu que não vendia o fogareiro por um quilo de pão.

— Você vem sempre aqui?

— Quase todo dia — responde Evgenia. — Galya, essa é uma amiga minha. Quer um fogareiro e uma chaminé. Mas não quero porcaria.

— Fogareiro e chaminé são vendidos separados — informa a mulher, olhando Anna como quem avista o nada. E esconde a cabeça nas dobras do xale. "Ela é um lagarto, isso sim", conclui Anna. Lagartos têm sangue frio.

— Minhas amigas e eu sabemos que são vendidos juntos — desafia Evgenia.

— O que sua amiga trouxe?

— Um quilo de açúcar — Anna começa a responder, mas Evgenia a cutuca, e ela não fala mais nada.

— Minha amiga vai trocar o açúcar pelo fogareiro e a chaminé.

A mulher não se interessa.

— Não me façam rir, posso conseguir o dobro. Hoje, esses fogareiros valem ouro.

— Pode conseguir o dobro, mas não seria bom para você — diz Evgenia, calmamente.

— O que você está dizendo? Está me ameaçando? Piotr, venha cá!

— Não estou ameaçando ninguém. Somos vizinhas, não é? Boas vizinhas e queremos continuar sendo. Vizinhos resolvem as coisas entre si, não? Não podemos estar sempre atrás de autoridades, senão nossas vidas perderão a graça. Você sabia, Anna, que eles não estão prendendo, julgando e fazendo essas coisas agora? Quem estiver especulando, eles simplesmente matam. Você é parada numa rua, tem que abrir a sacola e, se dentro tiver coisas que não deveria ter, pronto, você é especuladora. Não perguntam mais nada: pimba. Galya sabe disso, não? Os vizinhos precisam se unir em tempos assim. Precisamos nos ajudar, isso sim.

Evgenia fala baixo, e Piotr, que está fora da rodinha de mulheres, não consegue ouvir nada.

— Um quilo de açúcar e três dias de ração de pão — oferece Galya, passando a língua nos lábios. — É o que eu dou.

Anna vira de lado para que a mulher não veja o que tem dentro da bolsa. Anna tira o açúcar e a ração, e enfia o resto no fundo.

— Entregue o fogareiro antes — manda Evgenia. A mulher se abaixa e pega um fogareiro embaixo da barraca.

— E a chaminé?

— Está aqui.

— Este pedaço está rachado: quer que ela se envenene com fumaça?

A maioria dos compradores nem quer chaminé.

— Minha amiga quer, e com quatro partes. Pegue a outra, que está enfiada embaixo da barraca e não está rachada. É por essa que ela está pagando.

Resmungando, Galya se abaixa e tira outra chaminé.

— Ponha no trenó, Anna.

— Quero meu pagamento antes.

— Depois que ela prender o fogareiro no trenó.

Evgenia fica ao lado de Anna, segurando o açúcar e o pão, enquanto Anna arruma as partes da chaminé ao lado do fogareiro. Enrola tudo no lençol e prende com as tiras de pano.

— Pronto, Anna?

— Pronto.

— Então, Galya, aqui estão o açúcar e a ração. Cuidado com as patrulhas quando for para casa. Para eles, tanto faz atirar num especulador ou num pombo. Não há mais pombos, foram todos comidos, mas há muito especulador. Nem todos são tão fortes e gordos como você, não, Galya? Talvez seja possível comer especuladores para variar. Poderíamos conversar com Lavra sobre isso.

Galya estica a cabeça fora da gola. Dá a impressão de que vai silvar como um lagarto.

— Cuidado com o que diz — resmunga ela, bem baixo.

— Sei o que digo, e você também. Preste atenção no que digo, Galya. Pimba!

Juntas, Evgenia e Anna atravessam o mercado. O fogareiro é pesado, mas a neve já o está cobrindo, disfarçando-o.

— Melhor você voltar para casa logo — sugere Evgenia.

— Isso é para você, Evgenia — diz Anna, tirando da bolsa a gordura de cozinha e quinhentos rublos. — Fique com isso, eu não iria conseguir o fogareiro sem você.

Evgenia pega a gordura de cozinha e guarda no bolso do casaco. — Não preciso do dinheiro — diz.

— Evgenia, como está sua mãe e seu filhinho?

— Ele está com a mesma tosse que todo mundo tem. Mamãe comprou um pouco de óleo de bacalhau, mas já acabou. Está tudo bem com ele, menos a tosse. E a fome.

— Se aquela mulher estivesse sozinha, eu levaria o fogareiro, a derrubaria na neve e correria.

— Sim, ela sabe; por isso Piotr fica por perto. Ela tem que dar um pouco para ele, claro, mas acho que merece. Se uma moça como você pensa em dar um golpe na cabeça de Galya e sair com o fogareiro, muita gente faria muito mais. Eu daria um chute nela.

— Você tem fogareiro?

— Há duas semanas, quando esfriou, consegui um com Galya.

— Então você está bem? Quer dizer, tem dinheiro? Continua trabalhando?

— Trabalho, mas há tanta falta de energia, que nossa produção caiu para apenas vinte por cento da normal. Mas ainda tenho a ração de operária, que é o mais importante. Estou trabalhando por fora também.

— Onde?

— Na rua.

— Ah, sei.

— Você entende rápido, não? E dizem que a fome torna o cérebro mais lento. Duzentos gramas é a ração agora. Imagine que tipo de homem tem 200 gramas para gastar hoje em dia. Eles são uma verdadeira galeria de personagens. Não sou muito interessada em homens, você sabe, então não faz muita diferença. Mas pão faz diferença. E eu realmente — por um instante, a voz de Evgenia falha — eu realmente não percebo nada. Você não tem a impressão, Anna, de que as coisas vão sumir na hora em que esticar a mão para pegá-las?

— Tenho.

— Isso é falta de vitaminas. Estamos com um mal que os exploradores polares têm. Só que nós não vamos descobrir nada, só descobrimos que, se não comemos, morremos. Quando eu estava sem dinheiro para comprar o fogareiro, Galya me arrumou um sujeito que gostava de ruiva: no fundo, ela não é má, sabe? Embora eu ache que ela ficaria melhor fodida e mal paga.

— Um dia vamos dar um jeito nisso, certo?

— Espere tudo isso terminar. Os filhos-da-puta dos alemães vão correr para um lado e os do mercado Sennaya vão correr para o outro. Garanto que vai ter gente levando chute na bunda. Mas olhe, Anna. Nem pense em fazer o que eu faço. Idiotas como Piotr vão acabar com você em uma semana, se não souber como lidar com eles. E você não sabe, dá para ver. Leve seu fogareiro para casa. Nos vemos no patriótico Dia de Operário Chutar Bundas, se não for antes.

Os dentes fortes de Evgenia brilham em seu rosto pálido, ela vira as costas e some em meio à neve que cai.

Leva tempo para chegar em casa. A temperatura já está baixando outra vez. Amanhã vai haver uma crosta de gelo escorregadia sobre montes azuis de neve fresca. Ninguém limpa as ruas. Não há sinal das velhas que deveriam estar fora de casa agora, varrendo as escadas da entrada e a calçada em frente de seus prédios. Elas não têm mais força para sair à rua. Estão encolhidas nos apartamentos, que se transformaram em tocas de gelo. Ficam de chapéu e bota, luvas, xales e casacos, com os cobertores empilhados por cima e, mesmo assim, sentem frio.

Anna anda com esforço e passa por um apartamento onde uma senhora está de cama, resfriada, há uma semana. Está sozinha, embora tenha ao lado um copo de chá pela metade, feito por uma vizinha, no dia anterior. Mas agora a vizinha também está doente e não pode vir. O chá está com gelo. Anna passa, e, enquanto o dia for se transformando em noite, os pulmões da velha senhora não resistirão a uma infecção secundária que estava controlando há dois dias. Virá a pneumonia, embora a senhora não sinta nada, só muita fraqueza. E seu rosto cinzento e enrugado terá uma pequena mancha vermelha-arroxeada. Respirar fundo dói, por isso ela arqueja, engolindo o ar gelado.

— Mamãe, por favor, acenda o fogareiro — implora ela. Sente dor no corpo todo, em cada poro. Aos poucos, ela começa a balançar o corpo de um lado para outro, acompanhando a batida do coração da mãe. Setenta anos atrás, quando estava na barriga da mãe, esse movimento lhe era agradável. Balança e balança, arfando. Daqui a pouco melhora. A dor vai sumir, e ela não vai mais tremer de frio, o corpo vai ficar mais quente. Vai sentir calor e depois morrer. O pequeno quarto frio está em silêncio, exceto pelos sons que ela faz. Por uma vez, muito de leve, ela escuta mais um floco de neve caindo do telhado no pátio, mas acha que é outra coisa. O gelo no copo de chá pela metade fica mais grosso.

Quando chega em Moika, Anna vê mais gente, pessoas que não estão lá. Um grupo de estudantes atravessa a ponte: vão de braços dados, as moças de vestidos de verão. Riem e olham a água correndo, espumosa. Anna ouve as vozes sobre o canal, luminoso com a alegria do verão. Para onde vão eles, por que estão tão felizes? Ela deixa cair a corda do trenó e procura, mas sumiram.

Agora está nevando menos. Ao lado dela na neve, uma velha está agachada, cavando um buraco com uma espécie de broca manual usada pelos pescadores do gelo. Talvez ela vá pescar. Não, há um balde ao lado dela, sobre o gelo. Está pegando água. Deveria ir até o rio Neva, a água lá é mais limpa do que aqui. Mas talvez seja longe demais. Anna ouve a broca furando o gelo. A mulher parece perceber sua presença: olha para cima e vê Anna inclinada no muro do canal. As duas se reconhecem.

Anna conhece a velha, foram da mesma escola.

— Tanya! É você? — pergunta.

— Sou. Como vão vocês?

— Bem, e você?

Seu irmão, Seryozha, aquele bonitão. A irmã menor, Masha, de cabelo puxado para trás, os olhos muito azuis, que tocava piano tão bem.

— Masha foi retirada da cidade. Seryozha está no exército. Só eu estou em casa com minha mãe.

— Acabou a água em seu apartamento, não?

— É, todos os encanamentos congelaram, até o do pátio. Tinha um homem que vinha vender água numa carroça, mas não vem mais. Você ainda tem?

— Tenho.

— Bem, melhor eu ir.

Tanya pára de cavar o buraco. Olha fixo para Anna, os olhos negros e famintos, no rosto comprido e assexuado. A fome transformou-a numa velha. Ela sempre reclamava porque Masha tinha olhos lindos enquanto os delas eram meio cinzentos, nada de especial. Os olhos de Tanya agora parecem maiores, formando duas pequenas poças escuras em seu rosto. De repente, ela olha para baixo como se estivesse na beira de um precipício. Será que vai conseguir subir de volta os degraus do canal?

Anna pega as cordas do trenó e despede-se.

— Até a próxima.

— Boa sorte, Anna.

— Boa sorte.

Anoitece rapidamente enquanto Anna segue. A neve fica azul e vermelha, e a luz do dia vai embora. Apenas alguns traços vermelhos, arrojados, ficam no céu. Mais adiante, um vermelho mais ardente; deve ser um incêndio causado pelas bombas alemãs. Estão usando bombas incendiárias e, como não há água para apagá-las, elas demoram a acabar.

O vento está aumentando, embora ainda não esteja forte. Queima o rosto de Anna enquanto ela se força caminhar, puxando o trenó pesado. Faltam apenas algumas centenas de metros. Daqui a pouco estará em casa. Eles vão ter de ajudá-la a carregar o fogareiro lá para cima, ainda que peça por peça. Ela não vai conseguir subir e descer as escadas depois dessa caminhada. É provável que Marina consiga levar as partes da chaminé enquanto Anna leva o fogareiro. Mas Marina está tão fraca.

Anna pára. Olha o céu de onde cai a neve fina. Suas pernas tremem. Será que a neve está caindo ou ela está perdendo o equilíbrio? Aperta a corda na mão. Ainda está de pé, não vai cair. Vai andar até a esquina, depois até o primeiro poste e o próximo.

Ela é atingida por uma explosão. Dobra o corpo e deixa cair a corda. Fica de quatro na neve, como um animal. Lentamente, levanta-se. A explosão não foi perto. Ela está bem. O sangue lateja forte em sua cabeça enquanto o corpo sente o choque. Ela se inclina devagar e pega a ponta da corda. Muito bem, não foi perto. Só o bombardeio de sempre, vindo do sudoeste.

— Filhos-da-puta — xinga Anna. — Filhos-da-puta, filhos-daputa.

No mês anterior, bombardearam o departamento onde a mãe trabalhava. Todo o equipamento que Vera lutou para comprar foi salvo porque já estava guardado nos porões. Komarovsky encontrou com Anna e contou, atravessando a ponte Anichkov. Disse que a situação estava difícil, mas continuavam trabalhando.

"Como vão todos?"

"Vamos indo, temos de improvisar. Não há como conseguir peças de reposição e claro que falta pessoal treinado. Muitos estão doentes. Mas continuamos, penso sempre em sua mãe."

Ela vai levar o trenó para casa. Vai levar o fogareiro para cima e acendê-lo. Vai conferir se Kolya fez os exercícios de respiração Vai darlhe comida, o que tiver. Nada a deterá.

— Filhos-da-puta! — grita ela para o céu cinzento. — Não me importa o que vocês fazem. Fodam-se, seus filhos-da-puta. Não me importa!

19

Kolya fica de joelhos ao lado do fogareiro. Uma luz amarela bruxuleia no rosto dele quando pega uma tocha feita com folhas de jornal. Respira pesado, sente a responsabilidade de acender o fogo.

— Fique firme até o fogo pegar na lenha.

Kolya segura a tocha, uma chama azul corre pelo papel e se transforma num amarelo mais forte.

— Acendeu! Acendeu! O fogo pegou! — olha para Anna e pergunta, com o rosto vitorioso: — Acendi direito, não?

Anna encheu o fogareiro com folhas do *Leningradskaya Pravda* dobradas em espiral e as chamas lambem o papel. Uma das folhas é a primeira página de um dos piores dias do bombardeio de setembro. A manchete pergunta: *Leningrado: ser ou não ser?* No dia em que o jornal saiu, o pai de Anna olhou por um bom tempo aquele título, mas não teve vontade de ler o artigo, por isso, dobrou o jornal e guardou ao lado da cama. De vez em quando, pegava-o e apontava para o título:

— Leningrado, estamos querendo saber se vai ser ou não — resmungava ele.

Dias depois, ela pegou o jornal sem que o pai parecesse perceber. Anna pensou em guardá-lo, dobrou-o e enfiou-o entre páginas do exemplar de *Oblomov* do pai. Um dia, quando tudo aquilo tivesse terminado, ela mostraria para Kolya.

Mas, agora, o que pudesse queimar deveria queimar. A chama estala em alguns pedaços de lenha arrancados de um caixote. Kolya fica ajoelhado, aproveitando o calor do fogo, como se fosse comida. Tirou as luvinhas e espalmou as mãos para o fogo. Como estão finas... nem parecem as mãos de Kolya. Parecem mais velhas e mais vividas do que deveriam, agora que a pele rosada desapareceu. O rosto também, com o pequeno nariz comprido e os olhos grandes. Agora ele sabe o que os adultos não podem fazer. Pede-se comida, mas eles não dão.

"Estou com fome, Anna, minha barriga está doendo."

"Deixa eu esfregar sua barriga."

"Não quero que esfregue. Quero salsicha."

"Não temos salsicha, Kolya."

"Por quê?"

O olhar dela é duro. Será que está zangada? Teria brigado com ele? Kolya choraminga para convencê-la.

"Estou com fome, Anna. Muita fome, minha barriga está doendo."

Ela o põe no colo. Aperta-o e balança-o com força. Anna não vai à cozinha, abrir o armário e pegar comida para ele.

Ele não pede mais. Está com o cabelo seco e caído sob o boné de pele e ela fica puxando para manter cobertas as orelhas. Ele precisa cortar o cabelo, as pontas estão escapando do boné. Ele fica lá, como um menino de caverna, adorando o fogo.

— Tem um montão de coisas que podemos queimar, não, Anna?

— Tem.

O estalido e o silvo das chamas dá vida à sala fria. Vocês vão viver, diz o fogo. Viver e não morrer. Agora que o *burzhuika* foi instalado, será alimentado pela penteadeira de carvalho da mãe deles. É sólida, bem feita e vai garantir muitas horas de calor.

Anna lembra-se subitamente de Vera diante da penteadeira, levantando o farto cabelo castanho-escuro e enrolando-o na nuca. O cabelo recém-lavado é escorregadio. A mãe faz um muxoxo impaciente, enfia os dedos num pote com água e molha o cabelo. Anna aproxima-se e sente o cheiro da mãe. A pele cálida e o cabelo enxaguado com água de alecrim para dar brilho. Vera olhava-se no espelho, mas Anna sabe que ela está pensando em algo completamente diferente.

"Mãe, você fica melhor quando não prende o cabelo."

"Prender é mais prático, Anna."

Vera já estava pensando no trabalho. Lá, ela esbanjava vida. Lá estavam sua equipe, suas responsabilidades, seus pacientes. Havia sempre algum problema a resolver ou novas técnicas a experimentar. Anna viu que, no trabalho, a mãe ria. Alguns gracejos passavam na cabeça de Anna, ela ficava pensando no sentido, mas não entendia. Os colegas de Vera sabiam tudo sobre Anna e trouxeram bolos porque ela vinha com a mãe. Vera explicou para Anna como era o trabalho do Departamento de Radiologia, fazendo diagramas e mostrando as máquinas.

"Por isso você tem que estudar bastante matemática. Assim, quando crescer, poderá trabalhar no que gostar."

Gostar era uma palavra rara na boca da mãe. Ela elogiava Anna pelo que fazia e não pelo que era. De repente, pôs a mão na cabeça da menina.

"É isso que quero para você: um trabalho que a faça feliz. É muito importante, pois você vai ser mulher. Precisa de algo que seja só seu. Quero que estude bastante e realize seu potencial."

E cá estou eu, pensa Anna, olhando os primorosos entalhes da penteadeira. Sua penteadeira vai realizar seu potencial mantendo-nos aquecidos por dois dias. Anna sente o desejo perverso e irritado de que a mãe veja aquilo. Talvez eu não tenha cumprido meu potencial, mamãe, mas veja como consigo manter-mos vivos.

Ela queria que eu tivesse alguma coisa minha e não dependesse de ninguém. Vera virou-se no banquinho da penteadeira, saiu da frente do espelho. Segurou meu rosto nas mãos, puxou meu cabelo para trás e olhou-me com um leve sorriso:

"O trabalho é que nos mantém vivos, Anna."

Anna deveria ter lembrado de trazer o machado da *dacha*. Eles têm um bom cortador de madeira no apartamento, mas não corta nada mais grosso do que a madeira de um caixote. Vai pedir emprestado um serrote dos Sergeyev, que moram no apartamento em frente, mas isso significa que Anna terá de oferecer uma parte da lenha. Primeiro, Zina não quis aceitar.

— Não, não estamos usando esse serrote. — Eles não têm fogareiro, mas construíram uma lareira de tijolos ao lado da janela de ventilação que pode ser mortal, porque não há boa saída para a fumaça.

— Não há perigo de incêndio — garantiu Zina. — Veja, forramos com pedras por baixo dos tijolos e meu Fedya colocou também uma folha de aço para isolar.

Mas Fedya quase não fica em casa. Trabalha, dorme e come nas obras do teatro Kirov.

— Meu Fedya é um ótimo operário. Merece o sobrenome Stakhanovite — disse Zina uma vez, pouco depois do casamento.

Fedya não fala com Anna se a encontra na escada ou na fila do banheiro. É um homem grande, forte e bonito, de cabelos fartos e corpo musculoso. Um verdadeiro rapaz de Leningrado que cresceu ali no pátio do prédio com os colegas. A mãe gritava da janela para chamá-lo para o jantar, como faziam todas as outras mães. Ecos, gritos, assobios, aromas de repolho e sopa.

Anna lembra-se dele de calça e camiseta na porta do banheiro, com a toalha dependurada no pescoço. Ele passa à frente na fila do banheiro porque precisa ir para as obras do Kirov. Tem um trabalho verdadeiramente másculo. E é um sujeito decente, do tipo que faria qualquer coisa por alguém, caso estivesse a seu lado.

Fedya é membro do Partido, coisa muito boa. Quando vê alguém da família Levin, fecha a cara. Não confia neles, não gosta que morem no prédio, nem no mesmo andar, certamente. Os Levin significam problemas.

Nós já morávamos aqui quando você ainda era menino, Anna tem vontade de dizer-lhe. Mas ele desce a escada assobiando, dono do prédio, e ela se cala. Não há o que dizer para aquele jovem, respeitado operário com mulher e filho, que fez tudo direito e tem pouco senso de humor. O que dizer para mudar a cabeça dele, se acredita tão piamente no que é e no que faz? Por definição, o que ele pensa se transforma em verdade. Ele sabe que, se ainda existem inimigos do povo a serem desmascarados, comportam-se como a família de Anna, entrando e saindo em horas estranhas, lendo livros no banheiro, sorrindo quando não há do que rir, e morando em dois cômodos inteiros e uma cozinha.

Certamente Fedya acredita que existam inimigos do povo. Ele lê o jornal inteiro e olha as pequenas fotos de engenheiros e conferencistas de universidade que foram desmascarados como espiões, trotskistas e sabotadores. Pensavam que os enganavam, não é? Pois veja-os agora, como é que estão! Sim, quando passa por Fedya na escada, Anna sabe que ele está pensando no apartamento de dois cômodos dos Levin e que não merecem, uma fila de operários decentes poderia estar lá. E como ele gostaria que estivessem, pensa ela.

Mas Anna ainda tem dentro de si uma pequena e constrangida parte que deseja que Fedya goste dela, embora saiba que isso jamais acontecerá. Como ela é boba. Lembra quando estava no térreo do prédio esperando Fedya ajudar a velha Masha a descer com o querosene. Quando viu Anna, lançou-lhe um olhar agressivo, como se dissesse: *O que está querendo?* Por que ela se magoou com aquele olhar? Gostaria de abrir os braços, barrar a escada e só deixá-lo passar depois de ouvir: *Eu também trabalho! Sou assistente de creche e tenho mais traseiros e narizes de crianças para limpar do que você já viu em toda a sua vida. E cuido de um filho também...*

Mas isso não faria a menor diferença. Ele conhece as origens dela. É filha de um intelectual, um daqueles ladinos. Essa mancha, não há pano que limpe.

Apesar da lareira que Fedya fez, a sala dos Sergeyev é fria como um túmulo. Eles só têm um cômodo, mas é o maior do andar, de frente para o norte.

— Por que não vem ficar conosco, você e o bebê? — sugere Anna. — Quando tivermos o fogareiro aceso, vai ficar bem mais quente do que aqui.

Mas Zina não aceita.

— Obrigada, estamos ótimos assim. Nossa pequena lareira aquece bem.

Ela não ousaria ir ao apartamento deles. O que Fedya iria dizer? Ele sempre reclama de que ela é uma ingênua em política, embora não tenha culpa, faltou-lhe educação, então ele se encarregou de mantê-la nos trilhos. O problema é que os trilhos parecem dar voltas o tempo todo e retornar para o mesmo lugar. Zina desistiu de pensar para onde eles vão, embora olhe, ouça e concorde de todos os jeitos certos, mas se desligou dos acontecimentos.

Fedya convenceu-a de que os Levin não são vizinhos de confiança. Pode-se passar por eles na escada e nada mais.

— "Essa gente, Zina, envolve você, são muito simpáticos, o que só mostra como são perigosos. E é claro que você é avaliada conforme as pessoas com quem anda, é natural".

Zina sabe que o marido ficaria louco se soubesse que ela esteve no apartamento dos Levin. Mesmo longe de questões sobre o que é certo ou errado, ou educação política, nunca se sabe quem o está observando. Mesmo agora, quando se pensa que as pessoas estariam muito ocupadas tentando conseguir alguma coisa para comer na próxima refeição, deve haver alguém com vontade de denunciá-lo. Há uma pessoa em cada prédio.

O bebê mexe no colo da mãe: a cabeça se agita sobre o pescoço esquelético, e ele faz um som que parece um miado, e se debate, fraco, contra o peito de Zina.

— Está com fome — diz Zina.

— Você ainda amamenta?

— Ainda, mas não sei se é suficiente. Você lembra qual era o peso de Kolya com três meses?

— Uns oito quilos.

— Pois ele só pesa quatro quilos e meio. E era tão grande quando nasceu, lembra?

— Lembro. Deixe-me dar uma olhada nele.

Com cuidado, Anna tira o xale que enrola o bebê. Ele está com as mãos cruzadas sobre o peito, vermelhas e finas como as de um recém-nascido. Ela toca seu rosto. O bebê está desidratado e desnutrido.

— Ele bebe água?

— Não.

— Você pode ferver um pouco na lareira e deixar esfriar. Tem açúcar?

— Não.

Anna toca outra vez o rosto do bebê.

— Tem mel? Alguma coisa doce?

— Não temos nada.

Dar açúcar para o bebê é tirar de Kolya. O bebê choraminga de novo, seu rosto envelhecido procura. A boca busca a palma da mão de

Anna, querendo comida. Ela vai dar para Kolya um pedaço de sua ração de pão para compensar.

— Zina, posso dar 100 gramas de açúcar. Você tem uma mamadeira?

— Arrumei uma quando ele nasceu, mas nunca usei.

Zina não parece surpresa ou grata com a oferta de açúcar. Na verdade, não parece entender o que aquilo significa.

— Ferva a água e encha um quarto de mamadeira. Quando ainda estiver quente, junte uma colher de chá de açúcar e deixa derreter. Dê para ele a cada hora, mesmo que seja preciso acordá-lo. Se ele não sugar, ponha a água em seu dedo até ele sentir o gosto, depois sugará.

— Mas ele dorme tão bem, o dia todo até a noite.

— É porque está fraco demais. Não deveria dormir tanto. Você tem que acordá-lo. Se ele não acordar, friccione a sola dos pezinhos com seus dedos, assim. Quando ele estiver mais forte vai começar a sugar com mais força. Quanto mais sugar, mais leite você terá. E você deve descansar o mais que puder. Use todos os casacos que tiver e beba muita água. Você vai ter mais leite se conservar a energia.

Zina tem apenas 19 anos, quatro a menos que Anna. Não é de Leningrado, não tem família perto e agora está isolada em meio a tudo aquilo, com o bebê. Zina nasceu em Kiev e não vê a mãe desde que o bebê nasceu. Seus olhos escuros fixam-se no rosto de Anna.

— Anna Mikhailovna, quando o bloqueio vai cessar?

— Não sei.

Os olhos de Zina continuam a buscar o rosto de Anna.

— Seu pai não sabe de nada? Ele é escritor, não?

— Não sabemos de nada, como poderíamos saber?

Zina não pergunta mais, embora Anna saiba que gostaria. Deve achar que algumas pessoas em Leningrado controlam os acontecimentos e sabem o que vai acontecer. Talvez seja menos assustador acreditar nisso. Anna não sabe se Zina pensa assim porque o pai é escritor ou porque o marido disse que Mikhail deveria ser simpatizante dos alemães. Mas Anna continua zangada, embora não adiante zangar com Zina.

— Meu pai foi ferido defendendo a pátria. Não pode nem sair da cama: como você acha que ele sabe de alguma coisa? — pergunta Anna.

Que estranho ouvir a própria voz falando em pátria, usando palavras que são de cartazes, não da vida real. Ao mesmo tempo, era o que ela queria dizer. As palavras estão retomando o sentido, após anos de fingimento. Fome quer dizer fome; terror é terror; inimigo, inimigo. Não é mais como tentar ler palavras no espelho. Tudo fica mais claro a cada dia, à medida que o cerco e o inverno devoram suas vidas. As espirais da vida soviética estão perdendo a força. Sobrou apenas o presente que queimou o passado e o futuro. Sobrou apenas a cidade escura, cercada, fria, com os alemães às portas, enfiados em suas tocas de inverno, aguardando, batendo os pés de frio.

Mas eles jamais entrarão na cidade. O amigo dela do Partido tinha razão. Vamos destruir tudo, explodiremos nossa cidade e a deixaremos incendiar, como fizemos com Moscou antes de Napoleão chegar. Nós explodimos pontes, fundições, palácios e usinas elétricas. Se for preciso, apertaremos o botão que tudo detona. Uma vez Anna viu um prédio de apartamentos ser implodido para a abertura de uma nova rua. No momento da implosão, o prédio ficou parado, em silêncio, como uma miragem de si mesmo. Depois, o barulho da explosão caiu sobre ele e achatou-o no chão.

É o que vamos fazer. Comeremos cavalos, pombos e cachorros, queimaremos nossos livros e nossos móveis para nos aquecer, e nos consumiremos, em vez de ser consumidos.

— Desculpe, Anna Mikhailovna, não tive a intenção... — desculpa-se Zina.

Ela agora ficou com medo de que eu não dê o açúcar. Não, mais do que isso. Ela realmente sente isso e eu preciso parar de desconfiar de todo mundo.

— Vou pegar o açúcar. E obrigada outra vez por nos emprestar seu serrote. Vou-lhe trazer um pouco de lenha assim que terminarmos de serrar a penteadeira.

— Uma penteadeira, que lindo! Sempre quis ter uma.

— Essa foi da minha mãe.

Zina pensa na penteadeira e seus olhos se enchem de lágrimas.

— Essas coisas todas não parecem direitas, não é?

— Vá para sua casa deitar. Quando eu voltar, bato na porta duas vezes e você saberá que sou eu. Deite o bebê a seu lado e abra o xale para ele sentir o calor de seu corpo. Eles não conseguem manter a temperatura do corpo como nós, adultos.

Zina acha que Anna fala como Fedya. Tão segura, sabe as coisas e usa as palavras certas. Mas Anna é diferente porque entendo o que ela diz. Não fico perdida.

No apartamento, o *burzhuika* funciona a toda, queimando os livros de escola de Anna.

— Está esquentando! — informa Kolya, quando ela entra em casa. O pai está no sofá, encostado em cobertores. No chão, Marina juntou o colchão grande e o pequeno, de Kolya. Ela está empilhando cobertores, travesseiros e xales. Marina faz uma sombra enorme, de uma parede à outra, à luz de um toco de vela. São cinco horas da tarde.

Anna vai para a cozinha com um papel torcido que acendeu na vela e usa para acender outro toco. Abre o armário de mantimentos: resta um saco de açúcar. Sem pensar no que faz, ela abre com cuidado e mede 100 gramas numa tigela.

— O que você está fazendo?

— Ah, Marina, levei um susto, quase derramo o açúcar. Estou medindo.

— Para quem? — Marina pergunta, ríspida.

— Para o bebê do apartamento ao lado. Filho de Zina. Está morrendo de fome.

Marina fica em silêncio enquanto Anna dobra o saco de açúcar, depois diz com fria segurança:

— Anna, você não pode fazer isso.

— Preciso, o bebê está desnutrido e desidratado. Com esse frio, pode morrer facilmente.

Marina empertiga-se.

— O que você vai fazer? E os outros bebês todos? Vai correr a rua, batendo nas portas até dar toda a nossa comida para quem está morrendo? Aí você volta e olha Kolya morrer.

— São apenas 100 gramas.

— Cem gramas são 100 gramas, não são *apenas*.

— Mas Zina é nossa vizinha. Podemos ouvir a criança chorar. Está ali ao lado, e ela não tem a menor idéia do que fazer. Ele vai dormir e nunca mais acordar se não tiver algumas calorias no corpo.

Marina coloca a mão no braço de Anna. A voz dela muda, assume um tom sedutor, vibrante como a de um violoncelo:

— Anna, você e Kolya são o que interessa. Não entende isso?

— Só nós?

— Você ainda não entendeu o que vai acontecer? Vai ficar cada vez mais frio e a cada dia haverá menos comida. Ninguém virá aqui nos ajudar. E eu não quero ver vocês todos morrendo.

— Você pode ser a primeira a morrer — diz Anna, e um esgar passa por seu rosto. Não é verdade que ela esteja ali com Marina, falando nas próprias mortes. Não é verdade que ela sinta vontade de rir.

— As pessoas não morrem quando querem. Eu sou do tipo que vou até o fim. É puro egoísmo, você tem razão. Não agüentaria ver vocês morrendo, um por um, na minha frente. Então, ponha o açúcar no saco outra vez.

Os olhos de Marina brilham à luz do toco de vela. Anna não os pode ver, mas eles a atraem. De repente, tudo o que ela quer é fazer o que Marina manda. Quer ser levada pela onda cálida da voz de Marina. Deixar Marina decidir. No pequeno espaço da cozinha, as duas quase se tocam. Ela quer ceder, e Marina sabe disso. É como sexo. A outra pessoa sempre sabe.

Mas o bebê chora. Apesar da fraqueza, o choro dele penetra-lhes os ouvidos. É como o choro de Kolya: ela se levantava à noite, exausta, naquelas primeiros dias após a morte de Vera. Ela não entendia nada sobre bebês, na época.

— Não, não posso fazer isso. Disse a Zina que daria 100 gramas. Mas vai ser só; depois, ela que consiga as coisas. O resto do açúcar é para Kolya.

Marina recuou. Assunto encerrado.

— Mesmo se ela bater na porta com o filho no colo?

— Mesmo assim.

— Sei. Você tem uma responsabilidade, sabe disso.

— Responsabilidade de quê? — pergunta Anna, tendo certeza de que sabe a resposta. Marina vai dizer que é responsável por Kolya, mas ela olha para Anna e diz:

— De continuar viva, claro.

De quê?, pensa Anna depois, quando o açúcar já foi entregue e a vela está acabando. O fogareiro esquenta mesmo, depois que ela colocou a lenha. E Kolya já parece melhor. Amanhã ela se encarregará do resto da penteadeira. Não dava para fazer de uma vez só. O esforço de cortar a madeira fez seu coração bater tão rápido que ela pensou que fosse vomitar. Marina fez com que sentasse e mastigasse uma pastilha calmante.

Ela desenha. Kolya dorme, encolhido no colchão ao lado do fogareiro. Anna desenha Marina a carvão, sentada no sofá, lendo para o pai de Anna. *Uma responsabilidade. De quê?*, pensa Anna outra vez. O que Marina quis dizer com isso? Ficar viva não basta, se tudo acabou. Ela tem razão. Eu deveria ter esperado e ajudado Tanya a subir os degraus do canal, mas não consegui. Tinha de voltar para casa e levar o fogareiro para o apartamento.

O pai está deitado, de olhos fechados, mas Anna sabe que está acordado. Marina está lendo uma peça de Shakespeare, em inglês, língua que ela fala melhor do que os dois. É *Conto de Inverno*. Anna entende um pouco, mas não está prestando atenção. Para conseguir desenhar, ela apagou a voz sedutora demais de Marina. Seus dedos estão duros de frio, embora esteja usando velhas luvas de lã. Ela cortou as pontas da luva para poder desenhar. Faz traços longos e firmes. Nessa noite, o carvão não parece deslizar no papel, mas entender cada partícula dele.

Que estranho ela fazer o retrato de Marina agora. O rosto está tão mudado; ou talvez Anna é que tenha mudado. Marina não está bonita. Tem um óculos encarapitado no nariz e aperta os olhos para enxergar o texto com a fraca luz da vela. Os olhos lacrimejam. Anna sabe que ela está preocupada com a visão. De vez em quando, pára de ler e olha bem para o pai de Anna, protetora como uma águia observando, o ninho, perscrutando o céu em busca de algum perigo para seus filhotes.

Ela gosta dele. Claro que gosta. Simples. Ela gostou dele de um jeito, ele gostou dela de outro. Ela é a amiga querida e brilhante, de quem ele sempre teve um certo medo. Mas ela gosta dele. Há anos, quase 20 anos, bem antes de Kolya nascer, antes de Marina tentar ser amiga da mãe deles, também. Vera não quis. Recusou-se a tomar partido. Jamais seria conivente. Que estranho tudo isso, quanto sofrimento e que situação difícil.

Mas quando se olha para Marina, compreende-se que era só desse jeito que ela saberia amar. Tinha sempre de haver algo impossível em seu amor.

E eu jamais saberia, se tudo isso não tivesse acontecido. Ela continuaria sendo a velha amiga de meu pai, uma maravilhosa e linda atriz, no tempo dela. Era preciso ver, mas claro que, naquela época...

Eu jamais teria dobrado cobertores com ela. Teria feito o retrato dela na *dacha* e jamais a conheceria.

Acabou sendo um retrato duplo. O pai e Marina. Rápida, Anna faz o sofá, o contorno do corpo do pai sob a pilha de cobertas, o nariz e o queixo pontudos, os olhos fundos. Faz os olhos saltados com as pálpebras raiadas de veias. Desenha o ângulo do pescoço de Marina olhando para ele outra vez. O porte daquela cabeça fecha um círculo com apenas Marina e o homem deitado no sofá. Uma das mãos segura as páginas de Shakespeare, a outra está no travesseiro, perto do rosto encovado dele.

Anna desenha. Faz as sombras compridas de Marina na parede de trás. Desenha o cobertor de quadrados coloridos, que cobre o pai até o queixo. Antes de Kolya nascer, ela tricotou aquele cobertor, cada quadrado de uma cor. Foi o cobertor que ele usou na primeira vez em que saiu de casa. Os dedos dela lembram do calor e da maciez da lã. Era primavera e fazia frio. Andando pelo parque, ela segurava Kolya sem jeito, ainda não estava acostumada. Os botões escuros estavam intumescidos, prontos para se abrir. O bebê fez um esforço para abrir os olhos naquela luz forte da primavera.

Ela desenha. O fogareiro faz um barulho quando uma acha de lenha cai na cinza. Dentro de pouco tempo o calor vai acabar. Rápido, rápido, antes que os dedos congelem, ela faz o queixo do pai.

Só Anna escuta as duas batidas leves na porta. Levanta e coloca o desenho de lado. Não pode ser Andrei porque ele disse que nessa noite não viria. Talvez seja Zina, alguma coisa com o bebê.

Mas é Andrei, pálido, com marcas de cinza no rosto.

— O que foi?

— Aquele idiota do Borya, doido, acendeu um fogo em nosso apartamento, dormiu e o fogo passou para o assoalho. Conseguiram apagar, mas a fumaça se espalhou por toda parte, os dois colchões queimaram.

— Meu Deus! Borya está bem?

— Respirou fumaça, então não está se sentindo bem. Mas vai melhorar, os Antonov vão cuidar dele.

— Não perdeu o cartão de ração?

— Não.

Sem o cartão, morre-se, com certeza. Simples. Com um cartão também se pode morrer, mas há uma possibilidade de não morrer. Andrei encara Anna com seus olhos siberianos. Mesmo quando está exausto como agora, ainda parece trazer outro ar para o ambiente, mais fresco. Ela encosta a boca no rosto frio dele, que tem cheiro de fumaça. Abre a boca, prova o gosto dele.

— Pode ficar aqui, claro. Mas daqui é muito longe para você andar até o hospital. Será que eles não arrumam uma cama para você lá?

Ela fecha a porta do apartamento, Andrei abraça-a, o corpo tremendo de cansaço e choque de ver o fogo acabar com tudo.

— No caminho, fiquei pensando o que eu faria se você não estivesse aqui, Anna.

— E onde eu estaria?

— Não sei, mas hoje em dia tudo pode acontecer. Poderia achar uma cama no hospital, mas está tão cheio. Temos pacientes no chão, nos corredores, apertados ao lado de cadáveres.

— Pode ficar aqui. Depois arrumamos um lugar, venha. Meu pai e Kolya estão dormindo, mas Marina está acordada. Você não acredita como está quente com o fogareiro.

Anna leva-o para a sala e tira o desenho do braço da cadeira. Andrei senta-se e fecha os olhos.

— Ele vai ficar aqui, não tem para onde ir, o quarto dele pegou fogo — avisa Anna para Marina.

Marina concorda, sem dizer nada. E, com a voz que ainda sai clara de sua boca enrugada, ela continua a ler a peça:

Cessai de ser pedra. É tempo. Vinde!
Tocai todos que vos olham, cheios
de admiração. Descei; deixarei cheio
vosso sepulcro. Sim, aproximai-vos!
Legai à morte esse torpor...

— Pegue uma coisa em meu bolso — diz Andrei.

— Bolso do casaco?

— É.

O casaco está frio, ela pega um pote no bolso.

— O que é?

— É para você, favo de mel. A mãe de uma paciente me deu.

Anna coloca o pote contra a luz da vela. Isso mesmo, lá está o favo escuro, escorrendo mel. Bastante mel. O pequeno pote está pela metade e ela o vira para que a luz o ilumine.

— Onde será que ela conseguiu mel?

— Não perguntei.

— Tome um pouco, para aumentar a energia.

— Eu já tomei no hospital, estou ótimo. Anna, não consigo acreditar que você conseguiu o fogareiro. Esse calor aqui parece um céu. Posso dormir nessa cadeira?

— Claro.

Ela senta no colchão, aos pés de Andrei, e descansa a cabeça nos joelhos dele. Sente a mão dele passando em seu cabelo. A mão ainda treme. Logo depois a mão relaxa e cai, pesada. Marina e o pai estão bem perto, mas Anna se sente tão longe deles como se estivesse numa outra estrela. As estrelas que ficam sobre Leningrado, brilhantes, quando a poeira e a fumaça das bombas some. Elas olham tudo o que acontece lá embaixo. Andrei tem cheiro de anti-sépticos. Ela sabe com que cuidado ele esfrega as mãos e os braços antes de encontrá-la, para não ficar com cheiro de sangue.

— Vou fazer um chá para você — diz ela.

— Fique aqui — diz ele, com a voz engrolada. A sala aquecida pelo fogareiro e pelas pessoas funciona como um sonífero para ele. A mão dele no rosto dela fica mais quente.

— Tão bom — diz ele; e dorme.

* * *

Aos poucos, o ar vai ficando viciado no pequeno cômodo. A temperatura deve beirar os oito graus. Talvez 10. Ela não pode colocar mais lenha no fogareiro, porque não sobrará para o dia seguinte, mas vai demorar a esfriar. Vão ter calor durante uma parte da noite. A cabeça de Marina caiu sobre o peito, embora ela continue ereta na cadeira. Deve ter adormecido também. Como é bom dormir e não sentir mais fome. Nunca se deve acordar uma pessoa que adormeceu, está sonhando com algum lugar onde existe comida.

Mas Anna não consegue dormir. O estômago dói, e a vela está quase acabando. Pensa no desenho. As figuras estão nítidas na cabeça dela. Pode fechar os olhos e vê-las. Quem vai conseguir desenhar tudo aqui lo? As bocas abertas, os casacos pesados dependurados em cabides de ossos, as ruas bombardeadas, o rosto roxo das velhas, a neve branca caindo, a neve atravancando as ruas, as crianças mexendo em montes de lixo enquanto línguas de gelo saem das goteiras. Uma cidade inteira dormindo. Uma floresta de gelo crescendo à nossa volta.

Ninguém mais consegue nos ver. Será que eles sabem o que está acontecendo aqui? Têm permissão de saber? A rádio Leningrado diz a verdade ou parte dela, mas isso porque é uma transmissão local. As pessoas que falam na rádio também sentem fome, com certeza. Não deveria fazer diferença o fato de eles saberem em Moscou o que está acontecendo em Leningrado, mas faz. Eles podem não poder fazer nada por nós, mas quando as pessoas não pensam mais na gente é como uma segunda morte.

Vai terminar esse desenho e fará outro. Vai desenhar até o papel acabar. Não importa se as mãos estão pesadas. Vai desenhar o rosto de Evgenia com as sardas e a bocona rindo. Zina segurando o bebê como se quisesse dá-lo a alguém. O rosto enrugado do bebê. Andrei encostado na porta. O ferimento no ombro do pai, que não cura. Ela fecha os olhos e experimenta ver tudo isso. Sim, estão todos lá na memória. Pode vê-los em cada detalhe.

Anna estende um lençol sobre Andrei, por cima do casaco e aperta bem. Ele não se mexe. As marcas de cinza ainda estão em seu rosto; ela umedece o lencinho na saliva e limpa-o. E sopra o toco de vela.

20

O que são os dias? Você acorda horas antes do amanhecer, acorda porque tem fome. A fome entrou bem em seu estômago e o está roendo por dentro. Você vira na cama, resmungando, tentando tirar a fome de lá. Sente seu hálito desagradável.

O dia começa como quando se tem uma febre. Sonhos e vozes estranhas passam por sua cabeça enquanto você desperta e adormece. Alguém ri perto de seu ouvido. De repente, você sente cheiro de café. Uma fumaça azul sai de um buraco de ventilação. Dentro, eles estão tostando grãos de café, juntando e colocando em sacos de papel pardo que têm rótulos brancos. Colocam os sacos nas prateleiras. Nessa manhã, que não é mais de inverno, mas de verão, a luz entra pela janela da loja. O cheiro do café fica em volta de sua cabeça como fumaça.

Você acorda e fica remanchando nas cobertas. O peso dos cobertores e dos casacos aperta você, mas ainda sente frio. Seus pés estão enregelados e sua respiração é curta. O frio entra por suas costas e faz a coluna doer. Precisa respirar devagar. Não pode ter pressa. Cada movimento destrói a energia que você não tem mais.

No apartamento ao lado, um bebê chora de fome. O choro continua, entrando pelos buracos mais recônditos de sua cabeça. Se ao menos ele parasse. Faça com que ele pare, seja lá como for.

Não há luz. Não há água. São 12 de dezembro. Leningrado está engalanada em gelo, cristalizada em pesados lençóis de neve. Mais tarde, a luz baixa e inclinada de inverno irá deslizar pelas margens azuis do Neva. A neve ficará com faixas cor-de-rosa.

A ração de pão agora é de 250 gramas por dia para operários e 125 gramas para os demais habitantes. A quanto isso corresponde? A duas fatias de pão. Uma, se for uma fatia grossa.

Mas você não corta grosso. Você corta em cubinhos que amolecem com saliva. Enquanto eles durarem na boca, você tem comida. Mas o estômago parece se cortar ao meio. Ele não se deixa enganar.

Nas filas do pão, as pessoas falam na estrada de gelo sobre o lago Ladoga. Uma estrada que passa por quilômetros de gelo instável, a única que liga Leningrado "à terra firme". O lago Ladoga, a noroeste de Leningrado, é a única saída. O gelo frágil já engoliu dezenas de caminhões e homens, mas está endurecendo e ficando mais espesso. Logo vai dar para trazer alimentos. A comida vai chegar. São só os primeiros dias e, claro, estão perdendo caminhões e homens. O gelo do Ladoga ainda está traiçoeiro, bem duro num canto, podendo agüentar um tanque, mas fino logo adiante, podendo rachar e abrir um buraco de centenas de metros. Os alemães sabem que essa é a única estrada que restou para trazer alimentos e começaram a bombardeá-la assim que os primeiros caminhões passaram pelo gelo.

Mas qualquer coisa que tenha sido sacrificada tinha que ter sido. A estrada de gelo é só o que temos. Precisamos acreditar nela. Já estão chamando-a de "estrada da vida". A fila de pão murmura sua fé, e lábios azuis de frio rezam para a temperatura cair, para o gelo engrossar, a estrada ficar mais rápida e mais segura.

"Agora que retomamos Tikhvin, a travessia não vai demorar tanto. Não vão precisar dar toda aquele volta."

"Estão trabalhando dia e noite para nos trazer as coisas. Ouvi dizer que há centenas de toneladas de farinha estocada em Novaya Ladoga."

"Estão abrindo novas trilhas no gelo. Fizeram postos de gasolina e de primeiros socorros em todo o caminho, a cada quilômetro. Isso vai apressar as coisas."

Mas eles acreditam em algo que continua invisível: não há comida. Estão na fila há duas horas e meia e não há sinal de pão. Alguém diz que os fornos tiveram problema nessa manhã. Anna encolhe-se mais no casaco, bate os pés no chão e ouve o barulho distante de bombardeio. Pensa no Lago Ladoga, lindo no verão com sua água cor de aço e prata, suas moitas de frutinhas silvestres, bétulas, patos selvagens e juncos. O lago é fundo, cheio de peixes e lendas. Mas Andrei diz que o Ladoga não é nada, comparado com o lago Baikal. Não passa de uma poça d'água. Um dia vai levá-la ao Baikal, quando forem à Sibéria.

— Os peixes lá são do tamanho de baleias — exagera ele. — E a água do lago Baikal é a mais pura do mundo.

Ele explica por quê, mas ela não se dá ao trabalho de acreditar. Pensa nos dois, no verão, numa canoa de madeira que entra pelas águas do Baikal. Não estão pescando, nem nadando. Estão só sentados lá, sem fazer nada, bem juntinhos. Ela encosta a cabeça no ombro dele e afaga seu rosto com a mão. O sol bate nas costas e a respiração dos dois sobe e desce no mesmo ritmo do distante marulho nas pedras cinzentas da praia. Andrei conta que as pedras das praias do Baikal dão sorte, e então ela guardou muitas no bolso. Ela toca a superfície redonda e lisa das pedras. Há um cheiro de especiaria e pinheiro, e a água demonstra sua doçura virginal.

— Viu só, eu disse que você ia gostar daqui — orgulha-se Andrei. Sem olhar, ela sabe que os olhos siberianos se apertaram, ele sorri.

— É, tem razão. Adorei esse lugar. — Por quilômetros de água há montanhas indo em direção ao ermo. Ninguém vai lá, informou Andrei. Só os caçadores.

— Amanhã vou levar você até onde começa a neve na montanha.

Mas o sol que lhe bate nas costas é quente.

— Não, não vamos a lugar nenhum. Vamos ficar aqui — pede ela.

Na fila, a mulher na frente de Anna usa um pesado casaco de raposa e mais um chapéu de pele de raposa. Apesar disso, treme tanto, que o rabinho da raposa no chapéu sobe e desce e bate nos ombros dela como se estivesse viva. De repente, a mulher vira-se e segura o braço de Anna. O rosto está cor de cera, e as mãos apertam Anna.

— Me ajude, não estou me sentindo bem...

Anna cambaleia. Não vai agüentar o peso daquela mulher.

— Sente-se descanse um pouco, a fila está parada — diz Anna.

Mas os olhos embaçados e esfomeados da mulher brilham de desconfiança. A sugestão de Anna pode ser um truque, para pegar o lugar dela na fila. Enfia a mão no casaco para ver se o cartão de ração continua lá. Talvez Anna tenha aproveitado esse momento de fraqueza para pegá-lo. Sem o cartão, morre-se. Não há como conseguir outro, agora que Pavlov apertou a ração. A mulher suspira de alívio: seus dedos tocaram a ponta do cartão como se estivessem tocando uma medalha sagrada. Mas ainda olha desconfiada.

— Descanse um pouco, vou guardar seu lugar — avisa Anna.

As luvas da mulher também são de pele de raposa. A pele é avermelhada, macia, brilhante. Parece bem mais viva do que a mulher. Não se consegue comprar um casaco de pele daquela qualidade em nenhuma das lojas em que Anna esteve. Os lábios descoloridos da mulher se abrem.

— Quero viver — murmura, como se fosse o maior de todos os segredos. Ela põe todo o peso em Anna.

— Rápido, a fila está andando — avisa Anna. A mulher avança. A fila mexe, mas não sai do lugar, Anna fica fora do alcance das mãos da mulher e cruza os braços. Sua cabeça dói. Tenta recuperar o ânimo lembrando da madeira que o sol fez ficar morna, do ombro de Andrei e de um peixe saltando na água do lago Baikal. Mas não adianta.

Alguém atrás dela cochicha sobre a estrada de gelo.

— Do jeito que estamos perdendo caminhões, daqui a pouco não vai sobrar um.

— Mas alguns estão conseguindo atravessar o lago — retruca outra mulher. — Eles sabem como as coisas aqui vão mal. Estão fazendo o melhor que podem, trabalham dia e noite...

Se as pessoas sabem de nossa situação, não estamos sós. Não estamos largados no escuro como crianças abandonadas, para morrer de frio e fome.

— Eles estão conseguindo — repete Anna em voz baixa. Eles vão chegar. Vamos viver. Ela vê a cor branco-fantasma do lago gelado, todo nublado e cheio de tempestades de neve, e a trilha oscilante que os caminhões têm que seguir. Deve haver bandeirolas fincadas na neve para guiar os caminhoneiros de uma parada à outra. Os finlandeses acreditam que uma mulher de gelo mora dentro do lago, no ponto onde ele é mais fundo. Nas tempestades, ela chama, querendo seduzir alguém, seja homem ou mulher. Ela quer o que não tem: pele morna e um coração batendo, mas só pode se aquecer por um instante, antes de congelar o amante indefinido.

Os caminhões ficam derrapando no gelo. Há trilhas finas e rachaduras na neve. É a neve que o vento sopra e faz machucar. A neve assobia. *Doroga zhizni... doroga zhi-ii-iznii...* Essa é a Estrada da Vida, sua única possibilidade de sobrevivência. Caminhões quebrados enchem as laterais do caminho. A nevasca é perigosa, mas ainda é menos do que os aviões alemães, que ela obriga a permanecer no chão.

Sacos de farinha, extrato de carne, manteiga, peixe em conserva, cereais, munição, leite para bebês. Anna deseja que os caminhões avancem. Devem seguir seja lá como for, sobre centenas de quilômetros de trilha de emergência construída sobre os charcos do lago Ladoga e sobre o gelo até a estrada de ferro que os trará para Leningrado. O torquês dos alemães não pode apertar nessa derradeira estrada de abastecimento. Sempre que o céu clareia, eles bombardeiam a trilha, mas o inverno está do nosso lado. O gelo fica mais grosso. Os motores roncam, enquanto os caminhões abrem caminho. A temperatura é de 20 graus abaixo de zero, e o vento sopra forte, gelando homens e máquinas. Os sacos de farinha estão bem armazenados, mas, mesmo assim, balançam junto com os caminhões.

Não são sacos de farinha, são dias de vida. Se um caminhão cai num buraco, um determinado número de pessoas morrerá. Se um caminhão consegue chegar, um determinado número de pessoas viverá. Kolya vai ter seu pão. Anna vai lhe dar aos poucos, para garantir que ele mastigue direito em vez de engolir tudo como um cachorrinho. Ele precisa mastigar para tirar todas as energias do pão. Ela vai pingar algumas gotas de óleo de girassol que conseguiu em troca do casaco de pele de carneiro que era da mãe. A vida de Kolya depende do que ele tiver na boca.

A fila do pão se move. Chegou o pão, que ainda chamam de pão, embora tenha mais celulose e restos do chão do depósito. O cheiro de pão passa como se viesse do céu. Na frente de Anna, a mulher de pele de raposa chora, ri e se benze sem parar. Pensou que hoje não haveria pão. Que hoje a ração simplesmente acabaria. Sumiria, como o último círculo de água que um pato selvagem luta para manter no inverno, nadando ininterruptamente em volta dele.

Anna segue, arrastando os pés e sentindo os cartões de ração no bolso escondido que costurou no forro do casaco. Só vai tirar os cartões quando estiver na frente da fila. Cartões de ração não são como o ouro: estão tão acima dele, que nem se pode comparar. Antes mesmo de pegar o pão, ela vai guardar os cartões outra vez. Se houver algum ladrão por perto, é melhor perder a ração do dia do que os cartões. Pode-se sobreviver um dia sem pão, mas não se pode ficar sem cartões até o final do mês. Ela e Marina discutiram muito sobre os riscos de Anna ficar com os cartões de toda a família. E se desmaiar e for roubada? Seria mais seguro se ela e Marina fossem juntas. Mas alguém precisa ficar com o pai e Kolya. Anna não diz, mas sabe que só ela tem força para andar todo dia até a padaria e enfrentar horas de fila. A tosse de Marina é feia.

Anna prepara-se para a caminhada diária até a padaria com tanto cuidado quanto um corredor de maratona. Come um quarto de fatia de pão que economizou de sua ração e coloca outro quarto no bolso para comer assim que começar a ficar tonta. Bebe um copo de água morna com uma pitada de sal. Aquece a jaqueta, o casaco, as luvas e o cachecol no calor do fogareiro antes de vesti-los. Aquece também panos, enrola-os nos pés e coloca as botas de feltro do pai. Faz tudo devagar, seguindo uma ordem. Se o coração bate muito rápido, ela pára e descansa.

Sempre leva a bengala de cerejeira do pai para ir à fila do pão. Se escorregar no gelo ou na neve, pode nunca mais conseguir levantar. Além disso, é bom sentir a solidez da bengala na mão. Se alguém tentar roubá-la, poderá bater com a bengala. Já viu gente lutando na neve, em câmara lenta, por causa de uma casca de pão.

Enrola o xale na cabeça até que só os olhos fiquem de fora. E toda vez que Anna sai, Marina a abençoa. O gesto não tem qualquer sentido para Anna e até umas semanas antes ela se irritava, mas agora não se importa. Faz parte do ritual de sair de casa.

— Tome cuidado! — recomendam os três.

— Cuidado, Anna! — diz Kolya, arfando, do colchão em que Marina colocou o forte e os soldadinhos. Às vezes ele mexe nos brinquedos, mas não tem mais energia para brincar com eles.

* * *

O pão está em sua mão. Um segundo depois, ela o enfia na bolsa de pano na cintura. O pão e os cartões de ração ficam invisíveis quando ela volta pelas ruas geladas. A luz já está sumindo. O frio dói na pele e a ponta da bengala escorrega no gelo. Anna se apruma, respira com dificuldade. Seu corpo todo transpira, e o pão roça-a, por baixo do casaco. Ela não pode cair. Eles a esperam, contando os minutos até seu retorno. O fogareiro agora já deve estar frio, e eles devem estar juntos sob os cobertores para aproveitar o calor. Marina deve estar cantando para Kolya. Conhece muitas canções e, embora cante como se fosse uma conversa ritmada, isso sempre o acalma. Engraçado que Marina não saiba cantar. Mas consegue sossegar Kolya quando ele começa a chorar de fome e desespero, e Anna fica com vontade de pular pela janela.

Ou talvez agora Kolya esteja fazendo seus exercícios respiratórios. Quando eles conseguem o *Leningradskaya Pravda,* lêem cada palavra, buscando o verdadeiro sentido. Às vezes, o jornal tem quatro folhas, outras vezes, duas. Depois que todo mundo leu, colocam o jornal no colchão e Kolya faz os exercícios que devem ajudar a combater a asma.

— Mexa os braços como se estivesse nadando, Kolya. Faça barulho com o jornal.

Os braços de Kolya se mexem, duros. Anna vira-o e coloca a mão sobre seu diafragma.

— Respire, Kolya, assim, devagar. Agora, ponha o ar todo para fora. Acompanhe minha mão, subindo e descendo.

Kolya olha a mão de Anna, quando a mão se move, um sorriso leve surge em seu rosto de velho.

— Estou bom de respiração, não, Anna?

Depois, eles guardam o jornal para acender o fogo no dia seguinte.

Kolya vai ficar procurando: "Cadê a Anna", vai perguntar ele, e Marina vai dizer: "Não se preocupe, ela volta logo. A padaria é longe." "Estou com tanta fome."

Anna obriga-se a prosseguir. Um homem passa, puxando um trenó onde os contornos raquíticos de um corpo humano aparecem por baixo de um lençol. O trenó encalha num pedaço de gelo e pára. O homem desencalha-o. Anna vê o que está no trenó com terrível clareza, como se o homem tivesse tirado o lençol. Testa, nariz, queixo, peito estreito, costelas e quadril. O corpo de uma criança. O trenó segue pela neve, balançando um pouco.

Anna apalpa o bolso e sente o quarto de pão de emergência. Hoje, ela não sentiu tontura. Mais uma vez, ela não precisou de comer o último pedaço de pão. Mais uma vez, vai poder deixá-lo para Kolya.

21

Foi tarde demais para salvar a menina. Suas veias sumiram e, antes que pudessem aplicar uma injeção, ela morreu. A injeção de cânfora não adiantaria. Poder-se-ia escolher a *causa mortis*: disenteria, desidratação ou choque, mas ela morreu de fome. Só restam duas causas de morte: bombardeio ou fome.

A mãe ainda está debruçada sobre a cama de ferro, segurando a mão da filha. Em silêncio. Andrei endireita o corpo e coloca a mão no ombro da mulher. Também não diz nada. O que dizer? Como consolar uma mãe pela perda de uma criança que não deveria morrer? A menina chamava-se Nadia. Dez minutos antes, ele chamara aquele rosto contraído e azulado, embora soubesse que não havia como reavivá-la.

— Converse, ela está ouvindo — sugeriu à mãe. Ela ficou um instante lá, encolhida no casaco, impassível. Aparentava 60 anos, embora devesse ter 35. De repente, pareceu perceber o que estava acontecendo. Seu rosto estremeceu. Inclinou-se até quase tocar o rosto da filha e pediu:

— Não me deixe, meu tesouro, minha alminha. Olhe, eu trouxe seu gatinho de pano, aquele que você gosta...

Mas o rosto da menina continuava imóvel.

Acabou-se. Andrei está curvado de cansaço. Nove horas da noite, a cantina deve ter uma caneca de sopa de cevada para ele. Não importa que a sopa seja mais água com grãos de cevada do que a grossa, quente e saborosa sopa de cevada que seu corpo merece. Ele tem meia fatia de pão no bolso para dar a Kolya. O rosto de Anna vai suavizar-se quando vir o pão. Vai pegá-lo rápido, como se ele pudesse não ser verdade. Depois, vai ficar séria e perguntar o que Andrei comeu no hospital.

— Você tem de comer sua ração, Andrei; fica de pé o dia todo, depois vem andando para casa.

Casa, é assim que eles chamam agora. A casa não é o apartamento, nem o cômodo aquecido pelo *burzhuika*. É o colchão onde os dois se encolhem à noite, ouvindo a respiração de Kolya. Eles não se beijam. Ela não suspira e aperta o corpo no dele. Não se desejam mais. Descansam, estofados em seus casacos de inverno, como alpinistas acampados numa montanha gelada. Ficam encostados e quietos. Ele sabe que é porque seus corpos famintos se fecharam para sobreviver. Os corpos sabem mais do que eles. Se ela não estivesse ali, será que ele conseguiria dormir?

Quando fica assim, perto de Anna, respirando seu hálito ácido, sente como se deixassem de ser duas pessoas separadas. São uma só pessoa. Quando ela suspira ou se mexe, é como se a carne dele suspirasse e mexesse. Quando ela mergulha uma casca de pão no chá, ele sente o calor na própria pele.

Eles estão no alto da montanha, e o gelo corta a pele. Não sabe se sobreviverão. Ela está com o rosto pálido e a boca rachada nos cantos. De manhã, seus olhos ficam colados, com uma secreção amarela. Os dele também. Aos poucos, eles vão perdendo a vida. Não é bom que continuem deitados ali. Ele soube de muitos casos de famílias inteiras que entraram juntas no torpor da morte. Ela acende a *burzhuika* e esquenta uma caneca com água que congelou durante a noite. Umedece um pano na água e limpa a secreção dos olhos dele. Ele pisca. Ela está ali. Os dois se olham em silêncio. Têm o dia pela frente, em aberto, uma imensidão de fome que devem ordenar. Ela faz um sinal com a cabeça. Estão juntos. Ela está com ele.

— Vou trocar a roupa de seu pai.

— Está bem, eu faço o chá.

Fazem chá com qualquer coisa. Em geral, com água e uma pitada de açúcar ou sal.

— Kolya — chama ela. — Ko-lya, está na hora de acordar.

Ela não deixa Kolya dormir muito. Faz questão que o dia siga uma determinada rotina. Não há água quente para eles se lavarem direito, mas podem pelo menos passar um pano no rosto. Ela penteia o cabelo de Kolya, massageia as mãos e os pés dele para manter a circulação e escova devagar seus dentes porque as gengivas sangram e os dentes estão moles. A essa altura, a água está morna, e ele pode tomar chá.

— As padarias já devem estar abertas — diz para Kolya. — Abrem às seis, estão assando seu pão, Kolya. — Depois, como têm um toco de vela, Anna lê um pouco com ele. É tão rápido, um verdadeiro pequeno Levin. Alguns meses antes ele leria as páginas correndo, mas agora não lembra as palavras. Ela aponta: — O que quer dizer, Kolya? Lembra? E essa aqui?

Assim é a *casa,* onde Anna está agora.

— Vou terminar isso e vou para casa — promete Andrei para si mesmo.

Andrei está engolindo o resto da sopa quando o cirurgião com quem trabalhou na primavera anterior pára diante da mesa.

— Estava procurando você — diz Pavel Nikolayevich, um homem atarracado, de dedos de espátula. Parece mais um motorneiro de bonde do que um cirurgião, pelo que a maioria das pessoas imagina. Mas Andrei já viu aqueles dedos em ação e sabe de que cada um deles é capaz. Pavel Nikolayevich pega um pacotinho no bolso do casaco. — Isso é para você.

— Obrigado — Andrei pega o pacote, mole e pesado. Não pergunta o que é. São tempos em que se agradece sem nada perguntar.

O professor chega mais perto.

— É um porquinho-da-índia — sussurra. — Por incrível que pareça, Tamara ainda tinha alguns animais de laboratório. Alimentava com forragem seca, essas coisas. Esse é seu. Os sul-americanos consideram o porquinho-da-índia uma grande iguaria, acho.

— Não sei como lhe agradecer.

— Bobagem, se não cuidarmos dos médicos jovens, quem vai cuidar de nós quando ficarmos velhos? Além do mais, não tenho filhos, o que, hoje, é uma benção. Vá, leve isso antes que alguém veja. Todo mundo vai querer um pouco.

Ele dá um tapinha no ombro de Andrei e sai.

* * *

— O que é isso, Andryusha?

— Carne.

— Carne? De quê? Onde você arrumou?

— Ganhei.

— Mas é carne de quê? Cachorro? Gato?

— Não, melhor do que isso, espere um instante.

Ele já tinha aberto o pacote no hospital e visto o pequeno corpo duro e peludo.

— Deixe-me ver, Andrei!

— Não, não, posso cozinhar primeiro?

Ela empalidece e dá um passo atrás.

— Que carne é essa? — pergunta, rouca. O rosto está duro de horror. Ele percebe na hora o que ela pensa.

— Não, não, Anna, juro, não é isso. Nada de ruim, é um porquinho-da-índia.

— Porquinho-da-índia! — ela diz, colocando a mão sobre a boca. — Tem certeza, Andrei? E quem deu? Ouve-se cada coisa.

Ele também ouvira. No mercado e na fila do pão, até entre os médicos ouvem-se coisas. Andrei acredita no que vê e não em boatos. As pessoas falam em cadáveres com membros faltando e de crianças que somem. Dizem que há canibais negociando no mercado Sennaya, apregoando um patê de carne que ninguém sabe do que é. Ele pensa em outra coisa.

— Claro que é um porquinho-da-índia. Olha aí, o pêlo e tudo.

— Ah, é.

— Vamos ter de tirar a pele.

— Você faz isso. Está acostumado a dissecar coisas. Eu vou descobrir como cozinhar. Ainda não acendemos o *burzhuika* porque só resta uma prateleira para queimar.

O cômodo está gelado. Kolya, embrulhado em cobertores, está no colo de Marina. Ela deveria estar lendo uma história para ele, mas de repente caiu no sono que todos eles vêm sentindo. O pai de Anna, embaixo do monte de cobertas, também dorme.

Kolya olha, esperto, para Anna.

— Marina está dormindo faz tempo, mas não acordei ela.

— Muito bem. Olhe só, Kolya, vamos comer carne! Andrei trouxe. Ajude a acender o fogareiro.

— Carne — repete o menino, como se não lembrasse bem o que é.

— É, depois vou fazer sopa com os ossos. Quando papai e Marina sentirem o perfume da sopa, vão acordar logo.

Marina já está despertando.

— Sopa? Deixe que eu faço. Você e Andrei precisam descansar, parecem exaustos.

Antes de passar para a cozinha, ela olha para Mikhail e, como sempre, puxa um pouco mais as cobertas dele. Comenta que Anna não vai acreditar, mas o pai dela ficou acordado um bom tempo, enquanto ela estava na fila do pão. — Chegou a falar, não foi Kolya? Falou conosco, não foi?

— Foi — concorda Kolya, sem muita certeza.

Anna massageia as pernas de Andrei enquanto a carne cozinha. Resolveram fazer um assado para não perder nenhuma das qualidades nutritivas da carne. Podem comer fatias de carne hoje e a sopa amanhã. O raro e apetitoso cheiro de carne assando enche o apartamento. Em seguida, ouve-se uma batida na porta.

— Sentiram o cheiro de carne — adivinha Marina.

— Vou ver quem é. Seja quem for, não deixarei entrar. Não podem, se sabem que conseguimos carne, mas e se for Zina? Não posso dar mais nada para ela, prometi para Marina...

É Zina, com o filho no colo. Fica na porta e mostra-o para Anna, como fez antes.

— Acho que ele está doente. Você acha que é resfriado ou otite?

Quando Anna pega a criança no colo, percebe que o bebê está morto há pelo menos três dias. O quarto gelado de Zina conservou o corpo, que está seco e azul, os olhos semicerrados mostrando um tracinho de branco.

— Zina...

— Ele está frio, fiquei pensando se poderíamos entrar. Você disse que ao lado de seu fogareiro é quente.

— Zina, onde está o seu Fedya? Ele viu o bebê?

— Ele não aparece em casa desde a semana passada. Você sabe, está no Comitê de Defesa, e meu Fedya não pára, é um verdadeiro membro da família Stakhanovite.

— Zina, você sabe que o bebê...

Zina se aproxima e fecha a boca de Anna com a mão.

— Não diga nada, Anna. Não dá sorte. — Pega o bebê e acalenta-o. — Ele é tão lindo, não? E nem tiramos uma foto dele. Minha mãe nunca o viu, sabe. Então eu vim pedir, Anna Mikhailovna, sabe aquele desenho que você fez? Aquele que me mostrou, de seu pequeno Kolya quando era bebê? Será que poderia desenhar meu filho para eu mandar para minha mãe?

O cheiro de carne passa pelo estreito corredor.

— Espere um instante, Zina. — Anna procura papel e lápis, diz alguma coisa no ouvido de Marina e volta. Zina continua exatamente na mesma posição, olhando tranqüila o bebê.

— Vamos fazer o desenho no seu apartamento, lá é mais calmo.

De casacos, botas e chapéus, as duas mulheres sentam frente a frente. Anna desenha o bebê como lembra que era nas primeiras semanas, antes de o cerco começar. Um bebê amamentado, já gordinho, com uma penugem escura na cabeça. Uma mãozinha gorda aparece na beira do xale. Está acordado, olhando para a mãe. Ela desenha depressa, pois Zina está começando a tremer.

— Pronto, depois faço uma cópia, se você quiser, assim fica com uma e manda a outra para sua mãe.

Zina olha o desenho.

— Está igual a ele. É assim mesmo que ele me olha. E as mãos, veja. É assim mesmo que pegam o xale.

Anna não olha para a pequena garra roxa do bebê caída sobre o cobertor em que Zina o enrolou.

— Minha mãe vai gostar tanto quando vir isso.

Zina muda o bebê para o braço esquerdo, pega o desenho e guarda-o com cuidado sob a cama.

— Meu Fedya vai colocar numa moldura. Ele sabe fazer todas essas coisas — diz ela, voltando e olhando para Anna.

— Sei que meu bebê — ela engole em seco — não está muito bonitinho agora.

— Não, porque ele está...

— Eu sei, não pense que não sei. É que eu não quero falar nisso. E quando meu Fedya voltar, vai fazer tudo o que for preciso.

— Claro que vai.

Anna, Andrei e Kolya comem a carne macia e saborosa, enquanto Marina dá colheradas de um caldo para Mikhail.

— É uma carne gostosa, nunca tinha provado — diz Kolya.

— É especial, eles trouxeram pela estrada no gelo.

— Vamos conseguir mais?

— Amanhã você vai tomar sopa de carne com pão. Não quero este pedaço, Kolya, pode comer.

Mais tarde, depois que os outros adormecem, ficam só os dois de novo. Deitados frente a frente, sussurrando, sentindo os lábios secos se moverem. O hálito dele cheira a carne, e Anna sabe que o dela também.

— Estamos fedidos — constata ela. Os canos congelaram, não há mais água corrente no apartamento. Não se sabe como, uma torneira no pátio ainda funciona, mas a água é tão cheia de gelo, que eles carregam só o mínimo necessário para o apartamento. Mas têm sorte, não são como Tanya. Todo dia ela vê mais gente andando rumo ao Neva, com baldes pesados, tropeçando na neve. Só Deus sabe o que há naquela água agora.

Anna sonha com um banho de sauna, o corpo nu avermelhado com o calor, o suor escorrendo pelos seios e coxas, a raiz do cabelo coçando. As mulheres passam por nuvens de vapor, cabeças pequenas sobre montanhas de peitos, barrigas, bundas e coxas. Sentam-se em compridos bancos de madeira e riem de contentamento. O vapor tira cada partícula de sujeira de seus poros.

A pele de Anna coça. Há dias ela não tira as roupas. Sente nojo de si mesma.

— Estou tão suja — reclama.

— Gosto cada vez mais de você.

— Não durma ainda. Estou com medo.

— Medo do quê?

— Meu pai vai morrer logo. Marina diz que ele acorda, mas não acredito. Ela pensa que ele acorda. Parece que estamos em algum outro lugar, não estamos aqui.

Andrei mexe as pernas cansadas.

— Você está assim porque é noite. Amanhã vou ver se arrumo uma colher de óleo de fígado de bacalhau para Kolya. Masha, da dispensa do hospital, disse que deve ter um pouco lá. Umas gotas por dia vão fazer uma grande diferença. E você vai para a fila do pão, voltaremos para casa e comeremos. Vamos passar mais um dia. Ainda estaremos na terra, enquanto você estiver viva, eu também estarei.

— Promete?

— Prometo.

— Mas meu pai vai morrer.

— Vai, acho que sim.

O gelo e a neve se acumulam, centímetro por centímetro, nas janelas, telhados, parques, estradas de ferro e no corpo dos mortos. Aos poucos, a cidade afunda, como um transatlântico num mar de neve. Suas luzes se apagaram. A água não corre mais. As fábricas pararam de produzir. O transatlântico balança, prestes a afundar nas profundezas da morte. Só os passageiros continuam teimosamente a viver, como se não soubessem que não há mais nada para eles.

Na manhã seguinte, Anna encontra uma pequena cebola que deve ter caído da prateleira do armário e ficou presa nas cerdas da vassoura. Ela pega no braço de Andrei e dá um grito de alegria. Chorando, diz para ele:

— Você tinha razão, sempre teve. Vamos conseguir, eu sei, este é um sinal, é isso. Um sinal.

Ele olha os lábios secos e rachados de Anna, o rosto encovado, os olhos fundos. Olha para a pequena cebola que ela segura, vitoriosa.

— É, é um sinal — concorda ele.

Ela corta a cebola em rodelas fininhas e junta o caldo de carne que guardou para Kolya, com uma pitada de sal e uma caneca de água.

— As vitaminas vão fazer muito bem a ele.

Acende o fogareiro com aparas da última prateleira da estante. Dali a pouco a sopa está fumegando: Marina, Andrei e Anna juntam-se para ver Kolya tomar a sopa de carne com cebola. Anna dá para ele, em colheradas.

— Pronto, está boa, não? Agora você vai ficar um menino grande.

Depois de comer, Kolya volta a seu estado de torpor. Às vezes, ele choraminga. Anna notou que Marina sequer sugeriu guardar um pouco do caldo para o pai.

— Ontem à noite, ouvi no rádio uma especialista em alimentação. Ela disse que há elementos nutritivos na pasta de papel de parede — conta Marina.

— Mas não temos essa pasta.

— Temos, sim, do forte de Kolya. Usamos pasta de papel de parede para fazer o papiê-machê. Se eu tirar o papel pintado, cozinhamos o que sobrar. Deve ter algumas calorias.

— Mas o que Kolya vai dizer? Ele ficou tão zangado quando eu disse que talvez precisássemos usar o forte para acender o *burzhuika*.

— É, mas agora é para fazer comida. É diferente.

Kolya dorme, e Marina trabalha horas, tirando a camada mais fina de papel pintado do forte e colocando o resto para desmanchar na água.

— O papel vai ficar na superfície e a pasta fica na água. Podemos fazer uma espécie de sopa para ele.

— Não conte para ele.

— Não, vamos dizer que jogamos fora o forte por segurança, até o bloqueio terminar.

— É, vamos dizer isso.

22

É a calada da noite mais uma vez, mas agora Anna está só. Os outros também estão ali no quarto, claro. Kolya, no colchão ao lado dela, encostado. Marina, do outro lado de Kolya, dorme. Ficam assim, os adultos aconchegando a criança para que o calor de seus corpos a mantenha quente. Andrei não está, e, sem ele, Anna sente medo e frio. Está inquieta, pensando nele no trabalho. Ela o fez jurar que vai dormir no hospital. Lá fora, a temperatura é de 20 graus abaixo de zero; ela teme que, numa noite assim, Andrei caia no caminho e morra congelado.

Andrei contou que há uma epidemia de tifo numa casa próxima, cheia de crianças órfãs. E se Andrei pegar tifo? Na magreza que está, não terá resistência. E se numa noite dessas, ele simplesmente não voltar do hospital? Será que alguém lá pensaria em avisá-la? Alguém lhe comunicaria que ele adoeceu? Claro que não. Eles nem sabem que ela existe, quanto mais que Andrei mora lá...

Ouve uma voz perto. É Marina.

— Vamos conversar. Ajuda a passar o tempo.

— O quê?

— Você está acordada, não?

— Estou. Que horas são?

— Onze e meia.

— Só 11 e meia.

— Você estava dormindo.

— Estava?

— Estava, quando eu levantei.

— Marina, você acendeu o *burzhuika*!

— Precisava fazer chá para seu pai.

— Você acendeu com o quê?

— Com a enciclopédia.

— Ah.

— Achei que fosse o livro de que ele menos vai precisar.

— Acho que sim.

— E são 12 volumes.

Falam baixo, deitadas no mesmo colchão, porque Kolya está entre elas. Mas dorme profundamente, com as laterais do boné de pele cobrindo as orelhas. Do outro lado de Anna, onde Andrei deveria estar, faz frio.

— Faltam tantas horas até o dia clarear — diz Anna.

— Seu pai estava acordado também. Só dormiu há meia hora. Conversamos bastante.

— Estranho, ele só fala quando você pode ouvir — desconfia Anna. Seu coração bate rápido enquanto espera a resposta de Marina.

— Acha que ele não fala comigo? Acha que estou mentindo?

— Não, não é isso...

— Acha que estou inventando?

— Pode ser.

— Por que eu faria isso?

— Porque quer que ele fale com você.

— Há muita coisa que você não sabe, Anna — no escuro, a voz dela é ríspida.

— Eu sei, as pessoas sempre me disseram isso. Nunca pude terminar de estudar — diz Anna.

— Então vamos conversar direito? — pergunta Marina, com outra voz. — Vamos parar com isso? Posso lhe contar uma história.

Ainda são apenas 11 e meia. Faltam seis horas e meia para as padarias abrirem as portas. A noite pesa como chumbo.

— Está bem — aceita Anna.

— Você conhece os personagens de minha história. Vai saber a minha versão, depois você me conta a sua.

Anna dobra as pernas e aconchega Kolya no berço que seu corpo forma, sob as cobertas. Prende as mãos nas axilas, para que se aqueçam. Ele dorme.

— Sabe que seu pai e eu nos conhecemos há muito tempo?

— Claro.

— Eu tinha 22 anos. Ele era dois anos mais velho que eu, casado e com uma filha de quatro anos. Seu pai era muito interessado na obra de Tairov, você deve ter ouvido falar em Tairov. Estava em Moscou, dirigindo o teatro Kamerny, que fundou pouco antes da guerra. Misha tinha lido o livro de Tairov, *Notas de um diretor*. Foi pouco antes de ele encenar *Fedra*. Lembro que, quando nos conhecemos, falamos sobre essa produção. Tínhamos ido a Moscou para assistir à peça. Seu pai ainda queria escrever uma peça para teatro, na época.

— Mas nunca escreveu.

— Não. Então, nós conversamos, e ele foi logo dizendo que era casado e falou de você. Costumava dizer que era muito inteligente, porque com quatro anos já sabia ler. Pelo que percebi então, ele não ficava muito em casa. Eram outros tempos; embora há apenas 20 anos, tudo mudou tanto, que é difícil lembrar como era.

— Não é tão diferente quanto se trata de homens casados que têm filhos e depois descobrem que não querem ficar muito em casa — observou Anna.

— Era um mundo novo, era o que nós pensávamos — contou Marina. — Tudo mudara muito depressa e ainda estava mudando. Em 1922, o teatro era o centro das mudanças. Pela primeira vez tínhamos uma platéia de massa, soldados e operários de fábrica que recebiam entrada grátis. O teatro ia ser para todos. Eles assistiam a todas as peças, ouviam tudo, falavam sobre tudo. Comiam e bebiam como se estivessem na casa deles e não se vestiam especialmente para ir ao teatro. Simplesmente entravam, com suas botas e casacões. Queriam o teatro porque nunca tinham tido. Todos queriam. Todos nos queriam. Surgiram grupos teatrais, os atores passavam idéias para as platéias, faziam-se experiências em toda parte. Algumas deram certo, outras, não. O teatro passou a ser um enorme palco onde havia sempre o perigo de ser empurrado para os bastidores, por causa da política. O holofote tanto poderia iluminá-la quanto de repente mudar de direção e deixá-la sozinha.

"Ao mesmo tempo, havia tanta liberdade. Não vivíamos numa penumbra, com um braço no rosto para nos proteger do que estava por vir. Sabíamos que havia um futuro pela frente e íamos na direção dele. Hoje eu durmo muito, mas naquela época eu mal deitava na cama. Ia dormir às duas da manhã, às sete levantava e corria para os ensaios. E todo mundo era assim. Imagine atores levantando antes das 10 da manhã. E ninguém parecia cansado ou de má vontade. Todo mundo era lindo, até os feios.

"Você não faz idéia, Anna, porque você cresceu no meio do que veio depois. O tempo de esperança não durou muito. Tudo se concretizou tão rápido, em pouco anos. Cancelaram uma peça de Bulgakov e proibiram *A ilha carmesim*. Não poderia haver uma só apresentação dela. Por essa época, as pessoas já mediam as palavras e pensavam de que lado se posicionar. Havia muito medo. Uma coisa é um poeta falar, ele sempre pode escrever poemas. Mas um ator ou diretor precisa de um teatro. Precisa fazer parte de alguma coisa ou não é nada. As pessoas percebiam que teriam problemas, se escolhessem o lado errado."

As pessoas, pensa Anna. Sempre *as pessoas*. Eu quero saber de você e não das *pessoas*.

— Pensei que você fosse contar o que houve entre você e meu pai.

— Eu sei, mas isso não é o mero cenário da época. É parte significativa da história.

Aquelas sílabas redondas, autoritárias. Você tem que acreditar em Marina. Mas lembre-se de que ela foi treinada para fazer as pessoas acreditarem no que diz.

Kolya suspira e se mexe. Deve ser um pesadelo, nada mais. Anna põe a mão por dentro do casaco dele e esfrega as costas, os nós da coluna vertebral, as costelas, os ombros.

— Pronto, durma, durma.

— Um ano depois, engravidei — conta Marina. — Nessa época, eu já conhecia sua mãe, fomos apresentadas e simpatizamos uma com a outra. Costumava vir à casa dela. Estávamos ficando muito amigas, íntimas.

— E então?

— Fiz um aborto, como todo mundo fazia. Era muito normal. Só contei para seu pai depois.

Há um silêncio.

— O que ele disse?

— Ficou zangado.

— Quer dizer que ele queria ter outro filho e outra casa para também não ter de ir lá. Era isso?

— Não, ele disse que era nosso filho, parte de nossa vida. Disse que eu deveria ter avisado antes de fazer o aborto.

— Mas o filho não ia mudar nada.

— Claro que não. Ele amava sua mãe, eu sabia. Mesmo assim, ficou zangado comigo.

— É verdade, ele costuma se zangar por muito tempo.

— Ele perguntou se a criança era menino ou menina.

— E você disse o quê?

— Disse que não sabia.

— Não sabia mesmo?

— Era menino. Eu estava com quatro meses de gravidez.

— Você deixou passar muito tempo.

— Por estupidez. Achava que deveria contar, depois desistia, achava que podia contar, e assim as semanas foram indo.

— Mas não contou.

— Não. Acabou, faz muito tempo. Mas com isso as coisas entre nós acabaram também. Depois, ficamos amigos.

— Não era o que você queria.

— Não, mas percebi que ele fazia esforço para me tocar. Então, preferi que não me tocasse mais.

— Quando minha mãe morreu, você pensou que...

— Não, nunca. Sabia que isso não ia acontecer.

Ela fala fria e claramente, como se estivesse fazendo uma declaração às autoridades.

— Essa é a minha história — diz Marina.

Elas ficam em silêncio, no escuro. O pai respira pesado. Kolya se mexe, depois se acalma. O cômodo tem o cheiro dos livros que Marina queimou.

— Quantos livros você queimou, Marina?

— Dois. O papel é bom, e as lombadas são quase tão grossas quanto madeira.

— Vamos queimar mais dois pela manhã.

Anna pensa na chama forte e quente que vai sair daqueles livros. Ela vai colocar as mãos tão perto do fogo, que os ossos vão aparecer dentro da pele. As chamas vão lamber suas palmas. Quem poderia imaginar tal êxtase, quando os aquecedores ainda funcionavam? Ela vai ter o controle de sua vida nas mãos, e Kolya vai sentar em seu colo, o rosto iluminado, sua pele cor de cera vai ficar rosada.

— Claro que essa história não é verdade — revela Marina.

— Como?

— Quer saber a verdadeira história?

— Quero.

— Nós nos gostamos desde o primeiro instante. Não tivemos escolha, foi o que pensei. Ele agora está morrendo, e eu também devo morrer. Ninguém jamais saberá o que houve. Não houve filho, e, agora, não há nem o que contar. Tudo vai ser apagado. É assim que eles fazem com os inimigos do povo, não é, Anna? Eles são apagados dos registros. Então eu vou lhe contar, mesmo que você não queira ouvir. Mesmo que me julgue sua inimiga.

"Eu já era famosa. Estava acostumada com as coisas do jeito que eu queria. Os papéis que eu queria, a mesa que eu queria nos restaurantes, os verões na Criméia. Estava acostumada a ser respeitada. Nada me prendia, fazia só o que bem entendia, só ia aonde queria.

"Mas seu pai mudou tudo isso. Ele me fisgou como um peixe e depois quis jogar-me na água outra vez, mas era tarde. Passei muito tempo fora d'água e sofri as conseqüências disso. Ele já não me achava tão bonita, eu mesma não me achava. Não tinha conserto. Não poderia nem 'nadar' para longe. Então, mergulhei fundo e fiquei lá, escondida, no lodo. Achava que era no lodo que deveria ficar.

"Queria o filho, mas sabia que Misha não estava preparado para ser pai daquela criança. Ele iria ficar com Vera e você. Meu filho dependeria apenas de mim. Uma ou duas vezes, pensei em contar para ele, no meio da noite, depois de horas de sexo, quando parece que estamos fora do corpo. Sei que ele é seu pai, não deveria estar lhe dizendo isso. Nessas vezes, eu imaginava que Misha e eu fôssemos conversar de alma aberta, mas claro que isso nunca aconteceu. Não tive coragem de contar.

"O médico que procurei não era uma pessoa agradável. Sabia quem eu era. Ficou dizendo que gostava muito de teatro e que papéis eu deveria fazer no futuro. Deu ótimos conselhos, como um pai, mas seus olhos não eram paternais. Estávamos no consultório dele e, por um tempo, ele me entendeu. Compreendia bem o que chamou de 'minha difícil situação'. Queria que fizéssemos confidências e talvez que eu chorasse no ombro dele. Mas não chorei. Tive de abrir as pernas para ele me examinar, mas não ia abrir a boca. Ele disse que gostaria de assistir à minha próxima peça, para ver se minha experiência tinha influenciado minha arte.

"Claro que seu pai não sabia de nada disso. Quando contei que fiz o aborto, ele escreveu vários poemas ótimos.

"Vera leu os poemas. Nunca discutiram, nunca falaram nada sobre isso. Ela apenas se fechou. Podia estar na mesma sala que eu, mas parecia não estar lá. Você sabe que ela sempre leu todos os manuscritos de seu pai, não é? Na época, ela escrevia sua opinião em pedaços de papel amarelo; eram comentários muito bons, claros, técnicos, que prendia com um clipe no manuscrito. Nunca escreveu direto no original. Seu pai me mostrou o que ela escreveu sobre os poemas, depois que nos separamos. Era uma nota curta: 'Acho que esses poemas, apesar de excelentes, soam falsos.' Foi só o que disse.

"Passei muito tempo na 'lama', pensando nisso tudo. Pensei muito em sua mãe também. Depois que fiz isso por sua mãe, queria mais ainda ser amiga dela, mas não conseguia. Ela não proibiu seu pai de me ver, nada disso. Nem precisava.

"Percebi então que desde o começo eu estava enganada. Seu pai e eu não nos gostamos. Eu gostei dele, mas ele pensou que eu fosse outra pessoa. E vi que ficou aliviado quando imaginou que deixei de amá-lo. Ele então gostou realmente de mim. Ficou tão grato por eu não o pressionar, que me transformou numa pessoa maravilhosa.

"Lembro bem do médico dizendo: 'Era um menino.' Quis que eu soubesse. Não foi nada paternal.

"E todas as cartas que seu pai me escreveu. As mais lindas cartas, por anos e anos. Guardei todas. Kolya ainda dorme?"

— Profundamente.

— Então é a sua vez de contar.

— Não tenho nada para contar.

— Claro que tem.

— Não, porque as coisas ainda estão acontecendo. Não viraram uma história.

Marina riu.

— Como você parece com sua mãe.

— Espero que sim.

Ela é tão dura, igual a Vera. Ainda não sabe o quer, mas, quando souber, não vai hesitar. Por que contei tudo isso? Porque ela vai sobreviver. Pode-se ver, está no rosto dela. Muitos morrerão, mas vós, não. *Deus sabe por que as coisas são assim.*

Não contei tudo. Talvez não fosse uma história verdadeira mesmo. Há apenas duas coisas que quero lembrar.

Uma noite, saí da cama e fui ao banheiro. Ele estava dormindo. Enchi a bacia com água morna e sabão e me lavei, como se estivesse lavando outra pessoa. Minhas coxas doíam, meu corpo estava sujo, suado. Era verão, o dia ainda estava claro e eu podia me ver no espelho, tirando o cheiro de sexo, esfregando minha esponja e ensaboando outra vez. Eu estava pálida e meus olhos escuros, meu reflexo no espelho parecia tremer, como se não fosse muito real. Mostrava também a janela atrás de mim e um morcego entrou, vindo do céu de fim de tarde. Entrou direto e voou para um lado, como se tivesse me percebido. De repente, senti muita fome.

E assim termina. Não lembro o que aconteceu depois.

Na segunda vez, eu estava sozinha. Saí do consultório do médico que fez o aborto e fui para casa. Não sabia o que iria acontecer em meu corpo. Era verão, outra vez. Sentei ao lado da janela, esperando. Não sentia dor, mas não estava bem. Fiquei esperando, esperando, conferindo cada sensação, esperando que começasse. Tinha dito ao médico que minha velha babá estaria em casa comigo. Mas não contei nada para ela. Ela cuidaria de mim, mas ficaria triste, e isso eu não queria. Ela rezaria por mim, quando achasse que eu não estava prestando atenção.

Outro entardecer de céu claro. Um cheiro forte de jasmim que me irritou, embora eu gostasse de jasmim. Era artificial, como se alguém estivesse borrifando aquele perfume pela sala. Levantei, abri a janela e, claro, o cheiro ficou mais forte. Olhei para baixo e lá estava, o verde escuro e profundo sumindo na névoa de verão, com flores brancas como estrelas. A brisa trazia uma onda e mais outra do perfume. Inclinei-me e foi então que senti a primeira dor, não era forte, mas era definitiva como alguma coisa se partindo dentro de mim que jamais poderia ser juntada de novo.

Ela diz que não tem história. Andrei chega em casa e diz: "Olá, Marina, como vai?" Eu só existo para ele, porque estou ligada a ela. Eles deitam juntos no colchão com o menino no meio. Às vezes, ouço-os conversando baixinho. Quando ele entra na sala, passa os olhos por mim como se eu fosse um móvel, até encontrar o rosto dela. Ela é igual a Vera.

23

Finalmente, ela veio. Não digo nada, mas estendo a mão e pronuncio o nome dela, aquelas duas sílabas que significam verdade: Ve-ra. O nome não soa, mas ela sorri como se o tivesse escutado e senta no sofá ao meu lado. Não me dói. Todos os outros me ferem quando se aproximam, mas, se é Vera, só sinto luz e calor. Sei que é inverno, mas ela está com seu vestido de verão, algodão estampado com girassóis.

Não abro os olhos, mas sei que quando abrir o sol estará brilhando por trás das cortinas. Eu estava enganado. Não é inverno, é verão. É tão cedo, que o jardim deve estar todo orvalhado. Quando andarmos, nossos pés deixarão marcas escuras no chão. Conheço bem a forma dos pés de Vera na grama molhada. São firmes, meio grandes, e ela usa os saltos baixos que sempre põe para trabalhar.

Alguma coisa maravilhosa está prestes a acontecer. Tento lembrar o que é, não consigo. Sem abrir os olhos, sei que Vera está sorrindo.

— *Até que enfim, você chegou* — *digo.*

— *Cheguei.*

— *Por que demorou tanto?*

— *Não seja bobo, não demorou nada.*

— *Lembra-se daquela primeira vez que fomos a um baile?*

— *Claro.*

— Não sei dançar — *eu disse. Ela me olhou e tornou-se de repente a coisa mais importante que eu já tinha visto. Ela era forte e leve, de cintura bem marcada, os seios redondos e fartos, a cintura já acompanhando a música. Ela riu do que eu disse.*

— Não seja bobo, todo mundo sabe dançar.

— Eu, não. Vou acompanhar seus passos e abraçar você.

Com a mão cálida e suave, ela segurou minha mão esquerda. Sua pele era quente e macia. Pegou minha outra mão e ficou mais perto de mim. Dava para eu sentir seu perfume. Um cheiro quente, fresco, depois o cheiro ensolarado do cabelo. Vera adorava tomar sol.

Ela agora não ria. Estava calma e séria.

— Claro que você pode dançar. Basta seguir a música — *disse ela.*

Nós não estávamos realmente dançando. Ela me puxou e nós rodamos com a música. O conjunto passou a tocar outra música e Vera disse: — Adoro essa. — Não saímos fora do ritmo. — Da próxima vez, vamos dançar direito, vou ensinar — *avisou ela.*

Mas acho que nunca dançamos. Pelo que lembro, fomos a um café e falei durante muito tempo sobre Mayakovsky. Eu precisava tomar aulas de dança, mas não queria. Tinha coisas mais importantes a fazer.

Ela continua lá, sorrindo e esperando. Vejo os seios e a cintura dela, que ainda não toquei. Acho que ela é virgem e estou certo. A vida dela consiste em trabalho, amigos, dança. Mas está pronta para mudar. Vejo seu rosto claro e sério com aquele meio-sorriso. Uma das mãos ficou no ar, pronta para apoiar-se em meu ombro. Se eu fizer o menor gesto, ela dança comigo. Mas fico parado.

Ela continua lá. Deve estar sentada a meu lado faz tempo, porque eu dormi. Uma daqueles pessoas apareceu e fez alguma coisa comigo. Não consigo enxergá-las direito. São como nuvens que posso tocar. Mas Vera é concreta e decidida. Meus olhos se enchem de lágrimas e estendo a mão para tocá-la. O peso de sua perna apoiada na cama marca meu cobertor.

— Você foi embora? — pergunto.

Ela balança a cabeça e sorri.

— Fiquei aqui o tempo todo.

Ela descruza as pernas e olha para longe, para algo que não posso virar a cabeça para ver.

— Vera, não vá embora — peço.

— Não se preocupe, quando eu for, você vai comigo.

Ela sorri. Levanta uma mão como se fosse colocar em meu ombro. Toca a ferida aberta, mas não me mexo. Quero que ela me toque. Quero que ela dance comigo para fora daqui.

— Não se preocupe, dessa vez você vem comigo — diz ela.

Não consigo mais vê-la. Todos agora parecem nuvens. Meus pés estão frios faz tempo, mas agora o frio chegou aos joelhos.

— Vera.— Ela não responde, mas aperta minha mão. — Frio — digo para ela.

Marina se afasta da cama de Mikhail. Como ela está mal, pensa Anna. Se ao menos Andrei pudesse dar alguma coisa para sua tosse.

— O que ele disse? — pergunta.

— Está com frio.

— Não posso acender o *burzhuika* outra vez. A lenha só dá para aquecer um pouco o quarto antes de irmos dormir.

— Eu sei.

— Ele não me reconhece mais.

— Nem a mim.

— Mas falou com você. Pegou sua mão, eu vi.

— Ele pensou que eu fosse outra pessoa. Sabe que seu pai está partindo, não?

— Sei.

— Não está sofrendo, isso é o que importa — diz Marina, quase como se falasse consigo mesma. Mas Anna olha o rosto do pai, encovado, amarelo, como uma máscara de madeira. Abre um pouco a boca. — Não pode continuar assim — conclui Marina.

— Não pode e nem vai.

No colchão, Andrei ensina Kolya a jogar xadrez. Fez um tabuleiro de papel, com as pequenas figuras que Anna desenhou e cortou. Eles tiveram de queimar o xadrez de madeira na *burzhuika.* Andrei está com as pernas cansadas demais para ir ao hospital hoje. Kolya olha o movimento das peças de papel. Andrei não está jogando o verdadeiro xadrez: seus cavaleiros passam direto pelo tabuleiro, pegando peões, bloqueando reis e bispos.

— Os cavalos estão com fome — diz Kolya. — Dê alguma coisa para eles comerem.

— Claro, aqui está o feno e a aveia. Kolya, segure a aveia com a mão aberta; assim não vão morder seus dedos sem querer. Muito bem.

— Estão devorando tudo de uma vez! Querem comer meus dedos! — diz Kolya. Há um brilho de prazer em seu rosto cansado.

— Estenda a mão com essa maçã, depois de comer, eles poderão lutar outra vez.

Marina põe mais um cobertor em Mikhail. Dobra-o sob o queixo dele.

— Está na hora de virá-lo na cama — avisa Andrei, do colchão em que está sentado. Eles o viram de lado a cada duas horas, para aliviar as escaras que se formam na pele por estar deitado há meses.

— Acho que ele não quer mais que se mexa nele — diz Marina.

— A pele dele está fina e seca como papel. É preciso cuidar.

— Acho que ele está indo embora, Andrei. Venha aqui.

Antes que Andrei se levante do colchão, Mikhail faz um som gutural. Um comprido ronco, uma pausa e começa de novo.

— Você tem razão, não é preciso virá-lo — diz Andrei.

— Por que ele está fazendo esse barulho engraçado? — pergunta Kolya.

— Por que está muito doente.

— Eu sei.

— Está morrendo.

— Vocês não precisam me dizer. Eu sabia sem vocês dizerem — reclama Kolya. Ele se inclina sobre as peças do xadrez, ignorando as pessoas em volta. — Querem mais uma maçã, meus cavalinhos? Vocês ainda estão com fome, não é? Vamos, va-mos. Não se assustem. — Pega o cavaleiro de papel, coloca-o perto da boca e some com ele por baixo dos cobertores. Mikhail continua o ronco, e eles ouvem a conversa de Kolya com seu cavalinho.

24

Na volta da fila do pão, Anna encontra Fedya, puxando um trenó cheio. Dessa vez ele não tenta evitá-la, pára e fica plantado na neve diante dela. Lá estão os dois, pela primeira vez, como verdadeiros vizinhos. A fome fez o rosto dele ficar encovado e a pele, cinzenta.

— Levei hoje nosso pequeno para o cemitério. Zina queria ir, mas não estava em condições — disse ele.

Não há o que dizer. Poucos meses antes, Zina aparecera na porta do apartamento para mostrar o bebê, bem enrolado num xale de lã creme, as mãozinhas cruzadas no peito. Era um mundo diferente. A luz do sol brilhava na janela suja do andar: ninguém conseguia subir lá para limpar. Anna inclinara-se sobre o bebê e sentira seu cheiro quente, úmido, cheiro de talco.

Isso poderia ter acontecido muitas vezes, durante anos e anos. Zina viria com as novidades, quando Fedya não estivesse por perto. O primeiro dente de Vanka, Vanka subiu na mesa, Vanka fez a primeira travessura. *Ele rolou na cama hoje, sozinho; olhei e lá estava ele, deitado de barriga para baixo.*

Ele já conhece Fedya. Fica contente quando papai chega em casa, não é, Vanka?

Ele está babando tanto; olhe, o casaquinho está todo molhado. Acha que vai nascer o primeiro dente?

Mas o bebê Vanka, pequena pedra inerte, já está na fila do cemitério. Não enterra-se muita gente nessa época, pois a terra está dura como aço. Os corpos ficam empilhados na neve, do lado de fora do cemitério.

Alguns nem chegam lá. Ficam em casa, na cama, pois ninguém tem força para levá-los ao cemitério. Os vivos puxam uma cortina em volta do morto, num canto da sala.

— Sinto muito — diz Anna.

Fedya abre as mãos e olha-as, como se achasse estranho estarem vazias. Pigarreia e diz:

— Há um prédio perto da estação Báltico que foi bombardeado. Em frente ao canal. Um companheiro me contou quando eu voltava do cemitério. Estava pegando fogo, mas conseguiram apagar antes que tudo queimasse. A entrada do prédio é de blocos de madeira, a maioria ainda em bom estado.

Quando ele diz isso, Anna sente o cheiro de madeira queimada. Ele cobriu com um cobertor a pilha de madeira no trenó.

— Sobrou muita coisa? — pergunta ela.

— Dá para carregar um trenó, se você for lá. O prédio está firme, mas tome cuidado. Já houve duas brigas lá, um sujeito estava com uma faca.

— Obrigada.

As mãos grandes de Fedya puxam as cordas do trenó.

— Zina ficou muito agradecida pelo retrato que você fez do nosso Vanka. Ela não larga o desenho. Tenho de voltar para a obra, mas vou deixar madeira para ela queimar. E ela está com o cartão de ração. — Ele pigarreia outra vez. — Zina queria deixar o bebê no apartamento, mas eu disse que não era direito. Ela está fora de si. Não sei quando volto para casa. Trabalhamos tanto, não dá nem para pensar nisso. Com sorte, tem-se umas horas de folga e volta-se para o serviço.

Ela sabe que continuam produzindo tanques na fábrica de Kirov, embora os operários morram como qualquer pessoa. Fedya transformou-se no tipo de operário heróico que Zina sempre achou que fosse. Levou o filho para o cemitério, agora volta para o trabalho.

— Não se preocupe, vou cuidar dela — diz Anna. — Zina pode ficar conosco quando quiser.

Vanka baixa o olhar, em seu jeito honesto. Anna sempre soube que ele era assim.

— Não, não precisa convidar. Ela fica bem sozinha.

— Meu pai está morrendo, então talvez seja melhor ela não aparecer mesmo.

Ele faz um sinal com a cabeça:

— Zina me contou. — Mas nem agora ele consegue, pensa Anna, observando-o. Ele não consegue dizer que lastima que o pai dela esteja morrendo. — Aqueles fascistas filhos da puta não imaginam o que vai acontecer com eles, com perdão das palavras. Não sabem onde se meteram.

— *Vamos achar um lugar para eles no chão russo* — diz Anna.

— Isso mesmo.

— Não fui eu quem disse isso, foi o poeta Pushkin.

— Pois ele sabia o que estava dizendo. Tem muito chão para enterrarmos eles. — Os dois se olham sentindo uma súbita e irada união. — Não passe da estação, o prédio fica ao lado do canal Obvodny. Não esqueça.

— Obrigada.

— Zina contou-me do açúcar que você arrumou para nosso pequeno.

— Não foi nada.

As mãos de Fedya apertam as cordas do trenó.

— Não havia o que fazer, eles garantiram. Poderiam até estrangular o menino, pois nosso Vanka não tinha mesmo possibilidade de viver.

Quando Anna chega ao apartamento, faz os cálculos com Marina. O pai agora respira mais alto, com intervalos maiores. Está com o pulso muito fraco. Antes de Andrei ir para o hospital, encostou Mikhail numa pilha de travesseiros, para facilitar a respiração. Sua pele está escurecendo, principalmente em volta do nariz e da boca.

— Vou levar pelo menos uma hora para chegar no prédio que foi bombardeado — calcula Anna. — Talvez mais. Tenho de parar para descansar, depois arrancar os blocos de madeira...

— Vale a pena ir? Você vai ficar exausta, e, quando, chegar lá pode ser que a madeira já tenha acabado.

— Precisamos de combustível. Vou levar um pouco de minha ração.

— Tome, coma essa meia fatia antes de ir.

— Não posso comer seu pão, Marina.

Pois quando começa, é o fim; se alguém se permite comer mais do que a ração a que tem direito, é como se um lobo pulasse de dentro de seu corpo. As pessoas caem na rua e, na mesma hora, alguém já está mexendo nos bolsos, à procura de pão ou do cartão de ração. E enxotam quem chegar perto.

Pode-se passar a noite inteira deitado, sonhando-se com um pedaço de pão que se deixou para quando Kolya acordar. Qualquer coisa é melhor do que ele ficar chorando. Sem perceber, a mão escorrega e toca o pão. O pão parece quente como vida, no quarto gelado, em plena noite. Só tocar o pão não faz mal, pensa-se. Então, ele é tocado. Os dedos passam pelo pão. Algumas migalhas se soltam e são levadas à boca, e os dedos ficam úmidos de saliva. De manhã, o pão acabou, a mão está vazia e Kolya chora.

— Vamos, pegue esse pão, Anna. Pense em todas as calorias que você está queimando para buscar pão e, agora, madeira para nós. Você nos mantém vivos. E se cair de fraqueza na rua, o que será de nós?

Ela deveria recusar, mas não. Nessa manhã, a caminho da padaria, ela se encostou numa parede e apertou a cabeça. O frio da pedra já estava entrando na cabeça, se enfiando lá e dizendo que ela devia descansar, descansar até o tempo esquentar e fazê-la dormir. O silêncio da cidade foi envolvendo-a, pouco a pouco. A cidade pôs as mãos sobre a boca de Anna. *Escute. Não vê que estamos todos dormindo? Por que se desgastar lutando, quando também poderia descansar? Vamos. Deite-se.*

Ela pegou um punhado de neve e esfregou nos pulsos até não ouvir mais aquela voz. Enganou a si mesma dizendo que andaria só 10 passos, depois descansaria outra vez. Contou os passos, como fazia com Kolya. *Um* e *dois* e *três* e *quatro*... Quando chegou a 10, não parou, contou mais 10 e outros tantos até chegar à padaria.

O pão que Marina deu desmancha na boca. Marina olha de um jeito que parece familiar, mas Anna não consegue identificar de quem é. Aquele olhar firme, aqueles lábios que mexem como se Marina também estivesse comendo, se alimentando com o pão que deu...

São duas e meia da tarde e já está escurecendo, quando Anna sai com o trenó vazio de Kolya batendo atrás dela. Tem dois sacos vazios também e barbante para amarrá-los no trenó quando estiverem cheios. É um trenó de criança, mas pode carregar muita coisa.

As ruas estão quase vazias. Ela passa por um corpo enregelado numa porta, coberto de neve. Parece um saco de lixo, mas Anna sabe que é um corpo, porque viu antes que a neve o cobrisse. É uma velhinha. Talvez tenha parado para descansar, depois de conseguir sua ração. Anna não gosta mais de passar pelo parque. Há pessoas sentadas nos bancos, cobertas de neve, plantadas como bulbos à espera da primavera. Ficam lá, ninguém as vem buscar.

Está frio, tão frio. Anna aperta o lenço que enrolou na cabeça. Vai descansar dois minutos. Não mais que isso, porque, fraca como está, o frio poderia facilmente acabar com ela. A nevasca cortante penetra seus pulmões como uma faca. Ela tosse, pigarreia, muda o peso de um pé para o outro e bate as mãos. As luvas fazem um som abafado, fantasmagórico. Ela pensa nos bulbos sob a cobertura de neve e treme de frio.

Nada mais surpreende, nem mesmo os corpos empilhados ao lado do canal Karpovka, ou do lado de fora dos cemitérios. Andrei falou neles. São como muros dos dois lados da rua. Não surpreende que o pai dela esteja morrendo enquanto Andrei vá trabalhar no hospital apoiado na bengala de cerejeira de que ele agora precisa mais do que Anna. Em suas pernas cansadas, a pele está lisa e brilhante. Ele prossegue, dá 10 passos como Anna e mais 10, passando pelos corpos dos mortos que ficam expostos, queimados pelo vento até serem cobertos pela próxima nevasca.

Estar morto é normal. Precisa-se ficar atento o tempo todo para não passar deste para o outro mundo. Quem se descuida e senta em algum lugar, é logo atacado pelo frio e pela fome que estão de tocaia.

Ela anda por um silêncio mortal. Não há cães, nem pombos, nem gatos, nem crianças gordinhas, de bochechas rosadas gritando de alegria quando seus trenós assobiam na neve. Depois, vamos para casa tomar um caneco de leite quente ou comer uma fatia de bolo de gengibre do tamanho de sua mão.

O estômago de Anna se contorce, e ela engole em seco. O pai sempre mascou raiz de alcaçuz para manter os dentes fortes e brancos. Ela encontrou dois pedaços de alcaçuz na caixa de madeira de cânfora dele, quando ia queimá-la. Fez Kolya mascar a raiz também, apesar de ele chorar e dizer que os dentes doíam e a boca estava sangrando. Ela passou o dedo nas gengivas dele e viu que era verdade: o dedo ficara manchado de sangue, e os dentes da frente estavam moles. Será que os dentes de leite estavam sendo empurrados pelos permanentes? Afinal, ele estava na idade de ficar banguela.

A raiz de alcaçuz ficou amarela, fibrosa e quase sem gosto, mas eles continuaram mastigando. É bom ter alguma coisa na boca. Há três coi sas que ela pode dar para Kolya quando ele chora de fome e não há comida. Uma, é a raiz de alcaçuz. A outra é a tira de couro de uma velha mochila de escola. Anna já ferveu o couro, e as tiras que sobraram parecem acalmar Kolya e talvez ainda tenham algum valor nutritivo. A terceira coisa que ela oferece, quando nada mais funciona, é o dedo. Ele chupa, segurando a mão dela e às vezes dorme assim.

— Isso mesmo, durma — diz Anna quando a imagem de Kolya some em meio à neve. — Durma o inverno todo, acorde só quando a primavera chegar.

Se ela pudesse fazer isso. Enrolá-lo como um esquilo e colocá-lo para dormir até que tudo aquilo terminasse. É insuportável quando ele acorda e diz "Anna, minha barriga está doendo", como se ela não soubesse. Ele faz um olhar acusador.

"Olha, só, Kolya, está na hora de tomar seu mel", diz ela, e o olhar dele a acompanha, tirando o pote de mel e a colher de estanho especial, escolhida porque é a menor que têm. Mas o mel não vai durar para sempre. E quando terminar e não houver nada para distraí-lo, num dia em que ela só tiver duas fatias de pão e duas horas de aquecimento no quarto?

"Posso tomar duas colheres? Só hoje? Prometo que não vou pedir mais amanhã — barganha ele, com os olhos brilhando. A fome o está fazendo mais velho do que é."

Ela balança a cabeça, negando.

"Temos que economizar para o mel durar, Kolya." O rosto dele fica sem graça e olha quando levanta o mel bem no alto, onde não pode alcançar nem ver. É um menino obediente. Mas um dia segurou a perna dela e tentou derrubá-la para subir e pegar o mel.

Aqueles demônios da neve estão dançando outra vez. É só o vento em redemoinho. Mas dessa vez os demônios têm cara e assumem formas das pessoas que ela conhece. Lá está Evgenia, jogando uma pá de terra por cima dos ombros. E Katya, balançando os cabelos para trás. E o pai, de perfil contra o sol vespertino, segurando a truta que pescou.

Não estou enlouquecendo, é só fome. Vamos ver o que consigo lembrar. Fatos. Sarampo pode ser identificado pelas marcas brancas dentro da boca. Como se chamam essas manchas? Elizaveta Antonovna sempre olha a boca quando uma criança tem febre. Às vezes, as mães levam os filhos com febre e saem rápido, antes que possam ser chamado. Mas não pode culpar muito as mães: elas precisam trabalhar. Não podem faltar. As crianças nunca desobedecem Elizaveta Antonovna quando ela manda abrir a boca.

"Hum, é o que eu pensei. Manchas de Koplik. Ponha essa criança no isolamento já, senão teremos uma epidemia de sarampo na creche."

E lá se vai ela preencher seu relatório em três vias, largando a criança, surpresa e assustada, ainda de boca aberta.

"Muito bem, pode fechar a boca", digo eu, e elas começam a chorar.

Será que eu trabalhei mesmo lá todos esses anos? Imagino o que diria Elizaveta Antonovna se visse o bebê morto de Zina.

"Sinais evidentes de negligência materna. Vou fazer um relatório bem detalhado para o Comitê."

Ou Kolya mastigando uma tira de minha velha mochila de escola...

"Dieta altamente inadequada para uma criança dessa faixa etária. Favor informar-se sobre reeducação nutricional, Anna Mikhailovna."

Uma coisa é certa. Elizaveta Antonovna vai sobreviver. Se não estiver recebendo rações especiais, deve ter dado um jeito de ir para Moscou num vôo militar. Está lá com certeza, fazendo o relatório mais completo possível sobre algum tema altamente secreto.

(Na esquina, um homem carregando um tapete Bukara olha a figura toda coberta puxando um trenó de criança, vazio. Será que ele ouviu um riso? Hoje em dia, as pessoas estão enlouquecendo nas ruas.)

O que eu disse para Fedya? *"Vamos achar um lugar para eles no chão russo."*

Um lugar, sim, e vamos nos vingar. Não sabia que ia dizer isso, as palavras saltaram de minha boca. Sei que os versos são de Pushkin, mas não lembro de que poema. Meu pai deve saber. Deixe-me ver se lembro mais.

> Você nos odeia, de qualquer maneira...
>
> E por quê? Responda.
> Porque, nas ruínas flamejantes de Moscou,
> nós contivemos o desejo insolente
> que fez você tremer? É por isso que nos odeia?
> Porque fizemos nossa terra engolir
> o ídolo que esmagou uma nação atrás da outra
> E com nosso sangue redimiu a liberdade,
> a honra e a paz da Europa?
> É por isso que nos odeia?

Há mais um trecho. Vou lembrar já. *Um* e *dois* e *três* e... decerto tivemos que decorar a poesia inteira na escola. Engraçado como as coisas voltam à memória quando você nem sabia que as conhecia. Garantido que os versos são de Pushkin. Ele tem razão, liberdade e paz é só o que queremos. Então isso tudo já aconteceu antes, é o que ele diz. O mesmo sofrimento, as mesmas invasões e batalhas. Tivemos de enfrentar um dia e estamos enfrentando outra vez. Só as pessoas são outras. Tudo isso já aconteceu e vai continuar acontecendo.

Sim, estou lembrando do resto do poema! Gostaria que ele me ouvisse recitar a poesia.

> Será que a terra russa não vai se levantar e
> Eriçar suas cerdas com brilho de aço?

É exatamente isso. Parece que Pushkin esteve na fábrica de Kirov. Parece que esteve conosco, vendo tudo isso. Preciso escrever quando chegar em casa, antes que eu esqueça de novo. Brilho de aço, era isso. Pena não ter lembrado esse verso antes, quando estava com Fedya. Ele iria gostar.

25

Está escuro quando Anna chega ao prédio bombardeado. O cheiro forte de queimado penetra a garganta. Ela fica a 100 metros, olhando. Duas lanternas acesas fazem sombras na neve. Parecem derramar luz e depois sugar tudo de volta, sem iluminar nada. Ela aperta a corda do trenó quando se aproxima do prédio. Uma parte do teto afundou no lugar onde a bomba caiu, destruindo um terço do segundo e do terceiro andares.

Há restos de escombros no chão, mas limparam a entrada principal. Uma sombra passa, rápida. Se as pessoas ainda estão entrando no prédio, é porque ainda há madeira. Anna se aproxima, passando pelas riscas escuras e ásperas no gelo, onde o fogo dissolveu a neve que depois congelou outra vez. Ela aperta mais o cachecol sobre a boca e o nariz e entra puxando o trenó.

Alguém está na frente com uma lanterna e sua sombra cai sobre Anna, que nem pensa em dizer alguma coisa: ela e outra sombra se movem como fantasmas pelas ruínas, perdidos em si mesmos. A figura se afasta para o lado e a luz some.

Mas ainda não está completamente escuro. Ela fica cercada pelas sombras. À direita, uma luz vermelha como um duende pula de outra soleira. Ela se adianta em silêncio e entra no pequeno cômodo que deve ter sido um vestíbulo. O piso virou carvão e no centro arde uma pequena fogueira; ao lado, uma mulher mexe numa coluna de madeira, mais de dois metros de comprimento. O serrote que a mulher usa deve ser de um jogo de carpintaria de brinquedo.

— Saia daqui, isso é meu, foda-se — diz a mulher, agachada no chão. Olha para Anna e seu xale cai nos ombros, mostrando o rosto dela. Parece velha, embora deva ser jovem. O serrote não vai servir, é de brinquedo e, além disso, a madeira é dura. Deve ser mogno. Ela tenta cortar um pilar ou algo parecido, colocado quando a casa ainda era nova e bela. A mulher jamais conseguirá serrar nem carregar a madeira para casa num bloco só, pois é fraca como um gato. Mas também não vai deixar a madeira lá. Olha bem para Anna, perdeu a agressividade, mas certamente não está pedindo ajuda. Há apenas três coisas a enfrentar: a madeira, o frio e sua fraqueza. Nenhuma delas é negociável.

Anna sai de lá.

Entra no amplo e vazio corredor de piso de pedra que cheira a fumaça. Procura a escada, caso ainda tenha os balaústres, mas sua mão nada toca. Do andar de cima, vem um som ofegante. Deve ter alguma coisa que valha a pena levar. É tarde para pensar em móveis, mas deve ter sobrado algum enfeite de madeira. Ela fica parada, pregada no começo da escada de pedra, ouvindo o barulho do prédio que se acomoda em si mesmo, poeira enchendo as rachaduras, destroços caindo por dentro das paredes, que formam ângulos estranhos. Se ela subir até a curva da escada, poderá olhar pelo buraco no teto.

Uma porta bate. Será que ainda mora alguém lá nos cômodos que não foram atingidos? Não, é um desses truques do som que faz ouvir movimento muito depois de ele ter existido.

É por isso que ela não consegue se mexer. É a respiração do pai, lá no apartamento, que a deixa pregada no chão. Durante toda a vida dela, o pai respirou. Por que não contou essas respirações quando podia contar? Por que não parou e escutou, numa daquelas manhãs mal-humoradas em que estava atrasada para o trabalho e Kolya reclamava, alegando que não queria o mingau porque comia mingau todo santo dia? Ela jamais parou para agradecer o fato de seu pai ainda respirar. E certamente nunca parou para agradecer o mingau de cada dia. Em vez disso, vestia as ceroulas em Kolya, cruzava o cachecol na frente e atrás do peito dele, enfiava a jaqueta, punha a capa de pele, as luvas, sem esquecer o par de meias de reserva, caso ele molhasse a que estava usando porque entrara neve pelo cano da bota. Depois, punha-o para fora de casa, antes que começasse a transpirar de calor. Num rompante de raiva, ela até batia a porta, assim o pai acordava. Por que havia de ficar dormindo?

Anna ouve os sons do prédio queimado. O pulso do pai. Fraco, mas constante, continua batendo como uma gota d'água caindo numa bacia. Anna balança a cabeça para que o som saia de seus ouvidos, mas ele continua. Não sabe se é real. Talvez a cidade inteira esteja se transformando num sonho e ficando transparente à medida que morre de fome. Dentro de mais alguns dias, se ela viver, poderá atravessar muros, andar sobre o Neva e voar de um lado a outro de Leningrado com a velocidade do pensamento.

O som do pulso do pai continua, e ela escuta. Será que ela está viva mesmo? Enrola-se mais no casaco grosso e sente o próprio corpo. O braço está fino e frio, mas macio. Quando as pessoas morrem, ficam duras como pau. Tira uma luva e põe a mão na boca. Sim, está respirando.

O pulso parece rápido, firme, e bate como o tique-taque de um relógio que sobreviveu a fogo e bombardeio, e continua informando as horas para ninguém. O tique-taque aumenta, empurrando-a para fora do prédio.

Ela vai. Vai sair desse túmulo, a madeira que fique lá. Já deve ter sido levada mesmo.

Mas, quando se vira, um homem surge no fundo do corredor, segurando uma vela, carregando um saco. Pára ao lado de Anna.

— Você não quer mais ficar aqui. Você quer ir logo para casa. — E ele também ouve o som do relógio. — Continua andando, não é? Embora não tenha ninguém para dar corda nele. Um idiota, exatamente como nós.

Quanto tempo ela ficou lá? Já desperdiçou muitos minutos. Como ela pôde pensar que poderia sair sem levar madeira para o *burzhuika*? Devia estar louca. Com a luz fugidia da vela que o homem segura, Anna sai do corredor para a sala de entrada. A luz de muitos tocos de vela forma uma dúzia de sombras balançando nas paredes e se misturando. Montes de lixo no chão se transformam em mulheres agachadas, fazendo resmungos quando arrancam os últimos pedaços de madeira. Como a sala é grande. Ela termina na escuridão como uma caverna. Certamente, isso nunca foi um apartamento. Foi um salão de baile, há mais de meio século. As pessoas deviam ser iluminadas por candelabros, os ombros brancos da mulheres brilhando contra o negro dos trajes masculinos. Dançavam neste piso, essas pessoas antigas.

À luz da vela, as mulheres cavando parecem estar num campo de batalha, arrancando roupas e anéis dos mortos. Sente-se no ar o esforço que fazem ao mexer na sujeira tentando encontrar a madeira que ainda resta. Anna fica muito perto de um carrinho de bebê com umas cinco ou seis achas de madeira, e a dona do carrinho salta como um gato.

Mas há um espaço aqui. Anna se ajoelha e prende bem o trenó na cintura. Apalpa o chão a sua frente. No lugar onde havia madeira, só ficaram sulcos vazios. Apalpa em volta e atrás. Nada. Experimenta mais perto da parede.

Ao rastejar no chão, a mão bate num bloco. Apenas um. Ela puxa, mas ele não sai do lugar. Está bem grudado e por isso ficou ali para quem tiver mais jeito. Anna tira o estilete da bolsa presa na cintura e começa a forçar. Parece que vai soltar, como um dente que está mole. Ela força outra vez, até que o estilete escapa e corta o lado de sua mão. Ela respira rápido para diminuir a dor, tira a luva e chupa o machucado. O gosto é quente e salgado, e ele percebe que o corte é superficial. Ainda bem que estava de luvas. Chupa outra vez, sentindo o gosto do sangue. Um gosto bom...

Tira a outra luva e segura-a nos dentes, assim pode forçar o lado da madeira com a mão. O bloco se solta do encaixe tão de repente, que ela cai para trás, com o estilete na mão. Anna guarda seu prêmio na sacola. Mas não vai puxar o trenó mais. Sem que ela percebesse, uma das outras mulheres poderia ter vindo de mansinho e tirado a madeira da sacola. Anna rasteja outra vez, agora com o trenó na frente dela, protegido por seu corpo, enquanto tateia no chão cheio de cinzas e fedido.

As pessoas estão em todas as paredes, tentando arrancar blocos meio carbonizados, onde o fogo atingiu só os lados do cômodo. Anna encontra um metro de espaço só para ela e se aperta contra outra mulher que tenta arrancar um taco com uma faca. Acendera uma vela, e nessa luz Anna vê que está usando uma faca de prata com um monograma no cabo. A mulher não parece ser dona de uma faca com monograma, mas o ouro e a prata infestam a cidade como piolhos. De todo jeito, uma faca de prata não serve para isso, é muito mole. A mulher precisa de um estilete para arrancar aqueles tacos. Furtiva, Anna usa seu estilete, escondendo-o com o corpo para a mulher não perceber. Bloco por bloco, a madeira queimada se solta. Está bem queimada, mas um terço ainda serve para queimar no *burzhuika.* Ela arranca mais dois. Nesse lugar, os tacos estão mais soltos e saem tão facilmente quanto batatas.

— Camarada, você tem uma ferramenta, não? Me empresta, um minuto. Juro que devolvo — sussurra uma voz rouca.

Anna segura com força o estilete. Se der, não vai conseguir de volta. A mulher é grande e mais bem nutrida do que Anna. Pode até ter uma faca presa na cintura. Talvez tenha visto que a sacola de Anna já está quase cheia. Anna não responde. O sussurro se repete, implorando, fazendo uma cantilena, e o corpo da mulher fica mais avantajado perto de Anna.

— Juro por Deus que devolvo. Só quero tirar alguns tacos. — Anna enfia o estilete dentro do casaco, a pele formigando. Sente no rosto um bafo fétido quando a mulher chama alto: — Igor! Igor! Venha cá, rápido. Ela está pegando a minha madeira. — Mas a mulher ficou muito tempo ajoelhada, e suas pernas estão entorpecidas. Quando ela vem para cima de Anna, perde o equilíbrio e cai, apagando a vela.

Na penumbra, o corredor fica seguro. Anna se aperta contra a parede e escuta. A voz da mulher sumiu. Não há sinal de Igor, se é que ele existe mesmo. Anna está com o estilete, o trenó e a sacola quase cheia de madeira. Basta. Foi bobagem pensar que poderia carregar dois sacos, pensa, enquanto prende o saco no trenó com o barbante. Esse peso já é suficiente. Ela vai andar 100 metros e comer um quarto de fatia de pão. Com isso, vai conseguir transformar o ar em ar, em vez da espessa e resistente cola que gruda por dentro quando se tenta avançar.

Ela fica gelada ao ouvir o passo ritmado de botas do lado de fora do prédio. Soldados fazendo a ronda. Aqueles de quem Evgenia falava, que param as pessoas e atiram na hora se você tem mais comida ou mais cartões de ração do que deveria. E ela está num prédio onde não poderia entrar, com uma carga de madeira saqueada. Mas os passos não diminuem, embora a entrada do prédio tenha uma mancha de luz. Veja só, eles têm tochas. Ela até ouve as vozes, baixas, apressadas e talvez um pouco assustadas. Sim, isso mesmo, deve-se ficar assustado. Uma pessoa deve se assustar com outra. E nós devemos nos assustar com nós mesmos.

Os soldados passam, é hora de ir para a abençoada brisa da noite na rua.

Os bombardeios recomeçaram. Ela pára e olha para saber de que lado as bombas estão caindo, mas está tudo certo. Não está caindo nada perto de casa. O barulho vem da direção de Smolny outra vez, perto quartel-general dos militares. Vai ser uma daquelas noites de ferro que os homens que bombardeiam adoram, com uma nevasca tão grande, que tudo brilha em pedaços, mesmo que só haja uma lua minguante para iluminar. As engrenagens do trenó rangem quando Anna passa em meio a pedaços de neve suja. As ruas estão vazias. Está frio demais, perigoso demais. Todo mundo está dentro de casa, embora ainda não deva ser cinco horas da tarde. Estão encolhidos na cama, conservando o calor do corpo enquanto outra camada de neve se acumula na vidraça das janelas. Todas as janelas por onde ela passa estão escuras por falta de energia. É impossível saber se as pessoas dentro de casa estão vivas ou mortas. Na cidade, parece que ela é a única a se mexer, avançando com esforço com sua carga de madeira.

Mas claro que ela não é a única pessoa. Numa encruzilhada, surge uma sombra da parede e pára diante dela. É um homem com capuz de pele, com uma lamparina de vela protegida do vento. Ele abre a portinha de vidro da lamparina, risca um fósforo no salto da bota, acende o pavio, fecha a portinha e levanta a lamparina até o rosto de Anna. Ele está de botas de bico de ferro e não botas forradas de feltro, pensa Anna, hipnotizada. Por que não usa botas de feltro? Os pés dele vão gelar.

— Olá, o que temos aí nesse trenó?

O homem tem uma cara estranha. Um segundo depois, ela percebe que ele parece estranho porque é muito corado e faz tempo que ela não vê uma pessoa bem-nutrida.

— O que é isso na sacola?

— É meu irmão, estou levando o corpo dele para o cemitério.

Os olhos dele estão muito empapuçados e, por isso, ela não consegue ver a expressão deles.

— Coitadinho. *Pequeninho*, não?

— Não, tinha cinco anos.

— Parece tão pequeno. É só isso que tem aí, então?

— Claro.

— *Pergunto* porque não quero que me passe a perna. Era bonitinho, não?

— Era.

— Então vamos ver a cara dele.

— Não! Não pode fazer isso. Já disse, está morto, deixe-o em paz.

Por um instante, é Kolya que está no trenó, como tantas outras crianças, o corpo duro e azulado. Talvez as palavras dela o tenham matado.

— Não, não vou deixar você o tocar!

— Não vou fazer nada com o seu irmão. Só dar uma olhadinha, mais nada. — Ele está brincando com ela. Tem energia para isso, não está morrendo de fome. Coloca uma mão no ombro dela e ela recua. — Não se preocupe, querida. Não estou interessado em você. Um pequeno corvo como você não merece uma bicada minha. Estou interessado é no seu irmão.

Ele levanta mais a lamparina e seus olhos brilham. São olhos humanos num rosto humano, mas Anna fica arrepiada. Falta alguma coisa naqueles olhos que foi arrancada. Ele é capaz de qualquer coisa. Tudo depende do acaso. Ela fica quieta, escondida em si mesma, enquanto a lamparina balança na frente de seu rosto. Após um longo tempo, ele põe a lamparina na neve e ajoelha-se ao lado do trenó. Rápido, desfaz o barbante e abre a sacola.

— Muito bem. Sabia que você estava me passando a perna. Irmãozinho morto meio esquisito, esse.

Despeja a madeira na neve. Anna pensa uma coisa, depois pensa o contrário como uma luz que acende e apaga. *Vai me matar. Não vai me matar.*

— É só o que você tem? Lastimável. Poderia ter alguma coisa boa enfiada no fundo da sacola, mas não, é apenas uma avezinha de rapina. Mas a madeira vale alguma coisa. Pegue do chão e ponha na sacola.

As mãos dela se mexem, desajeitadas. Ele vai se zangar. Ela está ajoelhada no chão, e ele olha do alto, com a perna direita na altura do queixo dela. O bico de aço da bota toca e afasta. Poderia amassá-la como se pisa um ovo. A bota se mexe. Ela põe a madeira na sacola. Preciso viver. Kolya está na cama, olhando para a porta, perguntando onde estou. Se eu morrer, ele morre.

— Não está querendo esconder um pouco da madeira em sua jaqueta, não?

— Não, não.

— Se estiver, *arranco* sua roupa também.

Ele fala com calma, quase com prazer. A madeira está toda na sacola. Ela fica de gatinhas, olhando para cima, não ousa levantar-se sem que ele mande. O homem joga a sacola no trenó e prende a corda no ombro. Sem dizer nada mais, vira e segue na direção de onde Anna veio. Anna ouve o rangido do trenó até sumir no silêncio. Com esforço, levanta-se.

Ele não pegou o estilete, pensa ela. Nem o último pedaço de pão. Ela cruza os braços sobre o peito e bate as mãos para se aquecer. Quer correr, mas está com muito frio. Pelo menos ele não sabe seu endereço. Engole em seco, depois tira o pedaço de pão e fica com ele na mão, enquanto começa a andar pela rua vazia, transformando-o em migalhas com os dentes e amaciando-o na língua.

26

É bem mais difícil andar sem o trenó. Estranho, pois o trenó era pesado. Mas sem uma âncora, ela pode ficar à deriva. Pode até parar sem perceber. Agora não tem mais atrás dela o rangido das lâminas do trenó. Só existe ela, de mãos vazias, aos tropeços para chegar em casa nos sulcos de neve derretida. Até o próximo poste. E o outro. Até aquela esquina. Até a segunda entrada de prédio.

Ela passa por mais dois soldados em seus casacões compridos e botas de feltro que olham para ela sem falar. O bombardeio começou outra vez. O ar estremece, mas nenhuma bomba cai perto. Não falta muito para chegar. Um quilômetro, não mais, e estará em casa.

Atrás dela, alguém tosse. Ela se vira e vê o bruxuleio de uma lamparina de vela. Ele veio atrás dela. Seguiu-a. Ela não tem nada, ele sabe. Depois do trenó e da madeira, o que mais quer? *Vou tirar suas roupas também.* Anna pega o estilete no bolso do casaco.

— Anna? — A voz ondula pela imensidão de gelo que isola os dois. — Anna, é você, não? Sou eu, Evgenia.

Ela jamais reconheceria aquela voz áspera e falha como a de uma velha. Mas se Evgenia diz, deve ser ela. Anna balança a cabeça para afastar o entorpecimento do frio. A silhueta brilha na neve, vindo em sua direção, segurando a lamparina.

— Achei que era você. Eu a estava seguindo, não percebeu? Você ficou dando voltas por aí.

— Fiquei?

— Ficou. Deixe-me ver como você está.

Pela segunda vez, uma lamparina de vela balança na frente de Anna. Mas agora é o rosto pontudo e amarelo de Evgenia e seus olhos compassivos.

— Venha, apóie-se no meu braço — diz ela. Dá o braço para Anna como se fossem duas meninas dançando. A sensação é ótima, o braço de Evgenia nas costas dela, apoiando-a. — Vamos, está perto.

— Você está indo na direção errada, Evgenia. Vou para casa.

— Não vai conseguir chegar em casa, do jeito que está. Precisa se aquecer ou amanhã alguém vai encontrar você caída num monte de neve.

— Não estou com frio, Evgenia, estou quente.

— Sei, você sente calor, mas está congelando. É assim que as pessoas ficam pouco antes de desmaiar. Vamos.

Passam por montes de neve branca e suja que brilham à luz da lamparina de Evgenia. Um homem está plantado na neve, a cabeça enfiada no peito. Uma camada da neve do dia anterior cobre seus pés. Está sem botas. Elas saem da avenida, entram numa rua estreita, depois em outra, mais estreita ainda. Anna conhece essas ruas. Longe da larga avenida, onde os bondes passam e as pessoas vão a lojas e escritórios, determinadas e rápidas, as duas mulheres se encaminham para um mundo de crianças gritando de uma janela de apartamento para outra, mulheres nas escadas que param de conversar e olham quando você passa, um bêbado que esbraveja para o nada.

Agora, não há o menor movimento. As ruas são desfiladeiros de neve amontoada. As janelas estão escuras por causa do racionamento de luz. Uma casa inteira foi destruída por uma bomba. Em toda parte, o silêncio é pesado, mortal, o silêncio de uma mãe que não pode ser acordada nem pelo choro dos filhos.

— Chegamos. Suba os degraus. Moramos no terceiro andar.

As duas mulheres passam pela entrada que tem incríveis rodelas e rolos de água congelada, saídos de um cano que arrebentou no alto. Há uma estalactite ao lado da cabeça de Anna. A escada para o terceiro andar está estragada e suja.

— Cá estamos. — Evgenia abre a porta e entram.

A sala está aquecida. O cheiro de fumaça, pele quente, roupa de cama bolorenta, lamparina a querosene, gordura e botas velhas invade o nariz de Anna. Ela quase esqueceu. Vida tem esse cheiro.

— Sente-se aqui.

É uma cama, coberta com montes de casacos. Evgenia se ajoelha, descalça as botas de Anna e esfrega-lhe os pés.

— Quanto tempo você ficou dando voltas? Seus pés parecem blocos de gelo. Deixe-me olhar: não está tão ruim, os dedos não chegaram a congelar. Mas não chegue perto do aquecedor ainda.

Seus pés estão doendo. Não doeram enquanto ela estava andando. Evgenia tirou-lhe as luvas também e agora esfrega as mãos de Anna.

— Você não deve sair de casa depois que escurece. Já disse a você, é perigoso. Não sabe quem vai encontrar.

— Eu sei.

Evgenia olha para cima:

— O que houve?

— Um homem pegou meu trenó e a madeira que eu tinha catado.

— Eu achei que alguma coisa tinha acontecido. Você estava diferente. Ele bateu em você?

— Não.

— Então, teve sorte. Provavelmente já comemos todos os ratos, mas ainda temos os ratos humanos. Ele poderia ter dado uma paulada na sua cabeça. É fácil. Basta uma pá, você fica na neve e nunca mais levanta.

— Pensei que você fosse ele outra vez.

— Achei que você não estava muito satisfeita de me encontrar.

A voz de Evgenia estava tão diferente. Costumava ser grave e profunda; agora está rouca, como se ela tivesse estado doente. Ela também parece diferente. Mais magra, claro, embora não tão magra como a maioria das pessoas. Não está morrendo de fome nem com falta de lenha. Imagine só, deixar o fogareiro aceso quando nem está em casa. Deve ter muita lenha. Isso mesmo, tem uma pilha o pé da cama. As coisas também são de boa qualidade. Parecem tábuas corridas serradas de uma daquelas antigas casas de madeira que estão derrubando.

— Você ainda trabalha?

— Trabalho. A fábrica está com apenas 20 por cento da produção e faço grande parte do trabalho aqui. — Ela aponta para um canto da sala onde um lençol faz as vezes de cortina.

— Você traz os homens para cá?

— Bem, acho que o saco deles cairia congelado se fizéssemos a coisa na rua. Além do mais, gostam dos confortos de uma casa, do samovar, do fogareiro aceso e tudo o mais. Eles agora estão com um pouco mais de dinheiro. — Evgenia sorri. — Não é engraçado como os verdadeiros bastardos são sempre piegas em relação ao lar e às mães? Nem por isso dão um tostão por qualquer outra pessoa. Olho para alguns deles e penso: *Arrancaram a sua alma. Não sobrou nada.* Mas não pergunto nada, não quero saber. Quando chegam, aviso que mamãe está aqui, com isso eles ficam mais contidos.

Anna olha em volta:

— Sua mãe está aqui?

— Ali — Evgenia aponta para a cama onde Anna está sentada. — Está embaixo daqueles casacos, encostada na parede. Ela sempre dorme apertada na parede. Agora, dorme quase o dia todo.

— Ela está doente?

— Não, só quer dormir. As coisas não foram fáceis para ela, você sabe — diz Evgenia, que continua segurando as mãos de Anna.

Um lampejo de compreensão passa por elas. Anna umedece os lábios.

— Foi seu menino?

— Pois é, ele tinha comida, não foi isso. Foi a tosse que atingiu o peito. Paguei o médico para vir aqui, mas ele não tinha remédio para dar. Mamãe ficou com ele no colo três noites.

Tenho um filho, minha mãe cuida, e agora ele pensa que minha mãe é a mãe dele, vê se você entende. Eu não digo nada.

— Como ele se chamava?

— Gorya. Cuidei para que ele tivesse um enterro digno. Não o joguei na porta do cemitério. Mamãe não pôde ir por causa das pernas; éramos só meu filho e eu. Paguei uma garrafa de vodca para os homens cavarem a cova e fiquei lá para ter certeza de que iam fazer tudo direito. Ele foi todo enrolado e levei-o no trenó, mas demoraram a cavar porque a neve estava muito alta. Mas eu não saía dali até ver ele enterrado direito. Peguei ele no colo e fiquei segurando. Ficamos só eu e ele.

— Quando tudo isso terminar, você arruma uma lápide para ele.

— Isso mesmo. Sabe, Anna, o pior é que eu penso que quando tudo isso acabar, vai ser como era antes. Os mortos não morrem para sempre, só por um tempo, não sei se você me entende. Como quando as crianças brincam de esconde-esconde e ficam escondidas um tempão, imóveis, até que alguém grita: "Pronto, pode sair". E eles aparecem. Penso assim, apesar de o ter visto enterrado. Depois, comecei a endoidar e pensar que talvez não fosse ele. Talvez eu tivesse pensado que fiquei lá segurando-o no colo. Mas não sinto direito. Penso: "Gorya morreu" e isso parece normal, mas, ao mesmo tempo, não parece verdade. Não sei se você entende o que estou dizendo. Então penso: "E se eu começar a sentir que ele morreu?" Sabe, quando as coisas mudarem. Quanto tudo isso terminar.

Anna vira as mãos de Evgenia e bate nas palmas.

— Não podemos pensar nisso.

— Você se aqueceu um pouco.

— É verdade, mas preciso ir logo. Vão ficar preocupados comigo.

— É muito bom ficar aqui sentada, conversando. Nunca tenho tempo. Sente aí enquanto faço chá.

A sala tem um calor envolvente. Vou descansar um instante, enquanto ela faz o chá. Imagine só, um fogareiro com uma pilha de lenha no canto. E eles têm o que comer, dá para perceber.

Mas a neve deu um jeito de entrar na sala. Dança na frente de Anna e forma uma figura de homem ou de mulher, que se encaminha para ela. O trenó range...

— Pronto, segure bem.

Evgenia dá o copo de chá quente para Anna. O cheiro passa pelo rosto dela. Ela tome em gole. É chá de verdade, quente, forte e com açúcar.

— Um de meus clientes deu-me meia caneca de açúcar. Bom, e fica tão bêbado a ponto de não enxergar mais nada, vai acabar perdendo as coisas, não é? Ainda tenho minha mãe para cuidar.

Há um tom em sua voz que Anna nunca ouviu. Duro, desafiador mas envergonhado.

— São os tempos que vivemos — diz Anna. — Eu não estava lá, catando no chão de um prédio incendiado, cavando tacos de madeira meio queimados? Uma mulher pediu emprestado meu estilete e não dei. Tem mais: eu enfiaria o estilete nela, se quisesse pegar. Você começa a fazer coisas que jamais pensou que pudesse fazer.

— Isso mesmo. Você sabe que está mudando, mas ainda acha que pode voltar a ser o que era. Até que um dia você percebe que não pode. Você mexeu nos bolsos de um bêbado e roubou o que ele tinha, depois tirou-o da porta e jogou-o na neve. E nem se importou se ele morreu gelado... E você, como vai?

— Meu pai não vai viver muito. Nosso problema é a fome, como o de todo mundo.

— Posso lhe dar um pouco de lenha.

— Mas você precisa.

Posso conseguir mais. Enquanto tiver meus clientes, estamos melhor do que vocês. E todos me conhecem. Além disso, eles não querem chegar aqui e ficar com as ferramentas do amor congeladas, então eu sempre fico sabendo onde há uma casa de madeira bombardeada.

— Ferramentas do amor! É assim que eles falam? Não parecem muito cheios de amor.

— Todos eles têm alguma coisa com as mães: sempre que podem, falam bem delas. Vamos mudar de asssunto, Anna, mamãe acordou.

Os casacos mexem-se, como se um animal estivesse saindo da hibernação. Dois olhos pequenos e sagazes examinam Anna.

— Quem é, Genia?

— Anna, uma amiga.

A mãe de Evgenia afasta as cobertas e, com esforço, seu corpo esquálido sai da cama.

— Dormi tanto...

— Eu sei, mãe. Dormiu horas.

— Gostaria de sonhar, mas não sonhei. Ainda é de manhã?

— É de tarde, mãe.

A velha vai mancando para a fundo da sala, onde é mais escuro. Acende outra vela e Anna vê o pano bordado, a pequena lamparina, o ícone e a foto de uma criança.

— Quando você vai conseguir óleo para minha lamparina, Genia? Meu lindo cantinho não fica direito sem ela.

— Quando puder, mãe. Você sabe que não há óleo no mercado agora e precisamos economizar o que temos para a lamparina grande. Você tem sua velas.

A velhinha ajoelha-se na frente do ícone e se benze várias vezes.

— Ela é crente, isso não muda — diz Evgenia, baixo. — Naquela última campanha contra o retrocesso, eles chamaram cada um na fábrica e perguntaram se nossos filhos eram batizados e se tínhamos algum ícone em casa. O que eu podia fazer? Tive de mentir. Não batizei Gorya, mas mamãe levou-o em alguma igreja e batizou, eu sabia que ia fazer isso.

Aos poucos, tremendo, a velha se inclina até seus lábios tocarem os pés pintados do menino Jesus no colo da mãe.

— Tenho de ir — avisa Anna.

— Acompanho você até a catedral. Assim, você não vai ter problema — Evgenia coloca lenha numa sacola de pano.

— Não precisa tanto, Evgenia.

— As crianças não conseguem se manter aquecidas como nós. Leve esse resto de açúcar para o seu Kolya.

Anna olha Evgenia despejar o açúcar com cuidado num cone feito de jornal e dobra em cima para fechar. — Evgenia, sua mãe vai querer açúcar.

— Olhe para ela.

A velha senhora ainda está inclinada, rezando baixinho.

— Sabe o que ela está dizendo?

— Evgenia, não diga, ela vai ouvir.

— Não ouve, está surda. Está dizendo ao Menino e à Virgem o que deve fazer com Gorya. Ver se ele está com a jaqueta abotoada e avisa que ele não gosta de nabo, então, por favor, misericordiosa Virgem, dê cenouras para ele comer. E na hora de dormir ele precisa tomar o óleo de fígado de bacalhau, às vezes ele tenta cuspir o óleo, então, minha amada Virgem, fique olhando até ele engolir. É isso que ouço ela dizer, às vezes. Para minha mãe, eles são muito mais reais do que eu. É com eles que ela quer ficar. Sirvo-lhe comida da boa e ela olha como se não soubesse o que é aquilo. Vai para a cama e dorme, como você viu. Ela não quer mais viver. Quer ficar com eles. Mas eu não sei se isso é bom ou ruim. Quero viver. Por pior que seja a vida, ainda quero viver.

— Eu sei.

— Assim que a vi soube que também era assim. Percebe-se logo. Algumas pessoas não têm essa vontade de viver e simplesmente se apagam. Vendo você e Katya lá, eu saberia na hora sobre qual das duas aquela parede ia cair. Não é uma coisa que nós queremos, mas o jeito que somos. Temos que continuar. Às vezes acho que seria mais fácil fazer como minha mãe agora. Só que não consigo. Então, tudo o que faço, vou ter de agüentar pelo resto da vida.

— Não entendo como você pode ter certeza — diz Anna, já sabendo que Evgenia tem razão. Bastava que a morte olhasse para o rosto firme, de ossos bem marcados e pensaria em outro alvo. Deus sabe que há muitos alvos.

— Mamãe diz que esses dias são o final dos tempos — conta Evgenia.

— O que isso significa?

— Ela tem um livrinho de profecias que diz: nos nossos dias, duas serpentes gigantes vão lutar até destruir o mundo com fogo e raios.

— Não sei quem seriam essas serpentes.

— Eu também não; digo-lhe sempre que isso é bobagem, mas — os olhos irônicos de Evgênica brilham —, mesmo assim, nada mal se nos livrarmos de duas serpentes pelo preço de uma, não?

— Mas elas já terão devorado o mundo.

— É verdade, tem isso. Mas *No final dos tempos, no tempo de sangue*, é assim que o livro fala — conta Evgenia.

Elas se encaminham para a porta do apartamento.

— Vai ficar lá horas — sussurra Evgenia, olhando para a mãe.

— É duro para você suportar isso.

— Gostaria só que ela conversasse comigo.

— Conheço um médico que diz que a fome está fazendo as pessoas ficarem tão estranhas. Não é nada pessoal.

— Mas ela não sente fome, garanto. Mas para que faço tudo isso, se ela não come?

— Evgenia...

— Está bem, estou sendo idiota.

As duas se abraçam e se balançam, enlaçadas.

— Está tudo bem, vai acabar logo, vai melhorar, chore um pouco...

Ficam assim por um bom tempo. Cinco minutos ou dez. Os minutos pertencem apenas a elas. Até que Evgenia se afasta, enxugando as lágrimas.

— Melhor irmos, fico olhando você no caminho.

— Vou bem.

— Eu sei, desde que você não...

— ... desperdice...

— ... a droga...

— Ela disse droga ou foda?

— Droga.

— Da *salsicha* — dizem as duas juntas, os rostos muito próximos.

No final dos tempos, na época de sangue... Mas aqui não há sangue. A neve está congelada nos telhados, e o sangue congela nos corpos sentados nos parques gélidos. Nem uma gota espirra durante toda a longa noite. Essa é a cidade de Pedro, o Grande, construída nos charcos do Báltico. Os operários trouxeram terra para construir sobre ela, carregada na borda de suas capas. Seus ossos ali foram enterrados, a cidade caminhou sobre eles. Eles afundaram. Quando havia bastante deles para firmar, Pedro colocou os alicerces.

Depois que a manhã surgir, um amanhecer cor de lilás, com a neve que brilha no galho das árvores, nos pingos da água congelada, na neve, nas cúpulas e na beira das estátuas. Nunca houve coisa tão bela quanto essas avenidas largas, o Neva colorido de branco, os parques e as margens do rio. Só as pessoas estragam essa perfeição quando se arrastam para fora de casa, para a neve radiante. Talvez seja hoje o dia em que elas não vão conseguir chegar à fila do pão. Elas se movem como moscas presas entre duas placas de vidro.

27

O número de mortes em dezembro está aumentando. Os índices não podem ser precisos, porque nem todos os mortos conseguem chegar aos cemitérios ou às covas simples abertas com dinamite na terra congelada. É impossível contar os mortos endurecidos em casa ou que a neve cobriu a caminho de um lugar que ninguém lembra qual era. Pavlov os vê nas ruas, como todo mundo. Um pé saindo de um monte de neve aqui, um monturo de cara enfiada no gelo do Neva. Esses mortos não desaparecem. Não estão enterrados e não vão entrar em decomposição. Quando a primavera chegar, haverá uma grande crise de saúde pública, conclui Pavlov, depois pensa em outra coisa. Não é problema dele.

Seu problema é o amanhã e o depois. Sua tarefa é fazer com que Leningrado consiga, pouco a pouco, viver. Sua tarefa é vida, embora ele compreenda que inclua a morte, e às vezes são tantas mortes, que parecem grudar nas mãos dele, como tinta de jornal.

Pelas estatísticas existentes, as mortes de dezembro devem ser quatro ou cinco vezes maiores do que as de novembro.

— Estamos chegando a quatro mil.

— Tem certeza? Esses números foram checados e confirmados? Preciso de um quadro preciso — diz, ríspido, Pavlov.

Precisa saber quantos cartões não serão reconfirmados no início do próximo mês. Agora, cada morador precisa confirmar seu cartão de ração pessoalmente; assim os mortos não confundirão o sistema de controle com suas rações "fantasma". Fica mais difícil fraudar, embora não totalmente.

A fraude, o mercado negro e o roubo estão atrapalhando as estatísticas de Pavlov. Ele coça os olhos. A punição para qualquer apropriação ilegal de comida deve ser sumária, mas isso não é problema. Já está ocorrendo. Os agentes do mercado negro, os ladrões e os falsificadores de cartões de ração não devem esperar piedade. Piores são aqueles que alteram o sistema estando dentro dele; esses devem ser punidos com mais rigor e em público para servirem de exemplo. O problema é que quando tanta gente está morrendo, a pena de morte perde sua força.

Tanto de trigo, tanto de açúcar, tanto de gordura de cozinha. Está chegando uma carga aérea de alta proteína, mas a quantidade é irrisória. Cinqüenta toneladas de comida altamente calórica por dia quando se precisa de duas mil toneladas. Às vezes, os aviões aterrissam, mas sem nada. Seja lá o que as cargas aéreas militares trouxerem, não será suficiente para os milhões de bocas.

Se alguma coisa pode salvar a cidade, é a estrada na neve sobre o lago Ladoga. Mas as coisas continuam lentas nessa área. Muitos caminhões encalharam ou quebraram na neve, e os que sobraram levam quase o triplo de tempo que deveriam. As nevascas fazem com que seja quase impossível os caminhões irem de uma estação na neve até a próxima, e, quando o céu está claro, os alemães bombardeiam. É uma luta heróica, claro que é. Tudo é heróico. Você pode não dar valor, mas o problema não é esse. A caneta de Pavlov fica parada sobre o papel. Ele olha para o alto, fazendo cálculos. Seus olhos estão vermelhos de fumaça e falta de sono, mas ele é forte e sabe até onde ir.

Há pouco, a fábrica de Kirov precisou parar, embora os operários ainda estejam lá, defendendo heroicamente as instalações, dormindo em turnos, mantendo-se em suas posições mesmo quando não agüentam ficar de pé. Mas não produzem nada.

Não precisamos de mais heróis, precisamos de tanques. Precisamos de baterias antiaéreas e engenheiros que tragam peças sobressalentes. Mesmo que os suprimentos tenham conseguido passar pelo gelo, há o pesadelo da fila de caminhões do lago Ladoga a Leningrado. O pessoal da ferrovia está morrendo de fome como todo mundo. Não consegue manter a estrada limpa; ela precisa de conserto constante, depois dos seguidos ataques de bombas. Não há combustível suficiente para as máquinas, falta mão-de-obra especializada e não se conseguem homens com força para limpar as linhas.

— Estes são os números mais recentes.

Mais números escritos no papel fino surgem diante dele. Sua cabeça ansiosa continua as estatísticas. É um dom de Pavlov: os números não o assustam, mas o estimulam. Na mesma hora, os novos números incorporam-se ao último dos planos que ele teve de elaborar 50 vezes naquele inverno. Ele sabe que, pelas costas, é chamado de Czar da Comida, mas considera isso um elogio. Além do mais, não subestima o inimigo. Pavlov conhece bem a frase de Nekrasov: *A fome é o maior de todos os czares*. Ele tinha razão, mas não adianta ter medo da fome. Não, é preciso manter a cabeça no lugar e atacar antes que seja tarde. Manter aquela linha Irinovsky, não importa como. Manter a estrada na neve funcionando ao máximo, como deveria. Não importa se aqueles canalhas bombardeiam a estrada de ferro dia e noite. Manter grupos de homens na linha do trem para consertá-la toda vez que for bombardeada. Se os encarregados não conseguem se organizar, mate-os.

Claro que haverá perdas. Portanto, faça isso agora, antes que as mortes aumentem mais. Cadáveres não podem tirar neve das linhas do trem, nem controlar estações cobertas de neve. Ele sabe que o comando militar nesse assunto depende dele. Falou com Zhdanov.

Os que têm ração menor não podem viver muito, a não ser que tenham comida estocada. É pouco provável que tenham, depois de quase três meses de fome crescente, assim como não devem mais ter gordura em seus corpos. A gordura já queimou. Os armários estão saqueados. Essas pessoas agora recebem duas fatias de pão adulterado por dia. Como a gordura do corpo acabou, os músculos estão sendo consumidos pelo motor do corpo. Eles morrem de hipotermia, insuficiência cardíaca, exaustão e todas aquelas doenças com centenas de nomes que podem ser resumidos num só: fome.

— Os relatos falam em morte por distrofia e outras doenças relacionadas com a fome — ecoa uma voz atrás dele. Pavlov se irrita:

— Por favor, não desperdice meu tempo repetindo isso. Conheço a patologia. Quero números precisos da farinha em estoque nos armazéns a oeste do Ladoga. É preciso todos os esforços para aumentar a quantidade de suprimentos trazidos na estrada de neve.

Como a gordura do corpo, o número de bocas que precisam receber comida está derretendo.

— Você disse três mil mortes? Quatro? Quatro mil e 500?

Os números são escritos em colunas. Em outras, anotam-se as toneladas de farinha, gordura, açúcar, carne. Quando ele diminuiu a ração, no final de novembro, uma estenógrafa exclamou: "Mas as pessoas vão morrer!", depois empalideceu, percebendo o que dissera. Não havia mais ninguém na sala. Se houvesse, ele teria de tomar uma atitude.

— Você acha que não tenho sentimentos humanos? — Pavlov questionou imediatamente a moça.

— Não, claro que não, eu não tive a intenção...

— Eu sou responsável, você sabe o que é isso?

— Sei.

Ela não entende, nem pode. Ter a obrigação de escrever a ordem não é agradável, mesmo sabendo que é a única coisa a fazer. Ele está escrevendo a História, mas ao mesmo tempo a História o está escrevendo. Não pode escolher, como a moça pensa que ele pode. E, lá de Moscou, o Chefão está de olho nele.

Mas as coisas vão mudar. Têm que mudar. Pavlov sente uma mudança que ainda não se vê, nem se ouve ou sente. É como uma certa secura no ar, após meses de neve. Ao sul, a centenas de quilômetros, um vento quente começa a soprar, embora o rio gelado ainda não saiba. Não são coisas que se possa saber ou entender, mas sentir no corpo, o sangue corre mais rápido. É verdade, esses são mesmo os maiores prazeres, os que você não consegue entender direito.

Pavlov inclina o corpo, segurando-se nas bordas da mesa. Não está na cinzenta e fria Leningrado, mas numa aldeia 180 quilômetros a sudoeste de Moscou, num paredão de rocha sobre um rio: as águas geladas começam a quebrar. Blocos grossos de gelo batem e se chocam. Alguns são forçados a afundar por causa da pressão da corrente sobre eles. A água faz muito barulho, rápida e apressada, e, de repente ele percebe como o inverno foi longo e silencioso. Um pássaro voa baixo sobre o rio, roça a superfície e sobe para a outra margem, onde há árvores. O ar tem um cheiro de lama e de água pura e espumante. A luz sobre aquelas colinas enrugadas está mais clara agora, não? Aponta as curvas das colinas como se fizesse uma promessa.

Tantas toneladas a oeste do Ladoga, outras tantas estocadas em Leningrado, tantas a caminho de Leningrado pela estrada de neve. É a terceira semana de dezembro, a mais fria e mais escura de todas, quando o pulso da vida chega ao ponto mais lento. Não é dramático morrer de fome. Ninguém tem força para correr pelas ruas, sangrando e xingando. Trata-se de um desastre invisível, como a morte de uma colméia no inverno. Mas quando chega a primavera e a colméia é aberta, tudo fica claro. Como favos, os apartamento de Leningrado estarão cheios de corpos, encolhidos e escurecidos pelo frio.

Pavlov pega outra folha de papel. Desenha um gráfico mostrando o aumento do número de óbitos em relação aos cortes que fez nas rações. O gráfico chega a meados de dezembro, pára, depois continua, está no mês de janeiro, que ainda não chegou. Supõe que não haverá aumento na ração. Supõe também que o índice de óbitos será igual ao de dezembro. Sem cortes na ração, sem aumento de óbitos. Os dependentes continuam com 125 gramas de pão por dia até janeiro e fevereiro. O traço do gráfico aponta para o céu, carregando as vidas de mais de metade da população de Leningrado. Sobe. Eles morrem mais rápido.

Pavlov olha outra vez para suas listas atualizadas de alimentos em estoque. As reservas são mínimas. Só garantem mais alguns dias de sobrevivência. Se ele aumentar 20 gramas na ração, o risco é impressionante. Se deixar como está, os cidadãos de Leningrado vão morrer do mesmo jeito. Só uma coisa oferece possibilidade de ação: o potencial da estrada de neve. Não pelo que fez por Leningrado até agora, certamente, mas pelo que poderia fazer. Ele pega o telefone, segura o gráfico e as estatísticas e liga para Zhdano e o comando militar de Leningrado.

Horas depois, Pavlov pega seu gráfico de óbitos projetados da cidade e examina-o. Acende um fósforo, segura uma ponta do papel e queima-o. Não precisa do papel porque tem os números guardados na cabeça. Além do mais, é um documento que ninguém precisa ver, principalmente aquela estenógrafa de cara branca que disse "Mas as pessoas vão morrer!" O papel enrola-se e faz uma fumaça escura. Quando as chamas estão quase queimando seus dedos, Pavlov sopra e o papel vira cinza.

Só no dia 25 de dezembro, a ração diária será aumentada em 100 gramas para operários e 75 para dependentes.

A estenógrafa tinha toda a razão. Três dias depois, na ilha Vasilievsky, no outro lado de Leningrado, uma menina abre seu caderno. É um caderno de bolso, como uma agenda de endereços. O índice alfabético fica à direita. Com letra clara de uma boa aluna de 11 anos, ela escreve o primeiro nome.

Zhena. Depois, sublinha a palavra, *Zhena*. *Morreu em 28 de dezembro de 1941, à meia-noite e meia.*

Nos registros futuros não sublinhará os nomes. Vai anotar cada uma das mortes em sua família, até a última. No final, escreverá: *Todos os Savichevi morreram. Só Tanya ainda vive.*

Pavlov também tem toda razão. Está escrevendo História, enquanto a História o escreve. Coça os olhos. Seu colega olha para ele, do outro lado da sala. Tem medo de Pavlov, mas não é medo que sente naquele momento, mas alguma outra coisa, beirando a piedade.

28

Meia-noite e 10. Está tudo escuro, parado e frio. Um frio feroz, capaz de estancar o sangue nas veias; tão forte, que transforma os mortos em toras de gelo.

Os quatro se encostam uns nos outros na cama, aproveitando o calor dos corpos. Estão vestidos, com bonés cobrindo as orelhas, luvas e cachecóis. Na beirada dos colchões há quatro pares de botas. A janela de ventilação foi remendada com papelões, cobrindo o buraco que uma bomba fez no vidro, duas semanas antes. As outras janelas estão duras de neve, por dentro e por fora. Lá fora, um vento gelado faz a neve redemoinhar em demônios nas esquinas vazias.

Está escuro, escuro. Não se pode ver nada. Só a rudeza do frio, como um animal espreitando o cômodo, açoitando cada centímetro de pele descoberta. Lá fora, a temperatura à meia-noite é de 18 graus abaixo de zero. Está escuro desde as três da tarde e vai ficar assim até bem depois que o dia raiar. Longas horas, longas, quando não há nada a fazer senão ficar junto e se manter vivo.

Se ela tocasse o *burzhuika* agora, sua mão ficaria grudada no metal gelado. Amanhã, eles vão queimar mais livros. Graças a Deus, há livros para queimar.

Mikhail não vê que estão queimando seus livros. Quatro pessoas dormem juntas num cômodo, mas ele está sozinho no quarto ao lado. Deitado, com o nariz saliente no frio. As mãos estão sobre o peito, segurando um livro. Sua pele está firme e brilhante. O frio pode esbravejar o quanto quiser, mas não lhe faz mal. Ele agora faz parte do frio. Suas feridas fecharam, o quarto não tem mais cheiro de doença, e, embora a morte tenha entrado no quarto, ela também está gelada, adormecida, como um visitante de inverno que só vai despertar na primavera.

— Você está dormindo?

— Não, e você?

— Também não.

— Como está o pequeno?

— Dormindo.

— Tem certeza?

— Tenho. Mas os pés dele estão frios.

— Me dê sua mão.

Naquela caverna de tapetes e cobertores, duas mãos se tocam. Não há calor no toque. Duas mãos, duras, frias, parecendo garras, se enlaçam. Eles não são mais homem e mulher. Mas estão vivos. A mão de um esticada para o outro, tocando-o. De repente, a criança explode num espasmo de tosse. O corpo mexe, o peito chia, mas ele não acorda. Andrei e Anna chegam mais perto, cada um de um lado de Kolya, aquecendo-o como podem.

— Marina está dormindo?

— Está, só agora — responde Anna.

Kolya se mexe e tosse. Anna abre o casaco e abraça-o. Aos poucos, com dedos duros de frio, abotoa o casaco com os dois dentro. Ele se encosta bem nela, apertando sua garganta. Anna esfrega-lhe as costas e enfia os pés dele entre suas pernas.

Os quatro têm um cheiro azedo nas roupas que não tiram para dormir. Quatro pares de botas ficam ao lado do colchão. Assim, quando eles engatinharem para fora da caverna de cobertores, para o quarto gelado, só precisarão enfiar as botas. Mas tudo demora tanto. Respirar dói. Dá palpitação.

Marina está enrolada como uma bola, de costas para Anna e os outros, as mãos fechadas sob o queixo. Dorme, sonha. Sonha com comida. Com uma cheirosa e quente sopa de cogumelos secos. Pedacinhos flutuam na sopa, dourados e fofos...

O mel de Kolya. O pote de vidro está quase vazio. Sobra uma colherada.

As coisas vão melhorar. Têm que melhorar. Vão suspender o bloqueio. Nossas forças vão retomar Mga, e a estrada de ferro para Moscou voltará a funcionar. O cerco vai terminar.

Só o mel de Kolya consegue se esticar no espaço que há entre o agora e o depois, quando as coisas melhorarem. Um fio de mel fino, escuro e doce, cheirando a urze e fumaça. Uma colherada. Eles todos vão olhar, quando Anna colocar a colher na boca de Kolya.

— Pronto, devagar, não engula de uma vez.

Preciosas calorias e vitaminas. Será imaginação deles ou o rosto pálido de Kolya já está com um pouco mais de cor? Anna passa o dedo numa gota de mel que escorreu no pote e põe na boca do menino. Ele chupa e continua chupando depois de engolir o mel. A esses fios eles se agarram.

O pote de mel está ali, encostado no colchão. Se algum ladrão entrar, não o encontrará. Anna toca o pote. O estômago dói. Ela enfia a mão dentro da caverna de cobertores outra vez.

Os frios e silenciosos apartamentos dos cômodos estão sobre ela, favos gelados suspensos na colméia do prédio. Lá embaixo, estão a rangente escada cheia de gelo, o pátio coberto de neve, os andares que ninguém varre, os prédios atingidos por bombas, as miras de bombardeios, as defesas da cidade que ela ajudou a construir em setembro, quando estava numa outra vida. Mais além, o anel de ferro do exército invasor, apertando o pescoço de Leningrado. Lá embaixo está Leningrado, paralisada como a carne e o sangue de Anna.

Kolya mama enquanto dorme. Seus lábios passam no pescoço dela, buscando comida, como fazia cinco anos antes, quando era bebê. Andrei está quieto. Dormiu de novo, como Marina. A mão dele soltou-se da sua.

Essas são as horas mais difíceis, após a meia-noite, quando o dia ainda está distante demais. Anna cochila, de repente desperta, cochila outra vez. O estômago dói. Dobra os joelhos, envolvendo Kolya. Os dedos dos pés coçam, mas ela não os alcança.

É como se a morte estivesse rondando no quarto ao lado. Seus passos são nítidos e próximos.

Amanhã, será a luta por comida, por calor, por mais um dia de sobrevivência. Amanhã, mais uma vez, não levarão o corpo do pai para o cemitério. Se o trenó de Kolya não tivesse sido roubado, poderiam dar um jeito. O pai terá que ficar no apartamento, e já fazem seis dias. Ou serão sete? O tempo se esgarça como a trama dos cobertores. Ela faz as contas. Foi numa quarta-feira, não, na terça...

Amanhã o mel vai acabar. Não pense nisso agora. O coração de Kolya bate nos ossos de seu peito. Será normal coração de criança bater tão rápido? Ele se mexe, mas não tosse. Muito bem, durma, durma. Eles não podem bloquear seu sono.

A noite passa.

E já é noite outra vez.

O pai morreu há nove dias... ou seriam 10? São duas horas da tarde. O sol aparece, e sua luz passa através da vidraça coberta com papel no quarto onde está o pai de Anna. O quarto fica radioso. Folhas e pétalas geladas fazem sombra no corpo de Mikhail. A barba aponta no rosto, mas ele dorme num silêncio de gelo, como faz há 10 dias. Ou nove? A luz do sol some, e o céu fica amarelo; vai nevar.

Mais uma vez, as padarias abriram tarde. Hoje foi por causa da falta de água, que atrasou o cozimento do pão. Quando Anna voltou com as rações, Andrei já tinha chegado do hospital, depois de passar a noite de plantão. Deveria dormir lá, como todos os outros médicos, mas sempre que pode insiste em vir para casa. Pegou carona num caminhão, conta. É loucura gastar energia com isso, mas ela não discute mais o assunto. Só discutia por obrigação: na verdade, quer que ele venha.

Quando Anna entra em casa, Andrei está dormindo com Kolya no colo. Ela pára e presta atenção na respiração de Kolya. O rosto dele está calmo, escondido no sono. Está melhorando da tosse. Esse é o sono melhor e mais profundo, o do meio-dia, depois da sopa de pão. Hoje ele também vai tomar duas colheres de mingau de trigo-sarraceno. Eles inventaram um sistema de comer meia ração o mais tarde possível e a outra metade à noite. Assim, não faz diferença se Anna chega tarde com o pão. Eles pelo menos têm alguma coisa para comer à noite. E, se por acaso a padaria não abrir ou Anna tiver algum problema, conseguirão agüentar até o dia seguinte. Não serão obrigados a dizer para Kolya: *hoje não tem nada para comer.*

Agüentar 17 horas, das sete da noite até o meio-dia seguinte. Nessa manhã, Anna passou água quente no pote vazio de mel e deu para Kolya. Os outros tomaram água quente aromatizada com chá de urtiga; depois, Anna seca a urtiga e usa outra vez. Põe uma pitada de sal no chá. O sal impede que se fique tonto.

Pena o pai ter morrido quase no final do mês. Só poderão usar sua ração alguns dias, até a data de renovação do registro, o que tem de ser feito pessoalmente. Se alguém morre no começo do mês, logo após a renovação, muito bem, os parentes podem aproveitar 30 dias de ração extra. Anna secou meia fatia do pão da ração do pai no *burzhuika* todo dia e guardou. As sete meias-fatias estão escondidas num vaso tampado por um prato pesado. Ela confere toda manhã se os ratos não comeram, embora pareça não haver mais ratos. Gatos, corvos, cachorros e pombos foram comidos. Há gente comendo ratos, e ratos comendo gente nos apartamentos onde os mortos ficam no chão, em poças de gelo.

Talvez alguém no prédio tenha armado uma ratoeira e comido os ratos. É mais provável que os ratos saibam que não há comida para eles lá, nem uma migalha. Eles romperam o bloqueio e passaram para o lado dos alemães.

Ela levanta o prato. Está lá o pão seco, intocado. Se a ração for cortada outra vez, ou Kolya adoecer de novo, ela vai ter uma reserva. Ou se ele chorar muito. Agora, que está melhorando, ele chora mais. Um dia, perguntou:

— Anna, quando você vai fazer minha sopa?

— Que sopa, Kolyenka?

— Você sempre faz sopa quando fico doente, para eu sarar. — Olhou-a com reprovação, como um velho. Lembrava-se da sopa que ela costumava fazer quando alguém ficava doente, temperada com salsa e cogumelos secos. Era dourada, salpicada de verde, com um perolado de gordura por cima. Se tivesse farinha, também faria bolinhos de aveia, leves como pena, boiando. Kolya gostava quando Anna deixava que ele colocasse cada bolinha na escumadeira e ficava olhando-a ela afundar na gordura quente antes de subir à superfície. As bolinhas absorviam o excesso de gordura e a textura da sopa ficava perfeita.

Kolya continuava falando.

— *Você sabe*, Anna, estou falando na canja de galinha que você faz. Gosto dessa canja.

A boca fica salivando, Anna engole em seco.

— Vou fazer uma sopa para você.

Fez sopa de pão, esquentando água com meia fatia de pão e uma pitada de sal. Ele tomou, feliz, como um condenado fazendo sua última refeição, segurando a tigela com as duas mãos.

Sim, Kolya melhora, mas está tão fraco, que não o deixam sair do único cômodo que conseguem manter menos gelado. Os canos do banheiro estão congelados, portanto ele não precisa ir lá. A privada também está congelada. Eles usam um velho penico que Anna esvazia na neve, nos fundos do pátio. Às vezes, ela não tem forças para descer com o penico, então deixa no andar, com sua mistura fedorenta de fezes e urina coberta por um prato de alumínio. Faz tanto frio, que logo o penico também congela, e, quando desce ela, precisa arrancar a porcaria congelada para jogar fora. Tudo demora. A cada dia ela fica mais lenta. As mãos estão duras, com as juntas machucadas, os dedos em carne viva. Cortou a pele entre o polegar e o indicador da mão esquerda quando estava rachando lenha, e não sara. Nunca foi tão desajeitada.

A lenha de Evgenia acabou, mas Andrei conseguiu mais um saco quando a cerca de madeira em volta do hospital foi derrubada. E ainda há livros para queimar. O Shakespeare do pai está na prateleira acima da cama dele.

Anna puxa a coberta até a cabeça de Andrei. Mas onde está Marina? O *burzhuika* está quase apagando. Anna abre o fogareiro; e o fogo virou uma brasa vermelha. Ajoelha-se e mexe com papel enrolado e gravetos até surgirem chamas das cinzas. Ela arma uma pequena tenda de gravetos e junta duas achas de cerca. Mesmo assim, com o fogareiro aceso, as janelas estão embaçadas de frio. No dia anterior, a temperatura foi a 20 graus abaixo de zero. O rádio diz que se deve dobrar jornal para aquecer o peito das crianças. Por ser isolante, o jornal é excelente proteção. Quem não tiver jornal, pode arrancar folhas de um livro e colocá-las dentro das roupas das crianças. Há quem prefira queimar o livro para dar aquecimento, mas, na batalha contra o frio, precisa-se de armas de longo e de curto alcance. Uma pediatra explicou como costurou páginas de Tolstói na roupa da filha de seis anos.

A porta da cozinha está fechada.

— Marina? — chama Anna, mas ninguém responde. Talvez ela tenha descido para buscar água. E se não conseguir carregar, como aconteceu da última vez? E se Anna tiver de trazer a água e ainda apoiar Marina na escada? Já basta subir sozinha com o balde d'água. É preciso andar às apalpadelas, porque não há luz na escada, parar a cada passo, com medo de escorregar numa roda de gelo que se formou onde alguém derramou água. Lágrimas de raiva e de desânimo surgem nos olhos de Anna.

— Marina?

— Estou aqui — responde ela, detrás da porta fechada do quarto de Mikhail. Anna não entra lá desde que o pai faleceu. Empurra a porta, que se abre facilmente, trazendo um golpe da ar gelado. Rápido, entra e fecha a porta para que Kolya não pegue outra corrente de ar.

Há uma fina camada de gelo no rosto do pai, que está deitado com um livro na mão. É um velho volume de Pushkin, que Marina colocou na mão dele antes que o corpo enrijecesse. De casaco e xale, Marina está sentada ao lado da cama. O xale está enrolado na cabeça, só os olhos aparecem quando ela vira o rosto para a porta. Está sem luvas, suas mãos seguram as de Mikhail.

— Marina, o frio vai queimar suas mãos. Não deve ficar aqui.

Anna pega as mãos de Marina: estão duras, azuladas e vermelhas.

Anna esfrega-as, como Evgenia fez com ela. As mãos de Marina parecem mortas.

— Não há problema, tirei as luvas para segurar as mãos dele — explica Marina.

Anna continua a esfregar e enfia os dedos de Marina na luva. Marina não ajuda. Parece não entender por que Anna está esfregando suas mãos.

— Não podemos ficar aqui. Você pode morrer congelada.

— Não tem importância. Fique na sala. Eu queria ficar com ele um pouco — diz Marina, como se tudo estivesse perfeitamente normal.

É normal que um morto fique num cômodo de apartamento até ser coberto por uma mortalha de gelo. Isso acontece em todas as moradias de Leningrado. Anna sabe porque conversou com as mulheres nas filas.

— *Estou sozinha, mas ele ainda está comigo. Fiz um cantinho para ele.*

Em alguns apartamentos, famílias inteiras estão mortas, à espera da primavera.

Eles ainda não podem enterrar Mikhail. A terra está dura demais. Há pilhas de corpos no portão dos cemitérios, aguardando. Mesmo se houvesse cova para enterrar, eles não agüentariam carregar o corpo pelas escadas do prédio. E não há trenó, explica ela para o pai. Por isso tivemos de deixar você aqui, não tem jeito...

Mikhail também a fez aproximar-se. Anna fica ao lado da cama. A coleção de livros de Shakespeare está na prateleira acima da cabeça do pai. Sete volumes, de lombada de couro vermelho e grossas e macias folhas. Marina percebe que Anna olha os livros e diz:

— Ele queria o Pushkin.

— Ele disse isso?

Marina tira o xale que cobre sua boca.

— Não, mas eu sabia. — Seu rosto pálido e abatido se ilumina. — Lembra-se do que acontece depois do duelo?

> Onegin corre para o jovem,
> Inclina-se sobre ele, chama-o, mas é inútil:
> Ele se foi.

"E lembra-se de como Zaretsky põe Lensky no trenó, frio e morto? Lembra-se disso? Está tudo acontecendo outra vez, exatamente como Pushkin disse. Aconteceu com Pushkin, está acontecendo com seu pai. A neve, os trenós e o morto. Nunca ouviu seu pai declamar esse trecho?"

— Não lembro, ele estava sempre lendo Pushkin.

— É verdade. Lembro-me dele lendo alto uma tarde. Não, não estava lendo, estava declamando. Tinha o livro na frente, mas sabia os versos de cor. Estava de olhos fechados. Não precisava do livro, acho que gostava de sentir o livro na mão.

— Sim, lembro. Costumava dizer que sua memória estava falhando, por isso sempre ficava com o livro.

O pai em sua cadeira, costas eretas, o rosto meio levantado, os olhos fechados, um leve sorriso. Começava a declamar, e ela ouvia um pouco, depois se entediava ou, talvez, não exatamente, mas se impacientava. Queria estar em outro lugar. Então Kolya pedia alguma coisa para comer, e era uma desculpa para sair. Aqueles pedaços de papel em que ele sempre escrevia. O que seria feito deles? Ela tentava ler os contos, mas jamais gostou. Tudo o que estava escrito tinha que ser explicado para ela.

Não pense nisso agora.

— Ele não declamava como um ator, de forma que você sentia a presença dele e sua personalidade — lembrou Marina. — Ele respeitava muito a vida do poema.

— Marina, você precisa sair desse quarto.

— Você pode desenhá-lo para mim, Anna?

— Como? Desenhar do jeito que ele está?

— Isso mesmo.

— Não posso.

— Ele vai ser esquecido. Tudo isso vai ser esquecido e vão dizer que nunca aconteceu.

— Você é que precisa estar viva para as coisas não serem esquecidas.

— Pegue um papel, Anna. Por favor, só um esboço, precisamos de uma lembrança.

— Não tenho mais papel.

— Desenhe num dos livros dele. O Shakespeare, que tem margens largas. E espaço no final dos capítulos. — Com o corpo duro, Marina levanta-se e pega um livro na prateleira. — Olhe, tenho até um lápis. Desenhe, por favor. Senão vai tudo sumir.

— Promete que vai sair daqui e ficar ao lado do fogareiro quando eu terminar?

— Prometo.

Anna desenha mal, com as mãos enluvadas. Não vai se arriscar a ficar com as mãos queimadas de frio. E está zangada com Marina por obrigá-la a olhar o que não quer ver. O problema de desenhar é que precisa olhar, para ficar pelo menos bom.

O pai agora parece de ferro, deitado numa cama de ferro. A cabeça está descoberta, e no cabelo há gelo. Ela desenha as linhas caídas do rosto, a saliência do nariz, a cavidade das têmporas. Desenha com cuidado, como se gostasse do que está deitado ali. Mas não gosta. Seu pai morreu e Marina sofreu inutilmente quando o tocou sem luvas. Ele está em algum lugar, nem pensa neles.

Mas Marina não entende isso. Acredita que estão juntos, ela e Misha, como se refere a ele agora. Não tem medo dele. Inclina-se para ver as linhas que surgem do lápis de Anna.

— É ele, está certa, faça assim — murmura.

O esboço está pronto. Anna entrega o livro para Marina, evitando olhar o pai.

— Você prometeu sair daqui.

— Vou sair. Você não entende como é importante, Anna. Percebo que você não gosta do desenho, mas é porque não entende e não por eu estar errada. Seu pai foi um grande homem.

E, de repente, tudo muda. Anna olha o rosto do pai, agora sem raiva. Morreu, está onde quer. Ele é uma massa informe, gelada, mas também é magnífico com o livro nas mãos e o nariz apontando para o teto. Ele é o que é. Não mudou.

"Talvez ele tenha nascido para trazer uma bênção
Ou até fazer grandes coisas para este mundo.
Sua lira silenciada pode ecoar música
Para os tempos que estão por vir, como uma tempestade.
Pois esse poeta talvez seja, na seqüência dos tempos,
Um som há muito esperado. Talvez seu espírito de mártir
Leve consigo um segredo sagrado..."

— continua Marina. — Você lembra que seu pai recitava esse trecho?

— Lembro, acho que sim — responde Anna e dessa vez lembra mesmo. Agora não importa que Marina esteja errada, que os contos do pai sejam maçantes e difíceis de entender, e mesmo que guardem todos aqueles pedaços de papel, ninguém vai querer lê-los. Ele não foi um grande homem, mas isso não tem a menor importância.

Ela lembra. Na *dacha,* embaixo das madressilvas, o pai com o livro, uma nuvem de abelhas dos Sokolov em volta das flores e as palavras saindo calmamente do lugar onde ele estava sentado e indo até a varanda onde Anna preparava sua geléia de frutas silvestres no fogão. O pai, de porte ereto, sério e levemente absurdo, vira-se para ela e sorri como raramente faz. *Quando é que essa geléia vai ficar pronta? Está com um cheiro ótimo. Geléia de frutas silvestres é a melhor que existe.*

Foi isso que ele disse? Alguma coisa assim, e ela acenou com a colher de pau e gotas de geléia pingaram no vestido de algodão azul.

— É, eu lembro — repete ela. Marina concorda, satisfeita.

29

Marina está tão enregelada, que mal consegue chegar até o fogareiro. Ela manca pelo quarto, apoiada em Anna. As duas tremem de frio.

— Pronto, sente-se — diz Anna, calma, embora tenha vontade de pegar Marina com força e colocá-la na cadeira. Marina continua dura. O frio penetrou seu corpo; Anna sabia que isso ia acontecer. Ficou de mãos dadas com um morto, não se deve fazer isso. Deve-se soltar logo, assim que tocam você.

Anna senta Marina na cadeira.

— Fique aí, aqueça-se — manda. Mas não pode deixar Marina, as duas estão entrelaçadas no mesmo bosque escuro. As árvores lá têm a copa tão densa, que a chuva e o sol não passam. O chão fica coberto de gravetos marrons, e, às vezes, aparece o esqueleto de um passarinho que se escondeu para morrer. Anna olha em volta buscando ajuda e vê o monte de roupas que são Kolya e Andrei, dormindo. Só lhes consegue ver a nuca, sob os bonés de pele. Kolya agora sempre usa seu boné sem discutir, porque Andrei usa.

— Os caçadores dormem vestidos como nós. Fazem um abrigo com casca de pinheiro, forram com neve e assim ficam bem quentes. A neve é um isolante térmico, Kolya.

— É mesmo? Podemos fazer um abrigo desses?

— Podemos, por que não? Quando não for perigoso ir à floresta.

— Você, eu e Anna.

Os pássaros vão voltar. Os papa-figos vão estar nos bosques outra vez, e as codornizes no ponto em que a campina passa pelo riacho, lá perto da fazenda dos Sokolov. A agitação da primavera voltará. O tumulto de pássaros cantando nos galhos úmidos. E o gelo se partindo no Neva, lampejos de verde na terra escura, luz da manhã ácida como limão e uma espuma marrom onde a neve se derrete. Tudo vai voltar. Acredito que vai, pensa Anna, fechando suas mãos sobre os nós dos dedos de Marina.

— Que cor linda — diz Marina, olhando fixamente a parte do tapete turco sob seus pés. Está quase puído, mas a vida toda Anna ouviu que "vale muito, é feito à mão. Hoje em dia não se encontra mais um tapete assim". Tem uma cor escura, carmesim puxando para o marrom escuro. — Lindo mesmo.

— Está gasto — admite Anna.

— Mas acho bom você usar, devemos usar as coisas bonitas e não jogar fora.

Andrei e Kolya acordaram. Andrei afasta o cobertor, aquecido por seu corpo, e coloca-o na cabeça de Marina, fazendo uma tenda que vai da cabeça aos pés, com uma abertura para receber o calor do fogareiro. Anna põe água para esquentar.

— Chá, Marina, você vai melhorar.

— Pegue as minhas botas — resmunga Marina de dentro de sua caverna de cobertor.

— Suas botas? Estão nos seus pés. Você está de botas, Marina. — Essas coisas todas fizeram-me enlouquecer, pensa Anna.

— Não estou falando destas botas, mas das outras.

— As botas de feltro. Estão na cozinha — diz Kolya, com a voz lânguida que não parece de criança e faz o cabelo de Anna ficar duro de medo.

Na verdade, as botas não são de Marina. Eram de Vera. Sempre foram muito pequenas para Anna, mas ficaram anos guardadas, embrulhadas em jornal e com bolas de naftalina. Quem iria jogar fora um par de botas de feltro? Quando começou a nevar, o pai lembrou-se das botas para Marina, em cujos pés, para irritação de Anna, elas couberam perfeitamente.

— Isso, estão na cozinha. Olhe dentro delas, Anna.

As botas estão atrás da porta da cozinha. Anna pega-as e sente que estão mais pesadas do que deveriam. Enfia a mão no pé direito da bota e sente que há um pote de vidro. Tira um pequeno pote de geléia, rotulado com a letra decidida e pontuda de Marina: *Geléia de framboesa, 1940.* No pé esquerdo, outro pote. Geléia de fruta silvestre. São potes pequenos, de uns 400 gramas cada. Como Marina guardou? Como conseguiu?

— Marina!

— Traga aqui, vamos tomar chá com geléia. Mas esses são os últimos. Escondi, agora está na hora de comer, porque a situação não vai ficar pior do que está.

— O que é isso, Anna? — pergunta Kolya, olhando a irmã do corredor: ela está com o rosto brilhando, as lágrimas escorrendo, um pote em cada mão, como um boxeador após a última, renhida e sangüinolenta série de socos.

— Geléia.

— Geléia! — Eles correm para Marina, abraçam-na, de joelhos, embaixo dos cobertores. Kolya põe a cabeça no colo de Marina e repete — Geléia, geléia, geléia. — Empurra-a, segura-a pela roupa: — Geléia, Marina, geléia!

— Olhe, geléia de framboesa! — Anna segura contra a luz e as sementes ficam como pequenos pontos numa pele rubi.

— E de fruta silvestre, a minha preferida — complementa Andrei.

Há semanas eles não ousam pronunciar aquelas palavras. Não ousam falar em comida do passado, embora estejam obcecados por ela. Cada um se tranca em silêncio, desejando. Massinhas saborosas recheadas de geléia e carne. Panquecas com caviar vermelho e creme de leite azedo. "Hum, aquele sorvete que tomei no verão passado e ainda sobrou um pouco." E o sorvete surge em sua cabeça para atormentar. Chocolate Esquimó, brilhando, cheio de creme e açúcar, perfumado com baunilha, escorrendo pela língua, pingando no chão, a metade é desperdiçada, nem pensei; como você pode ter feito uma coisa dessas?

Amora, fruta silvestre. Os potes ficam nas mãos dela, escuros, brilhando, cheios de açúcar com rótulos redondos de papel encerado.

— Olhe só. Veja como é claro.

— Com muitas vitaminas — lembra Andrei, examinando os potes.

Balança o pote e o vidro faz um tinido leve. — Antiescorbútico e muito mais saboroso do que agulhas de pinheiro fervidas.

Ele tem muitos pacientes com escorbuto. No hospital, eles recebem um caldo feito com agulhas de pinheiro. Andrei conseguiu a fórmula e fez um líquido de gosto horrível que todos são obrigados a tomar diariamente.

— Cuidado, muito cuidado com esses potes. Espere aí, vou pegar pires e colheres. — Anna volta com quatro colheres e gira a tampa da geléia de fruta silvestre. — Primeiro, para Kolya. Abra a boca. — Ele inclina a cabeça para trás, abre a boca e fecha os olhos. O hálito ruim dele faz Anna sentir remorso. Põe a colher de geléia e recomenda: — Não engula de uma vez, sinta o gosto.

O corpo do menino estremece. Fica com a geléia na boa, os olhos lacrimejando, e engole. Abre os olhos:

— Quero mais.

— Já vai.

— Mais.

Ela põe mais na colher.

— Agora, espere. Faz mal comer muito de uma vez.

Os adultos aguardam até a água aquecer e Anna fazer o chá.

— Anna, você é uma verdadeira Stakhanovite, faz chá do nada.

— É, eu deveria mandar um pouco para nosso grande líder. *A vida melhorou, a vida ficou mais alegre*. Esta é a prova. Kolya, olhe seu chá. E qual das duas geléias você quer?

Kolya pensa, sentindo o gosto.

— De fruta silvestre. Mas, Anna, não lembro direito o gosto de fruta silvestre. Elas não são como eu pensava.

— Tome. Abra a boca e depois ponho um pouco no seu pires.

— Não, isso é muito, ele não está acostumado. Dê aos poucos — sugere Andrei.

— Pronto, menino bonito, ganhou duas colheres. Vá devagar. Sinta o cheiro: não é delicioso?

Kolya pega o pires e sente o cheiro das frutas silvestres conservadas em açúcar.

— Vou comer pelas bordas, depois o meio, e então lambo o pires até você não enxergar mais nada.

Andrei coloca a colher no pires de Anna.

— Qual você quer?

— Esta aqui.

— Eu também.

Dava para se embriagar com a doçura da geléia. O caldo passa pela língua, o palato, a garganta. Você sente um súbito calor quando o açúcar entra no sangue e o toque ácido que a melhor geléia de fruta silvestre sempre mantém. Depois, um gole de chá quente e um rubor no rosto. Por um instante, você fica parecido com o que era, ao raspar a última parte da colher. Você é jovem outra vez, com a pele macia e nutrida. Você passa o dedo no pires, depois chupa o dedo.

— Frutas silvestres me lembram de casa — diz Andrei. — E amoras também: quando elas amadurecem sob o sol quente, ficam com cheiro de geléia.

— Mas na Sibéria não faz sol.

— Claro que faz. Ninguém tem verão como o nosso. O sol vem até a terra, onde nós estamos, não é como o sol lá no alto que vocês têm aqui em Petersburgo. Nosso sol queima de verdade. Rolamos ao sol, como rolamos na neve, no inverno. Anna, você não pode ter idéia do que é, até o dia em que for lá. Vou lhe mostrar, espere.

"Vamos ter pão e queijo de cabra e um balde de amoras. Até no inverno é possível encontrar amoras sob a neve, se você souber procurar. A neve entra nelas, forma uma crosta, e, quando você quebra, há um gelo macio e fino como pó. Você cava um pouco com os dedos para não machucar as amoras. Depois de tirar todo o gelo, aparecem as amoreiras e as amoras estão lá, envoltas no gelo que as conserva. Então, você é capaz de andar o dia todo e se sentir melhor do que quando começou."

— É, queijo de cabra. Marina, você acha que podemos comer mais uma colher de geléia? Ou é melhor economizar?

Marina parece não ouvir a pergunta. Ela gira o pires na mão, mas não come.

— Marina, não vai comer? Precisa comer.

— Agora, não. Vou tomar meu chá. Coma você, pegue mais uma

colher. Kolya, coma um pouco do meu e veja se lembra o gosto das frutinhas silvestres. Sabe do que me lembram?

— Do quê?

— Da Páscoa.

— Páscoa! Por quê?

— Vocês são muito jovens para lembrar. Nós jejuávamos por seis semanas, até no teatro, quando eu tinha 20 ou 21 anos. E, de repente, você percebia que as coisas estavam mudando. É a mesma sensação de quando o vento muda de direção e começa a soprar de sudoeste. E a Semana Santa chegava. A sexta-feira santa era o dia de que mais gostávamos, quando cozinhávamos casca de cebolas e mergulhávamos ovos nessa água para colorir. Era tão alegre. A animação aumentava, até que percebíamos que não faltava muito. No rio, podia-se ouvir a água correndo com força, sob a camada de gelo; a superfície ficava granulosa só nessa época do ano, pouco antes de o gelo derreter.

"Íamos à igreja nos confessar, até as pessoas que não eram religiosas. Mesmo se você não acreditasse, teria certeza de que alguma coisa estava acontecendo. Era como se o inverno se soltasse de sua alma. Você notava tudo: crianças correndo, os rostos rosados, frescos como pãezinhos e como o gelo ficava espesso e sujo na parte interna dos muros, onde não batia sol.

"Eu tinha um par de botas de camurça preta de saltos baixos e lembro de escolher o caminho para o teatro e ver as pequenas marcas quadradas dos saltos e pensar como eram perfeitas e como eu gostava do barulho dos saltos no chão. De repente, todos nós do teatro estávamos ansiosos por colaborar com os colegas, mesmo os que eram meio rivais. Claro que isso não durava muito. E quando chegava o Domingo de Páscoa, a gente cumprimentava as pessoas na rua, dizendo: *Cristo ressuscitou!*, e elas respondiam: *Ressuscitou!* Em nossa casa, quando eu era menina, sempre tinha geléia de fruta silvestre com *pashka* no domingo de Páscoa."

— Marina, coma, por favor.

— Depois. Estou tão cansada, preciso dormir.

— Coma um pouquinho só. Olhe, sinta o cheiro.

Anna segura a colher bem perto de Marina, que abre um pouco a boca, faz uma careta e fecha. Anna quer, de todo coração, que Marina coma sua parte. Mas alguma outra parte dela, que não deve ser seu coração, pensa que, se Marina não comer, vai ter mais para Kolya. "Mas insisti bastante", pensa ela.

— Não, Anna. Eu quero deitar, não estou com fome. — Eles a ajudam a deitar e cobrem-na com o cobertor aquecido no fogareiro. Ela fecha os olhos imediatamente e mergulha no sono.

— Kolya, agora vamos arrumar você no sofá...

Kolya se encolhe em seu ninho, junto com o tabuleiro de xadrez e as peças de papel. *E então o cavalo mau levanta e tenta engolir todas as pessoas, mas eles não deixam, correm e os amigos ajudam eles...*

— Mau sinal — diz Andrei, calmo.

— O quê? Mas ele está tão melhor. Mais agitado...

— Não estou falando de Kolya, mas de Marina. Pode não comer, mas não pode perder a fome. É um estágio na fisiologia da inanição.

Apesar de toda a simpatia que tem por Marina, Andrei não consegue evitar uma pequena satisfação por esse diagnóstico profissional e preciso. Ele percebeu o estado em que ela estava na hora daquela série de lembranças. Faz parte do quadro, também. Ele sabe o que está acontecendo e conhece as palavras certas para descrever. Foi o que seu professor dissera, dois dias antes: "Poucos médicos viram o que você já viu. Se sobreviver, vai ser um bom profissional". Andrei ficou contente: ali, naquele corredor gelado onde os cadáveres estavam empilhados como lenha, ele foi elogiado.

É de *Marina* que ele está falando. Ela sempre o assustou um pouco, mas é parte desse "lar" onde em semanas eles ficaram mais unidos do que uma família em 40 anos. É o lugar onde Anna se inclina sobre Kolya com os lábios movendo enquanto ele come, onde Marina e Anna usam uma lasca de sabonete perfumado. É um lugar de livros, desenhos, tapetes antigos que são mais estimados porque estão gastos, e de uma cuidadosa divisão de sopa e cereais em porções iguais, depois sabotadas pela decisão das duas mulheres de dar a Kolya aquele grama a mais que pode lhe garantir a vida.

É o lugar de onde Anna sai para passar horas na fila num frio bárbaro, onde ela anota para Andrei as notícias que ouviu na Rádio Leningrado, senão terá esquecido quando ele voltar para casa. Ela se preocupa porque não se lembra das coisas, mas ele diz que esse é um sintoma passageiro. Sua alimentação é carente de importantes vitaminas e minerais, diz ele, solene, e os dois riem, mas ele sabe que ficou aliviada. E depois ela lhe dá de presente um tecido para isolar suas botas: o feltro que forrava a escrivaninha do pai.

Ele não deveria ter comentado sobre o estado físico de Marina, como se estivesse numa ronda de enfermaria e ela fosse uma paciente anônima. Rápido, para consertar o que disse, avisa:

— Não podemos deixar que ela durma muito. Temos de acordá-la daqui a uma hora e dar comida. E precisamos tomar sua temperatura.

— Ela está exausta, é isso — tranqüiliza Anna. — Não sei quanto tempo ficou naquele quarto.

Ele franze o cenho, perdido em pensamentos:

— Não devíamos deixá-la falar tanto. Está muito fraca.

— Mas ela queria.

— É, as pessoas ficam assim. O passado fica mais nítido do que o presente. Elas precisam falar, depois param, e você sabe que não estão mais lembrando. Voltaram para o passado.

... e as patas do cavalo batem no chão com tanta força que as pessoas têm medo e se escondem nas casas, bem ali onde o cavalo não consegue...

— Anna, pode fazer uma coisa para mim?

— O quê? — pergunta ela, para ganhar tempo, porque acha que já sabe qual é o pedido.

— Se eu morrer e você não puder fazer nada, fica a meu lado?

— Você e eu não somos como Marina e meu pai, Andrei.

— Eu sei que não somos.

— Nossas vidas foram diferentes. E eles nasceram em épocas tão diferentes da nossa. Tentam fazer parte do presente, mas não conseguem.

— Eles se amavam.

— Ela o amava. Não tenho muita certeza sobre meu pai. Talvez ele gostasse do fato de ela gostar dele.

— Mas ela continuou gostando.

— É, e vai gostar sempre, até morrer.

— Por que você diz isso?

— Porque é verdade.

— Você parece uma pessoa tão fria, Anna.

— Não sou fria. É que não acredito em sacrifício pessoal, quando ele não beneficia ninguém.

— Mas ela quer.

— Eu sei.

— Então você não sentaria ao meu lado?

— Andrei, você está me pedindo uma coisa sem sentido. Não sou Marina. Tenho Kolya para me preocupar.

— Eu sei que você tem. Não é que eu não entenda isso, mas...

— Eu sei, gostaria que eu não tivesse ele. Quer que nós dois comecemos do início, juntos, sem nada para pensar senão no outro. Você não tem culpa. Na creche, Elizaveta Antonovna sempre zangava por causa do jeito que eu trato Kolya. *Realmente, Anna Mikhailovna, qualquer um acha que esse menino é seu filho. Não percebe que isso causa uma má impressão?* Ela achava que nenhum cidadão soviético importante olharia duas vezes para mim. Primeiro, por causa de minha classe, depois por trazer uma criança a reboque. Vai ver que ela estava certa.

— Como você diz uma coisa dessas? Sabe que não é o que estou dizendo. Estou falando de você e não de outras pessoas.

— Sei.

A voz de Kolya passou a ser um murmúrio. Também está cansado, depois da explosão de energia que a geléia lhe trouxe. Está deitado nas almofadas do sofá, o rosto sem expressão, o olhar perdido na direção das tiras de papel coladas na janela. Seus lábios movem.

— Kolya, o que você está dizendo?

— Estou falando com meu cavalinho. Digo para ele ser corajoso porque o cavalão machucou a cabeça dele. Deu um coice nele.

— Que feio.

— É; ninguém deve chutar pessoas. Anna, Marina morreu?

— Não, claro que não. Por que você achou isso?

— Porque ela parece morta.

— Está dormindo, está muito cansada.

— Como o papai.

— Ele morreu, Kolya.

— Eu sei, mas ele também estava cansado.

— Você se lembra, você se despediu dele.

— Claro que eu lembro, não sou um bebê. Anna, muita gente morre?

— Não, como agora não. Eu disse, é por causa da guerra. Em geral, as pessoas só morrem quando ficam velhas.

— Ah, esqueci que você me disse isso.

— Vou jogar xadrez com você, Kolya, e depois tenho de ir — avisa Andrei.

— Para o hospital?

— É.

— Andrei?

— O quê?

— Nós somos, quer dizer, como o papai e a Marina?

— Você quer saber se vamos morrer?

Kolya aperta a boca, concordando.

— Não, não vamos morrer. Você, Anna e eu vamos viver.

Os lábios de Kolya fazem um bico exagerado, como se fosse assobiar.

— É que eu não tinha certeza, queria saber — explica ele.

Andrei arruma as peças de papel, junto com Kolya.

— Mostre onde ficam o seu rei e a sua rainha.

Eles jogam durante uns 10 minutos, à luz da vela que se apaga. Anna observa sem nada dizer. Logo, ela terá que se mexer, mas agora ainda não. Encontrou um estojo de couro para manicure. Era do pai, ele deve ter-se esquecido, estava no bolso do roupão. É de couro de porco, pensa ela. Ela tirou a tesourinha, o alicate de unha, a lixa e arrancou os fechos de metal. Agora, precisa arrumar água, colocar o estojo para ferver no fogareiro e fazer um caldo. Vai demorar até o couro de porco amaciar, mas vai valer a pena. O caldo vai ser nutritivo. Vão tomar o caldo, e Kolya poderá mastigar o couro.

Andrei olha. O ângulo em que bate a luz da vela rejuvenesce seu rosto encovado e envelhecido. Ele sorri para Anna. Embora os olhos sejam apenas sombras com aquela luz, ela sabe exatamente a cor deles. São azuis e escuros, como as águas do lago Baikal. Andrei diz que o lago tem 10 quilômetros de profundidade. Ninguém sabe o que há lá no fundo, embora digam que o esturjão do Baikal pode viver 300 anos. As águas do lago são puras e cheias de energia. Até as pedras de suas margens trazem sorte.

O quanto se pode esconder numa água com 10 quilômetros de profundidade. Mas os olhos de Andrei não lhe escondem nada em suas profundezas. Por mais fundo que ela vá, ainda encontra amor, tão completo e sincero, que a assusta. Ela está acostumada com pessoas complicadas e suas histórias também complicadas. Mas Andrei não é assim. *Eu a amo, quero ficar com você, venha comigo.* Ela não cresceu ouvindo essas palavras. Talvez por isso ela o recusou quando fez aquela pergunta. Talvez ele a assuste, um pouquinho, porque está à vontade naquelas águas profundas. Ele vai fazer com que ela o encontre lá. E perguntar coisas que ninguém perguntou antes. *Então você não quer sentar ao meu lado?*

— Vocês estão tão lindos, você e Kolya — diz ela, então. Andrei sorri sem responder. — Sim, eu sento ao seu lado — continua ela, tão baixo, que ele não deve ter ouvido. Mas ouviu.

— O que você disse que faz?

— Sento a seu lado.

Lá fora, o vento geme. Traz neve junto, que vai fustigar Andrei assim que ele sair da marquise do prédio. O vento vai esbofeteá-lo, cegá-lo, cobrir seu boné e suas pestanas. Vai alfinetar seus olhos com partículas de gelo. Ele vai andar aos tropeços, encostado nos muros e querendo achar a beira da calçada com sua bengala de cerejeira. É uma nevasca em que qualquer um seria perdoado se morresse.

— Anna, quando é que Andrei volta?

— Só amanhã. Eu já lhe disse isso, não fique repetindo. Ele vai dar plantão à noite.

— Faz séculos que ele saiu.

Ela sopra a vela, vai até a janela e levanta um pedaço do papel que cobre a vidraça, mas não há o que ver.

— Ainda está nevando, Anna?

— Está. Durma.

* * *

Nas fileiras alemãs, os sentinelas batem os pés na neve. O Natal passou, e eis que chega um novo ano de horrível clima russo. A essa altura, já deveríamos estar quase na China. Logo estaremos. Mais umas semanas e pronto.

Em Leningrado, um tanque passa pelos portões de Moscou, rumo à linha de frente. Suas 30 toneladas de aço balançam e rilham sobre os trilhos do bonde. Da cidade para a batalha, é perto.

No litoral do Báltico, o mar também está gelado, e a neve tão densa, que é impossível dizer onde acaba o mar e começa a terra.

A neve cai nas bétulas e continua caindo no Neva gelado. Cobre os destroços de apartamentos bombardeados e a fazenda incendiada onde Mikhail comprou os ovos. Paira sobre aldeias abandonadas e saqueadas, escondendo as covas rasas. Dois exércitos observam na nevasca, buscando um movimento do inimigo. Nessa noite, todos os aviões estão em terra e não vai haver bombardeio. Na estrada nevada, a estrada da vida, os caminhões vão devagar de um posto de controle a outro. A neve engrossa a cada dia, à medida que o inverno avança. A estrada de gelo está começando a cumprir sua função.

Vasya Sokolov nunca imaginou que um dia fosse dirigir caminhões na estrada de gelo, mas foi onde o puseram e é isso que ele faz. Sabe que tem sorte. Continua com a sorte dos Sokolov. Não foi parar na linha de frente da guerra. Essa é sua segunda viagem do dia, carregado com farinha de trigo e munição. Vai ficar muitos barris acima do plano, se conseguir fazer uma terceira viagem. *Camaradas! Cada saco de farinha a mais que vocês carregarem vai salvar da fome uma centena de crianças de Leningrado.* É, mas vocês não podem pensar assim. Nem sempre. Como quando ocorre um atraso e os sacos de farinha ficam na boléia, indo para lugar nenhum.

Mas esse caminhão está mesmo uma droga. A semana toda, a direção tem alguma coisa errada. Vasya segura a direção. Não me sacaneie, seu merda. Por menos do que isso, as pessoas estão sendo fuziladas. O caminhão ronca e balança no gelo sulcado, patina e desliza. A direção continua puxando para a esquerda. Onde é mesmo que fica aquela oficina mecânica? A uns 200 metros? Poderia ir lá. Não. Ande, seu filho-da-puta. Não me sacaneie.

O caminhão sulca o gelo. As rodas giram e fica no sulco de gelo. O motor faz força. Nesse instante, o caminhão engasga e morre. A fagulha elétrica não dá contato. O motor morre.

Vasya já sabe qual é o problema, aconteceu antes. Só precisa abrir o capô e consertar a conexão dos fios. Vasya entende bem de motores e fez um curso de manutenção. Não leva nem cinco minutos para fazer esse filho-da-puta andar outra vez, pelo menos o bastante para ir até o próximo posto de controle.

Tudo em volta está muito calmo. A neve escorre pelo vidro dianteiro enquanto Vasya aperta o boné nas orelhas e pega a chave de fenda. Abre a porta do caminhão e o vento bate nele. Um vento direto do norte, que faz a neve alfinetar o rosto. Trinta graus abaixo de zero; com esse vento, 50. É como se arrancassem sua pele. Um som rouco sai da garganta de Vasya. Ele fecha a boca e vai para a frente do caminhão, segurando-se na carroceria com a mão direita. Nessa brancura, ele pode ficar a cinco metros do caminhão e se perder para o resto da vida.

Abre o capô, que range. Sobe no pára-choque e olha o motor, mas é tanta neve caindo, que ele não consegue enxergar. Abana a mão na frente do rosto e começa de novo. Não é a mesma conexão. Ele mexe com cuidado, mas esse fios estão direito. Certo. Tente outra vez. A neve cai e se derrete no metal quente. Pronto. O fio arrebentou e ele não consegue ver onde termina. Agora está esgarçado e curto demais. Não dá para juntar. Mas isso também não tem importância, ele só precisa de outro pedaço de fio, há um na cabine. Não há problema, agora que ele sabe qual é o defeito. Abre caminho até a cabine, ofegante com a força do vento, sobe e procura o fio que tinha lá. Nada. Algum filho-da-puta pegou.

Não, foi ele mesmo. Usou o fio ontem e se esqueceu de pegar outro. O rosto de Vasya fica sombrio e ele não faz nada, dessa vez não soca a direção.

Precisa pensar em alguma coisa, e rápido. Qualquer pedaço de metal serve. Talvez, na boléia, aquele arame que prende os caixotes.

Até um grampo de cabelo serve. E se ele tivesse trazido uma garota para a cabine e o grampo dela caísse quando eles estivessem fazendo sexo e ele agora achasse, pegasse, exatamente do tamanho. Poderia resolver o problema do motor na hora.

Vai até a traseira do caminhão, solta as cordas que prendem a carga, dá uma olhada nos caixotes. De repente, acha que ouviu o som de um motor. Está se aproximando, alguém atrás dele, um dos rapazes, talvez Yuri Cara Feia ou Mitya.

— Ei, camarada, estou aqui! — grita Vasya.

Largou as cordas, abana os braços, saiu de perto do caminhão, foi na direção de onde vinha o barulho do motor. Jamais faria isso, não fosse o vento fustigar sua cachola.

Está sozinho. Largou a carga. Por muito menos, as pessoas são fuziladas. Estica os braços à frente e fica abanando. A neve vem daqui. Foi dali que veio o som do motor? Agora não consegue ouvir. O vento está tão alto, batendo na cabeça dele. A neve vem daqui. Dá mais um passo, tentando sentir o metal da carroceria. A neve se amontoa nos braços dele.

Seus sacos de farinha com o carimbo: ALIMENTO PARA LENINGRADO. Se não sair dali, não vai ficar acima do que foi planejado. É preciso voltar para o caminhão, encontrar um fio elétrico, fazer a conexão, ligar o motor.

Mas não consegue achar. O caminhão é que não vai dizer onde está: fica quieto, brincando de esconde-esconde na neve.

— Onde você está, sacana? — grita Vasya Sokolov.

O vento bate com força. A neve cai sem parar. Ele protege os olhos com as mãos, mas a neve consegue penetrar. Agora, não sabe mais onde está.

Um grampo, é só o que ele quer. Como as meninas usam para prender o cabelo para trás. Elas estão sempre perdendo os grampos, e o cabelo cai no rosto.

— *Vasya, Vasya, sabe onde está meu grampo? Caiu na água, preciso achar.*

Quem disse isso?

Andrei pára na marquise de um prédio de apartamentos. Sabe onde está: seguindo reto, terceira à direita e desce até o hospital. Ele conhece o caminho, mesmo em meio à neve espessa, que ofusca. Talvez possa descansar uns minutos. Se chutar a neve desse degrau e sentar-se um pouco, é fácil levantar depois. Tem a bengala para ajudar.

Está acostumado com nevascas mais fortes do que essa e sabe o que fazer. Não é por nada que ele veio de Irkutsk. Essa portinha é um lugar tranqüilo, cheia de incríveis pingentes de gelo. Nesse canto, vai ter tempo para pensar. Pensar no pequeno Kolya perguntando se vamos morrer como se quisesse saber se vamos ao jardim zoológico. E eu disse que não vamos morrer.

Mas o hospital deve ter mais pacientes do que nunca. Crianças de pele brilhante e esticada sobre abdômens inchados, velhos morrendo nos corredores, febre, disenteria, distrofia, congelamento, visão falhando, gengivas sangrando, tuberculose, pneumonia. Quase todos os pacientes vão morrer, mas, antes disso, precisam de um médico para olhar bem os olhos deles, as bocas e os ouvidos, auscultar o peito, tomar o pulso, oferecer água e os remédios que tivermos. Eles precisam ter o que há para dar. É preciso alguém que ainda esteja de pé para pegar o bebê do colo da mãe moribunda e dizer para ela "não há problema, vamos cuidar dele." Somos homens e não animais.

Andrei levanta-se. Quando sai da marquise do prédio, um vento forte joga neve em seu rosto. Ele pisca, enfia a cabeça entre os ombros para protegê-la, segura a bengala de cerejeira e segue em meio ao vento.

30

É maio. O céu está claro, azul, embora algumas nuvens brancas flutuem no horizonte em direção ao golfo da Finlândia, mas nunca passam pelo sol ou cortam o fulgor da luz de verão.

As pessoas andam pelas ruas, parques, pontes e pelas margens do rio. Piscam com a claridade do dia. Estão magras, marcadas por doença e fraqueza. Algumas se apóiam em bengalas, embora sejam jovens. Ficam longe do lado da rua onde uma placa avisa ser mais perigoso em caso de bombardeio, mesmo que isso signifique que devem andar na sombra e não ao sol. Leningrado continua sitiada.

Mas há comida. As pessoas comeram nessa manhã e vão comer outra vez à noite. Estão famintas, subnutridas, mas não morrem mais de fome. Os bondes estão circulando, há luz elétrica. Em janeiro, a estrada de gelo começou a cumprir sua promessa. Até o final do inverno, isto é, até a neve descongelar, os caminhões trouxeram comida e combustível. A maioria dos que estão vivos continuarão vivos.

Há um novo comandante militar, especialista em artilharia. Chama-se Govorov.

— Tomara que ele faça nossas armas falarem um pouco mais alto — dizem as pessoas, ao saber o nome do novo comandante. Ele é um verdadeiro estrategista. Quando se trata de bombardear as posições alemães, é um tigre. Não espera as armas começarem a atirar, cerca antes a artilharia deles. Isso é simples, qualquer um pode perceber, basta ter as armas. E Govorov parece ter jeito para conseguir as armas.

Em terra, ele é mais complicado. Parece que às vezes acha preciso recuar para atacar. Mas ninguém acharia que havia onde recuar, com os alemães tão perto, bombardeando-nos da colina Pulkovo, acampando no Palácio de Pedro, o Grande. Os soldados da linha de frente dizem que às vezes até ouvem os alemães gritando numa língua que eles pensam que é russo. "Todos os russos liquidados! Stalin liquidado, Leningrado liquidada!" — É engraçado ouvi-los vociferando assim sobre aquela pessoa que você sabe quem é.

Govorov já retirou a divisão 86 de Nevskaia Dubrovka, nossa base do outro lado do Neva de onde um dia, talvez, pudéssemos atacar os alemães cara a cara. Nevskaia Dubrovka já consumiu tantas vidas. Sem dúvida, nunca deveríamos ter abandonado a cidade. Sem dúvida, não há escolha senão continuar pagando por um pedaço de terra, depois que ela já custou tanto sangue. Você poderia pensar que Govorov ficaria firme, quaisquer que fossem os fatos. Ele não sabe quantos homens perderam as tripas naquele chão e deixaram seus ossos para o soldado que vinha atrás pisar, como se estivessem construindo Petersburgo outra vez. Mas Govorov lá quer saber disso? Ele também veio de avião, é mais um "lá de cima" ouvindo as ordens direto de Deus.

— Govorov está certo, sabe o que tem de fazer. Você vai ver, ele tem um plano — diz a infantaria da divisão 86, que não agüenta mais ser o símbolo da heróica resistência de Leningrado.

Hoje, o bombardeio não está tão ruim. A luz clara e forte das bombas envolve todos e mostra tudo. Esses são os sobreviventes, saindo do inverno da fome. Os lábios estão pálidos e rachados, os rostos se transformaram em triângulos, o cabelo é seco e quebradiço. O cerco acabou com eles.

Ainda não estamos nem na metade, nem na quarta parte. O rádio continua dizendo para eles se prepararem, irem em frente e continuarem a heróica resistência. Os alemães continuam avançando Rússia a dentro. Os serviços de informação dizem que se planeja um novo ataque alemão a Leningrado, e enquanto isso o bloqueio continua. Mas agora há alimentos disponíveis. Agora que o gelo acabou, os navios podem trazer alimentos e munição para a cidade.

Pavlov não está mais andando na corda bamba. Tem números para colocar em suas colunas. Acabou o terror de não ter mais nada para comer, o terror que invadiu Leningrado naquele inverno. *Aquele inverno.* Falar ou não falar nele, eis a questão. Está perto demais, é longo demais, como um imenso buraco onde não caímos. Atrás, estão as íngremes e geladas laterais do buraco que poderia nos ter engolido.

Os mortos não estão mais empilhados nas ruas e dentro das casas. Montes de neve e sujeira foram retirados. O Neva brilha, azul, onde antes as mulheres pisavam devagar imensidões de gelo, com baldes de água que tinham cheiro de cadáveres.

Outro fator duplica as probabilidades de vida dos que resistiram até agora: há menos bocas a alimentar. Ninguém fala nisso, mas a verdade é que a população de Leningrado é a metade do que era. "Claro que retiramos centenas de habitantes pela estrada de gelo, centenas de milhares", as pessoas comentam, o que é verdade. Mas elas não dizem, embora saibam, quantos mortos também saíram da cidade.

De todas as casas de madeira, de todos os prédios de apartamentos, museus, bibliotecas, fábrica, hospital, orfanato, escola, os cadáveres do inverno já foram retirados, deixando os apartamentos limpos e iluminados pelo sol, degraus de escada sem varrer, alunos sem professores, professores com classes de 10 alunos em vez de 30, mesas vazias nas bibliotecas, lojas que não abrem, poemas que não serão escritos, operações que não serão realizadas e pequenos barcos que não serão desencapados nessa estação, nem repintados para zarpar das praias arenosas e rasas rumo às águas do Báltico.

O sol brilha. Tudo é possível agora que ele chegou, aquecendo a pele e desenhando dentes-de-leão e urtigas na terra destruída. Se você ainda consegue andar, mesmo que seja devagar, parando de vez em quando e virando o rosto para o sol, deixando um mormaço rubro embeber suas pupilas, tudo ainda é possível. A Rádio Leningrado avisa as mães para colocarem seus filhos ao sol porque ele é uma valiosa fonte de vitaminas. Parece impossível, mas as crianças continuam nascendo.

Um casal de velhos anda devagar, ao sol. Agora que estão mais perto, pode-se ver que, na verdade, são jovens. Ele usa um boné enfiado meio esquisito em sua grande cabeça. Ela, um lenço com estampa de rosas. Vão de passo, apoiando-se um no outro.

— Olhe ali, aqueles não são Zina e Fedya? — pergunta Anna.

— Acho que não o conheço.

— Ele mudou...

É, Fedya deve ter estado doente, está de chinelos, os pés inchados, apóia-se em Zina e não o contrário.

— Zina? — pergunta Anna, insegura.

— É você, Anna?

— Sou.

— Desculpe, é que todo mundo está tão diferente.

— Como vão vocês?

— Estamos vivos. Pensei que também fosse perder Fedya, mas olhe, está vivo.

E lá está ele. O corpo forte sumiu. A pele parece papel sobre o nariz e o rosto; as pernas e os pés estão inchados. Está magro e perdeu toda a bela cabeleira.

— É, ele esteve muito doente. Ficou no hospital. Qualquer um teria morrido, mas ele não. Você não deixaria que isso acontecesse, não é, Fedya?

Ela coloca a mão sobre a dele e sorri, orgulhosa, terna, maternal. Ele não só viveu, mas trouxe-a de volta à vida. Se não fosse a doença dele, ela teria acompanhado Vanka.

— Gostei do seu lenço de cabeça — elogia Anna.

— Bonito, não? Adoro rosas. Quanto tudo isso terminar, ele vai comprar para mim umas rosas de verdade, não é, Fedya?

Ele faz sinal com a cabeça, sem falar. O esforço de ficar em pé já basta.

— E com vocês, como estão as coisas? — pergunta Zina, delicada. É assim que se fala, nestes tempos. Nunca se pergunta diretamente.

— Meu pai morreu, Marina Petrovna também.

Zina segura o braço de Anna.

— Mas, e seu pequeno?

— Está lá — Anna aponta para a rua ensolarada onde dois meninos brincam ao lado de um muro. Estão agachados, com as cabeças bem próximas; no mundo deles nada mais existe, exceto a brincadeira.

— É ótimo ele ter alguém com quem brincar — diz Anna.

— Quer dizer que ele sobreviveu — conclui Zina.

— É.

Os quatro ficam em silêncio. O inverno acabou, e os mortos continuam mortos porque nunca foi verdade que eles morreram só por um tempo. As autoridades estão enterrando os montes de corpos o mais rápido possível. Mais de 100 mil foram sepultados no mês passado. As ruas estão calmas, e as pessoas andam em pequenos grupos, não em bandos. Dizem que morreu um milhão de habitantes. Mas são apenas números aproximados.

Kolya e o outro menino parecem emitir trinados, como dois passarinhos, mas, de repente, silenciam.

— É minha vez de atacar!

— Não é.

— É, sim, você está mentindo.

— Então devolva meu caminhão, não quero mais brincar com você.

Aparece uma mãe na portaria do prédio, com a mão em concha sobre os olhos para proteger-se do sol.

— Agora, chega, você não consegue brincar cinco minutos sem brigar, Grisha? Ficou reclamando que não tinha com quem brincar. — Ela olha para o outro lado da rua, vê Anna e resmunga: — Meninos! Não deixam você ter cinco minutos de paz, não?

— Kolya, se não quer, não brinque. Mas, se brincar, brinque direito.

As crianças olham para Anna com seus rostos espertos. Sabem o que os adultos podem e não podem fazer.

Põem para fora as banalidades que fizeram a vida de Anna durante anos. Socialização — é como Elizaveta Antonovna chama isso, embora ela mesma ponha muito pouco em prática. A creche foi reaberta, mas Elizaveta ainda não voltou de Moscou. Ela é importante demais onde está. Haverá um novo diretor, mas até agora ninguém foi indicado. É difícil encontrar um.

— Vai deixar seu Kolya ser levado para fora da cidade, agora que é possível? — pergunta Zina.

— Não, ele fica conosco. Andrei conseguiu um pequeno terreno para nós atrás do hospital e plantamos batatas e repolhos.

— Temos que ir — avisa Zina.

Anna queria dizer algo a Fedya, mas esqueceu o que era. De repente, lembrou. Espera que Andrei tenha razão ao dizer que é por falta de vitaminas que ela esquece tanta coisa. A cabeça parece só conseguir guardar uma idéia de cada vez.

— Fyodor Dimitrievich...

Ele se vira, os olhos entorpecidos pela doença. Claro, era isso. A última vez que se encontraram, na neve, quando ele estava levando para casa a lenha no trenó. Depois que Vanka morreu. Ela quase consegue lembrar. A rua nevada, as casas cheias de mortos, o homem que colocou o bico de metal de sua bota perto da cabeça dela. Não é passado. Não é História, nem jamais será. Mas o que é então?

Não pense em tudo isso agora. Aqui está Fedya, que não é mais um homem bonito, olhando para ela sem curiosidade. Ela havia dito um verso de um poema de Pushkin. *Vamos encontrar espaço para eles na terra russa,* disse ela. E houve um lampejo de entendimento entre os dois, como se enfim soubessem que eram da mesma espécie, lutando contra a mesma coisa. Ele respondera: "Você tem razão, vamos enterrá-los." Mas só depois lembrara o resto do poema.

— Escute, lembrei o poema todo.

"Porque fizemos nossa terra engolir
O ídolo que dizimou uma nação após a outra
E com nosso sangue redimiu a liberdade,
a honra e a paz da Europa."

Fedya continua sem falar. Talvez perceba alguma coisa.

No mesmo andar do apartamento de Anna, Fedya está com sua toalha no ombro, de camiseta sem mangas e calça comprida, e passa na frente dos outros para entrar no banheiro. Um verdadeiro rapaz de Leningrado, um rapaz criado ali no pátio do prédio. Olhos cinzentos, ombros musculosos, cabelos fartos.

— Vamos, você vai se cansar se ficar aqui, nada cansa mais do que ficar de pé. Sabe, Anna, meu Fedya ficou defendendo a fábrica até o levarem para o hospital. Tiveram que pará-lo, senão ele não parava. Devia ganhar uma medalha.

— Devia mesmo — concorda Anna. O sol de maio está machucando seus olhos. Zina tem razão: ficar ali, conversando com velhos amigos, é a coisa mais cansativa que tem.

Anna e Andrei olham o casal indo embora, arrastando os pés.

— Doença de fígado — avalia Andrei.

— Você não pode saber.

— É verdade, não tenho certeza — concorda ele.

Chamam Kolya e seguem.

— Olhe, bocas-de-leão! — diz Anna, abaixando-se para pegar um punhado de folhas. — Pegue mais, Kolya. Você está mais perto do chão do que eu.

Ele corre para procurar em meio às pedras enquanto ela examina as folhas verdes e viçosas. Essa cor não vai durar. Quando o sol ficar mais forte, as folhas ficarão mais escuras e rijas. As folhas dentadas são como uma marca, a mesma todo ano. Ela pega uma folha e morde.

— A folha tem muita vitamina C. E deve ter um pouco de ácido fólico também — diz Andrei.

— Se encontrarmos mais, faço uma salada. Temos bastante azeite para as folhas.

— É, salada é melhor do que sopa. Preserva os nutrientes.

— Andrei, quer parar de falar desse jeito?

Ele sorri. Ela está com o vestido verde outra vez, o preferido dela. Ela o veste com tanto cuidado, arrumando as dobras antes de apertar o cinto e depois solta o cinto de novo. O vestido fica melhor solto. Andrei adivinhou que ela estava pensando isso. Ela ainda estava bem magra. Quando tirava a roupa, ele via as costelas subirem e descerem com a respiração. Ela ficava sem fôlego por qualquer motivo. E os seios dela estão tão pequenos. Ela percebeu que ele estava olhando e logo enfiou o vestido. Mas a imagem ficou na cabeça dele como uma foto: a pele clara de inverno, o osso pélvico aparecendo, os joelhos ossudos e saltados.

Depois de se vestir, olhou para ele e sorriu, insegura.

— É a primeira vez que ponho essa roupa, esse ano. Está direita? —

Os braços finos e brancos saem das mangas largas demais do vestido. Ela faz um gesto como se oferecesse para ele. — Sei que estou horrível.

— Não, não está.

— Não adianta dizer isso, Andrei, eu tenho espelho.

— Eu estou igual a você.

— Acha que um dia voltaremos a ser como éramos? Olhe meu cabelo. Cada vez que eu penteio, caem mais fios.

— Vai crescer. Você só precisa de proteínas e minerais...

— Eu sei.

Ele pega o braço dela; a luz que entra pela janela bate numa pequena pelada. Outro sinal de desnutrição. Suas próprias mãos parecem enormes, com os nós dos dedos ossudos protuberantes, os pulsos grandes, saltados. Que mulher gostaria de ser tocada por aquelas mãos? Mas Anna fechou os olhos, suspirou e se encostou nele. Embora ele se envergonhasse daquelas mãos, sentiu que elas estavam apertando Anna. No inverno inteiro eles dormiram colados e nada sentiram. Ele a puxou, ela buscou os lábios dele. Beijaram-se. Depois, ele disse:

— Você está com um gosto diferente.

— Eu sei, não tenho mau hálito mais.

Era verdade. Eles não tinham mais cheiro de túmulo. Os lábios dela estavam secos, mas não rachados. Deve ter sido a sopa de urtiga que ela fez e o aumento das rações. Ela estava com a boca úmida. Eles sentiam o gosto um do outro, se explorando, o corpo esguio dela se apertando no dele sob as dobras do vestido verde e da camisa que ele usava. Os ossos estavam pontudos, mas eles juntaram seus corpos. Ela se mexeu um pouco, encaixando-se nele.

— É, você também está com um gosto bom. Está com o seu gosto outra vez — disse ela.

Anna colheu um punhado de folhas de dentes-de-leão. Kolya corre na frente deles até um monte de entulho onde uma bomba derrubou um muro. As urtigas, as bocas-de-leão e tufos de grama nova estão brotando. Kolya pára de vez em quando, colhendo folhas.

— Aqui tem um montão, Anna! Milhões! — ele mostra um punhado de folhas e se ajoelha no chão para pegar mais. Anna olha os dentes-de-leão em sua mão. O sol bate neles. São tão novos, que parecem ainda estarem se abrindo. Anna come mais uma folha. O gosto é forte e apimentado: o gosto de vida, não de morte.

Marina e Mikhail estão há algum tempo deitados lado a lado. Estão na mesma cova, mas com centenas de outros habitantes da cidade. Talvez, por acaso, tenham sido colocados juntos e se toquem, como Marina queria. É mais provável que estejam bem distantes.

Uma grama nova já está cobrindo a cova coletiva onde eles estão, da mesma forma que o frio extremo cobriu seus corpos no quarto onde Anna e Andrei os colocaram, encostados, na cama de Mikhail. Anna não conseguiu deixar Marina no chão. Ela olhou os dois, lado a lado, os narizes apontados para o teto e fechou a porta. Não acreditava que eles estivessem juntos.

A cova deles vai ser muito visitada. Dentro de 15 anos, vão iniciar as obras de um memorial pelas vítimas do cerco de Leningrado. Gerações de moradores da cidade irão lá, ao cemitério Piskarevsky. As pessoas ficarão um pouco, olharão a chama eterna, lerão o poema gravado na pedra memorial e colocarão flores. No chão, lentamente, sem que ninguém perceba, a carne de Marina e Mikhail vai se soltar dos ossos e se misturar à de todos os habitantes de Leningrado que morreram de fome em quartos silenciosos, gélidos. Os bebês mumificados que mal tiveram tempo de ver a luz do dia antes de morrer; os estudantes que andaram de braços dados pelos Jardins de Verão, tomando sorvete Esquimó, os professores, os camponeses que fugiram para Leningrado empurrando suas posses em carrinhos de mão, esperando salvar suas vidas; os músicos da orquestra que continuaram ensaiando com os dedos das luvas cortados quando a temperatura nas salas de ensaios ficou abaixo de zero; escritores, torneiros mecânicos, curadores de museus, engenheiros, garis, alunos de escolas. São tantas as pessoas, um número tão despropositado, que a mente também se dissolve ao pensar. A pedra memorial garantirá que eles jamais serão esquecidos, o que talvez seja verdade.

Será que isso basta para eles, esses que estão embaixo da grama? Afinal de contas, eles são de Leningrado. Sabem como são as coisas. Os leningradenses sempre saberão que, da noite para o dia, pedras podem ser retiradas, estátuas podem ser derrubadas, nomes mudados, palavras inscritas podem ser apagadas. Os invasores podem voltar. Não vale a pena confiar muito só numa memória marcada na pedra.

Em outra parte da cidade, uma mulher ruiva com braços fortes e sardentos cava a terra. Carreiras de repolhos estão sendo plantados onde a grama do parque foi retirada. Cada metro quadrado de terra na cidade deve ser preparado para produzir alimento, prevenindo um segundo inverno de cerco. As beterrabas já estão plantadas, assim como as batatas. A mulher inclina-se para a frente, enfia a pá na terra, faz um gesto ágil com o pé e levanta a pesada pá. É terra da cidade, acostumada a ter grama e flores, mas tem o mesmo cheiro da terra na primavera, em qualquer lugar. É acre, viva, cheia de promessas. Ela se esmigalha com facilidade, após as pesadas nevascas do inverno. Evgenia fica de lado e enfia a pá outra vez.

Dois homens uniformizados param e olham para ela. O sol está por trás dela e faz com que seu cabelo ruivo se transforme numa auréola brilhante. Ela tirou o lenço da cabeça e dobrou as mangas da blusa. Evgenia sempre gostou de sentir o sol na pele.

Os homens a observam. A jaqueta e a calça deselegantes escondem seu corpo, mas os dois sabem que ela é o tipo de mulher de que gostam. São capazes de imaginar sua cintura firme, inclinada no trabalho, as coxas, os seios. Admiram a força dos braços brancos. Não são finos demais: ela conseguiu conservar um pouco de carne.

— Dá a impressão de que pode continuar nesse serviço para sempre — diz um dos homens.

— É, essa aí é uma verdadeira operária.

A pá de Evgenia penetra o chão, trazendo outro monte de terra que ainda contém a primavera, fazendo-a brilhar como chocolate. O sol e a chuva vão amaciar a terra. Os repolhos vão espalhar suas raízes bem fundo, crescendo sob o sol infinito das noites brancas. Esses repolhos vão ter que trabalhar duro. Têm que brotar firmes no breve e ofuscante verão setentrional, antes que a neve chegue outra vez e transforme seus talos em mucos enegrecidos.

Fios de suor surgem nos ombros de Evgenia, e ela enxuga o rosto, marcando-o com a terra fresca. Olha para trás, mas os homens se foram. Estava sentindo que alguém a olhava e não gosta disso. Mais quatro carreiras e depois pára. Ou talvez continue mais um pouco. Afinal, não há muitos dias como esse.

Três pessoas passeiam pela margem do rio, perto da ponte do Tenente Schmidt. O sol tardio bate neles, reflete na água e obriga-os a piscar e proteger os olhos com as mãos. O homem e a mulher andam juntos, bem abraçados. Enlaçados, preguiçosos, dando uma olhada no pequeno que corre pela calçada na frente deles. É um menino ou uma menina? Os três vão longe, é difícil dizer. De repente, passam por uma faixa de luz que a água reflete. Pedaços estilhaçados de luz sobem e descem de seus corpos. Parece que eles estão dançando.

Eles são mãe, pai e filho a passeio nessa linda manhã de maio, enquanto Leningrado se apruma como um cisne na mais tranqüila das águas.

Mas, naturalmente, não são mãe, pai e filho.

“Нет, весь я не умру...”

“Não, não vou morrer completamente...”

— *Alexander Pushkin* —

Bibliografia selecionada

Devo um crédito aos seguintes livros:

The Road to Stalingrad, de John Erickson, Cassell & Co., 1975
Russia's War, de Richard Overy, Penguin, 1998
The Siege of Leningrad, de Harrison E. Salisbury, Secker & Warburg, 1969
The Russian Century, de Bryan Moynahan, Chatto and Windus, 1994
Leningrad v. Period Velikoy Otchestvennoy Voinny 1941-1945, Museu Histórico de Leningrado
Notes of a Blockade Survivor, de Lydia Ginzburg
Everiday Stalinism, de Sheila Fitzpatrick, OUP, 1999
Stalinism, New Directions, ed. Sheila Fitzpatrick, Routledge, 2000
Life and Terror in Stalin's Russia 1934-1941, por Robert W. Thurston, Yale University Press, 1998
Stalingrad, de Antony Beevor, Viking, 1999
Reinterpreting Russia, de Hosking & Service, Arnold, 1999
Echoes of a Native Land, de Serge Schemann, Abacus, 1998
Soviet Women, de Francine du Plessix Grey, Doubleday, 1990
A Week Like Any Other, de Natalia Baranskaya
The Making of Modern Russia, de Lionel Kochan e John Keep, Penguin, 1990
Into the Whirlwind e *Within the Whirlwind*, de Evgenia Ginzburg, Collins Harvill, 1999
Hope against Hope e *Hope Abandoned*, de Nadezhda Mandestam, Harvill Press, 1999

A People's Tragedy, de Orlando Figes, Pimlico, 1997
The Rise and Fall of the Third Reich, de William L. Shirer, Secker & Warburg, 1960

Os poemas, em diversas edições e traduções, de Alexandre Pushkin, Anna Akhmatova, Marina Tsvetayeva, Nikolai Gumilev, Vladimir Mayakovisky, Osip Mandelstam, Boris Pasternak e Alexandre Blok.

The Cambridge Companion to Modern Russian Culture, ed. Nicholas Rzhensky, CUP, 1998
Art Under Stalin, de Matthew Cullerne Bown, Phaidon Press, 1991
Modern Poetry in Translation No. 15, ed. Luca Guerneri, 1999
Puskin's Button, de Serena Vitale, Fourth Estate, 1999
Prefácio de Lydia Pasternak Slater para *The Poems of Boris Pasternak*, Unwin Paperbacks, 1984
Pushkin, Selected Verse, de John Fennell, Bristol Classical Press, 1991
Mandelstam Variations, de David Morley, Littlewood, 1991

Por motivos históricos, alguns personagens deste romance não gostam de seus vizinhos finlandeses. Não compartilho esse sentimento. Foi vivendo na Finlândia que passei a gostar dos breves e incrivelmente belos verões e dos sombrios invernos do Báltico. Este livro tem um débito à paisagem e ao povo da Finlândia e um débito ainda maior à paisagem, à História e ao povo de sua grande vizinha, a Rússia.

Impresso no Brasil pelo
Sistema Cameron da Divisão Gráfica da
DISTRIBUIDORA RECORD DE SERVIÇOS DE IMPRENSA S.A.
Rua Argentina 171 – Rio de Janeiro, RJ – 20921-380 – Tel.: 2585-2000